そこは――水蜘蛛の糸で織られたカーテンに
絨毯《じゅうたん》などで飾られた部屋だった。
織物には細やかな装飾が施されていて……
何とも華やかな印象だ。
「ようこそ、アイアノスへ。
妾《わらわ》はエルドレーネ」
Erdleine
人魚達を統べる女王
エルドレーネ
境界迷宮と異界の魔術師
15
ONOSAKI EIJI
小野崎えいじ
ILLUSTRATION
鍋島テツヒロ

Theodor
異界の魔術師
テオドール＝ガートナー
Irmhild
ラミアの冒険者
イルムヒルト
Dominique
天真爛漫なハーピー
ドミニク

「故郷のみんなが危ないのに、
ここでただ待っているだけなのは、嫌だわ。
私は、姉さんやみんなも好きだから。
だから……お願い。私達も連れて行って欲しい」
淑やかなセイレーン
ユスティア

マールの身に着けているドレスが発光し、
一度液状になったかと思うと泳ぐのに適したようなものに形成し直された。
テフラも同様だ。
一旦炎を纏《まと》ったかと思うと、
それが固まるように水着風の服装になっていた。
Merle
水の精霊王
マール
Tephra
火山の高位精霊
テフラ

境界迷宮と異界の魔術師 15

Boundary Labyrinth and magician of alien world

著／小野崎えいじ
イラスト／鍋島テツヒロ

前回までのあらすじ

Summary of Boundary Labyrinth and magician of alien world

VRMMOゲーム『BFO』の世界に、前世の記憶を持って転生したテオドール。広大な迷宮を抱えた異世界で、テオドールは従者の少女グレイスたちと共に旅を続けていた。

世界の脅威である魔人の襲撃に備え、仲間を増やして力を蓄える中で、テオドールは様々な秘密を知っていく。その折、テオドールたちは人間に憑依する夢魔・グラズヘイムの撃破に成功。更にはテオドールの武器であるウロボロスを強化し、迷宮内で新たに発生した区画へと赴いた。

氷雪吹き荒れる森を抜けた先にあったのは、前世の記憶を持つテオドールでさえ未知の領域。そこで牙を剥く凶獣達を退けた一行を待っていたのは、水の精霊王だった——

登場人物紹介

Boundary Labyrinth and magician of alien world character

シーラ

獣人。あまり感情を顔や口に出さないが、その耳や尻尾は雄弁。

アシュレイ

若くしてシルンを治める才女。兄は討魔騎士団エリオット。

グレイス

テオドールの従者にしてダンピーラの少女。得物は鎖付の両刃斧。

テオドール

その実力と実績から異界大使の任に就いている少年。前世の記憶を保有している。

クラウディア

月神殿にて崇められている、月女神その人。

ローズマリー

稀代の人形師にして薬師。魔力糸を戦闘に用いることもある。

マルレーン

エクレールやデュラハンなどの召喚獣を従える少女。

イルムヒルト

ラミアの少女。弓の名手であると同時に、リュートの名手。

コルリス

巨大土竜。ステファニアの使い魔であり、鉱石が好物。

アドリアーナ

シルヴァトリア第1王女。炎の魔術を繰る明朗快活な少女。

セラフィナ

音を操作することができる、家妖精の少女。

ステファニア

ヴェルドガル王国第1王女。アドリアーナは無二の親友。

境界迷宮と異界の魔術師 15
Boundary Labyrinth and magician of alien world

Contents 目次

第162章 水の精霊王

満月の迷宮から星球庭園へ。ケルベロスやカボチャの庭番を倒して迷宮深層を進んだ先に、月光神殿はあった。俺達《たち》がいるのは月光神殿の、その手前だ。

神殿に至る封印の扉の前で姿を現した水の精霊王は優しげな微笑《ほほえ》みを浮かべ、クラウディアを見やると一礼する。

「お初にお目にかかります、女神シュアス。水の精霊王と言われております、マールと申します」

水の精霊王……というよりは精霊女王という感じだが。まあ、四大精霊王ということで4人いるわけだからな。クラウディアのことを分かっていることといい、少なくとも排除に出てきたというわけではなさそうだ。

クラウディアは精霊王の求めに応じるように広場へと歩みを進める。

「ええ。初めまして。女神シュアスという呼び名はあまり好きではないから、クラウディアと呼んでもらえるかしら?」

「はい、クラウディア様」

マールは頷《うなず》くと言った。

「精霊達が騒いだので、様子を見に来たのです。今の時期は、私が監視をすることになっていますので」

……ふむ。とすると……精霊王達の持ち回りで月光神殿の周囲を監視する、ということか。この場所に顕現したということは、契約魔法などで結び付けて精霊王達の飛び地としているのだろう。

精霊王自らが防御に当たるというのは確かに強固な守りではある。

だが……景久《かげひさ》の知るBFOでは、それでも月光神殿の封印が破られている。

精霊達の監視を誤魔化す手段があるか、或《あ》るいは実力で突破したのか……それとも、精霊達の動きを無効化したか？

タームウィルズで最初に戦った魔人――リネットからすると転移魔法や召喚魔法の類も向こうの手札にはあるのだろうが……それだけでは無さそうだな。

或いは……封印を再度施す際には精霊王達が動けない、ということも有り得る。

精霊王達にはしっかりと役割がある以上、戦力として頼り過ぎるのは考え物だ。そもそも、高位精霊はあまり派手に動くとあちこちに影響が出てしまう。

例えば、テフラが戦闘に参加できないのもそれが理由だ。連動して火山噴火なんて事態が本当に有り得るし。

「それで、私を見かけたから声をかけたということかしら」

「はい。クラウディア様のお連れの方々は――」

「そうね。紹介するわ。まずは――婚約者のテオドールからかしら」

クラウディアから言われて、マールは目を丸くした。

「クラウディア様の……。なるほど。人の子とは思えない程の魔力を秘めているようですね」

「テオドール＝ガートナーと申します。僕自身はあまり意識したことはないのですが、月の民の血

は引いているようですね。母はシルヴァトリア……いえ、ベリオンドーラから続く、封印の巫女《みこ》でしたから」

「ああ――。あの人達の子孫なのですね。それなら納得できます。精霊や妖精達にも好かれている様子ですし」

俺を見て懐かしそうに、そしてどこか寂しそうに目を細める。

「やはり七賢者をご存じなのですね」

「ええ。共に戦いました。戦ったと言っても……昔も今も、私達のような高位となってしまった精霊はあまり大きく動くわけにはいかないのですが……。この場所なら力を振るっても他の精霊王達が外への影響を小さくしてくれますから」

なるほど……。だからこそ精霊王が直接警備を行えるというわけだ。

「グレイスと申します。その……ダンピーラで、テオの婚約者です」

「はい」

俺に引き続き、他のパーティーメンバーもそれぞれマールに自己紹介をしていく。少しはにかんだようなグレイスの言葉に、マールは笑みを浮かべて頷く。

「アシュレイ＝ロディアス＝シルンと申します。シルン男爵家の当主であり、テオドール様の婚約者です」

アシュレイが挨拶をするとマールが少し感心したような表情になった。

「貴女《あなた》は……とても強い水の魔力を持っているのですね」

「あ、ありがとうございます」

アシュレイは少し戸惑っている様子だ。俺の婚約者という肩書きが続いても動じないあたりマールは貫禄《かんろく》を感じさせるが……そのあたりは精霊だからこそ、そういうものだと受け入れるものなのかも知れない。寧《むし》ろアシュレイの魔力資質のほうが気になるようで。

そんな調子で全員の自己紹介が終わったところで、先程の推測について尋ねてみる。

「1つ、質問があるのですが。仮に月光神殿の封印を再度施す際、同時にこの場所の守りにつくということはできますか?」

「それは……少し難しいかも知れません。長い年月をかけて維持し続ける強力な封印だからこそ、私達もそのために集中しなければなりません。ですが、この封印の先には七賢者の作った魔法生物が侵入者を待ち受けているはずです」

なるほど。やはり、封印の際には精霊王達は動けないようだが、月光神殿内部にも警備は置いてあるようで。

「そのような話をなさる上に、この顔触れとは。何やら良くない話がありそうですね」

「そうですね。今回は殊更月光神殿に用があったというわけではないのですが……。色々話をするべきことも多いので、まずは地上までご同道願えませんか?」

「ええ。分かりました」

マールが神妙な面持ちで頷く。では……冒険者ギルドで今回の戦利品を捌《さば》いてから儀式場あたりで話をさせてもらうか。

通信機を使って各所に連絡と報告をしなければならない。ギルドでの用事を済ませてから儀式場へ向かえば、それで頃合いも丁度良くなるだろう。

◆◆◆◆◆

「……そう、ですか。魔人達がまた徒党を組んで暗躍していると」

「はい。最古参の魔人から、新しく生まれた魔人の第一世代まで顔を連ねているようですね。低級の魔人達や、彼らの配下として魔物が多数いる可能性も高いと思います」

冒険者ギルドでの用事を済ませ――それから儀式場へと向かう。その道すがら、馬車でマールに現在の状況を説明していく。

「それほどの高位の魔人がいるとなると、守りが万全とは言い切れないのでしょうね。魔人達に盟主の肉体を取り戻すのは難しいかと思っていたのですが……」

「と仰《おっしゃ》いますと？」

「月光神殿には霊樹と呼ばれる植物が植えられているのです。邪気や瘴気《しょうき》を吸い上げ、浄化して自らの糧とする……。盟主の器――肉体は、その巨木の根元に埋められているはず」

霊樹……霊樹ね。瘴気を吸い上げる植物とは……。

「封印の巫女が儀式を経て……四方を守護する巫女となるっていう話もあったな。あれとも関係しているような気がする」

「……瘴珠《しょうじゅ》の封印に使える、ということかしら？」

ローズマリーが羽扇の向こうで思案するような様子を見せている。

「そう。それなら一石二鳥だ」

例えば巫女と契約して何らかの魔法で守っている土地に霊樹を植えて、そこに瘴珠を封印し……発する瘴気を霊樹に食わせるだとか。

「迷宮と同じような設備がベリオンドーラにあるとするなら……迷宮の壁や床と同じように、破壊しても無限に再生する霊樹を作るということも不可能ではないと思うわ」

クラウディアが言った。

……術式である以上、その状態を解除する手順のようなものも存在するはずだが……その穴を埋める方法として契約魔法の類を利用する……だとか？　これで封印の巫女が四方を守護するという言葉の意味も通るような気がする。

何種類ものセキュリティを重ねて封印を強固なものにする、というわけだ。器だけでも駄目だし、魂だけでも駄目。拠点を落とした程度では封印解除はできない。魔人達はどうやって盟主の封印がなされているのか、その仕組みを理解し、解除の方法を探るところから始めねばならなかっただろう。

だがその推測が事実だとしても、現実として瘴珠がタームウィルズに持ち込まれている以上、封印されていた場所に植えられていた霊樹は、既に魔人達の手で破壊されてしまっている公算が高い。

宝珠側の封印は問題ないとしても、瘴珠への封印を再度施《ほどこ》さなければならないということを考えると、月光神殿にある霊樹を増やして育ててやる必要があるかも知れないな。フローリアとハーベスタの協力で、どうにかならないだろうか。

……盟主に止《とど》めを刺せればそのへん後腐れないんだがな。

などと、色々思案していると俺達を乗せた馬車が儀式場に辿《たど》り着いたのであった。

◆◆◆◆◆

「確かに、儀式上の主《あるじ》――テフラは強い精霊でいらっしゃるようですね。それにここに集まって来る清浄な力……人々から慕われているのですね」

馬車から降りたところで、マールは少し驚いたような表情を浮かべた。

「うん。テフラは優しくて好き」

と、飛んできたセラフィナを肩に乗せて、楽しそうに笑みを向け合っている。

マールに対しては冒険者ギルドでの査定待ちの時間やここまでの移動時間を利用し、テフラと儀式場について、ある程度のことを説明してある。

精霊を招待するなら儀式場が良いのだが、高位精霊同士で反発しあったりすることはないのだろうかと頭を過《よぎ》ったので、一応事前に互いの了承を取り付けておくのが無難だろうと思ったわけである。

マールによると、互いに無礼な態度を取らなければ問題無いだろうとのこと。テフラにも通信機で尋ねてみたが『問題無い。歓迎する』との返答を貰《もら》っている。

そもそも普通の精霊同士では強く反発するということは滅多にないようなので、俺の心配も杞憂《きゆう》だったのかも知れない。そもそもテフラは火山の精霊ということで、火と土の2つの性質を持つ。水との親和性も悪くないはずだ。

まあ、月光神殿の周囲に集まっていた精霊達にしても居心地良さそうにしていたしな。

……と、儀式場の奥にある祭壇からテフラが顔を覗《のぞ》かせて相好を崩した。

「おお、来たか」

そう言ってこちらに向かってくる。マールはテフラを見て笑みを浮かべた。

「初めまして、テフラ」

「ああ、マール。テオドールから話は聞いている」

マールが握手を求めて手を前に出すと、テフラは目を瞬かせた後で楽しそうに笑みを浮かべてその手を取った。

「人と同じように友好を深めるというのも中々楽しいものです」

「確かに。最近はテオドール達とよく一緒にいるが、同じことをすると楽しいな」

気が合ったというように笑みを向け合う2人の高位精霊。

「いやはや。ここにいるだけで力が増してくるのを感じますな」

猫妖精のピエトロは上機嫌そうな様子だ。

セラフィナとピエトロを片眼鏡で見ると、何やら魔力が充実しているようで。テフラとマールの近くにいる影響か。周囲の精霊や妖精の動きも活発になっている。

かたや精霊王ではあるが、身分の違いというものはあまり存在していないのか。セラフィナもテフラやマールと気安く付き合っているように見えるし、向こうも気にしていない風である。まあ……精霊王という区分は人間が作った線引きだろうしな。

元々が猫であるピエトロは少し普通の精霊とも違うようで、猫達の王を目指しているようだけれど。

テフラとマールの挨拶が無事済んだところで、儀式場に馬車がやってきた。

「おお、テオドール」

「怪我《けが》がなくて何よりだわ」

「はい。ただいま迷宮から戻りました」

馬車から降りてきた俺の祖父――ジークムント老とヴァレンティナに挨拶をする。

「お帰りなさい先生」

シャルロッテが明るい笑顔で迎えてくれる。

「ああ。ただいま」

ジークムント老達はバハルザードより戻ってからこっち、俺の家と工房を行き来する形で主に対魔人の研究に勤《いそ》しんでいる。フォルセト達からのハルバロニスの魔法技術や盟主の情報などを元に色々と研究を進めているというわけだ。

シャルロッテは母さんから正式な引継ぎをしたわけではないが、現封印の巫女だからな。霊樹の話をしっかりと聞いてもらう必要がある。

後は……ああ、来た。騎士団の護衛を連れた王城の竜駕籠《りゅうかご》だ。

竜駕籠が地上に降りて、中からメルヴィン王とジョサイア王子が姿を現す。

「大儀であった、テオドール。無事で戻ってきたようで何よりだ」

「ありがとうございます」

月光神殿の再封印には王家も密接に関係してくる。精霊王が姿を現したとなるとメルヴィン王自ら赴かないといけない、ということらしい。

そしてメルヴィン王を護衛しているのは騎士団だけではない。コルリスも護衛を兼ねて同行してきたらしい。当然ステファニア姫とアドリアーナ姫、それから……エルハーム姫も一緒である。シルヴァトリアとバハルザード、それぞれの国王の名代というわけだ。

「こんにちは、テオドール」

「はい、ステファニア殿下」

やってきた王族の面々を出迎える。

エルハーム姫はマールのところに行って、膝を折って挨拶をしていた。

「お初にお目にかかります、マール様。エルハーム＝バハルザードと申します。南方の平原と砂漠に住まう民として、マール様のお恵みに日々感謝を捧《ささ》げております」

「ふふ、ありがとう、エルハーム」

マールはエルハーム姫に屈託のない笑みを見せる。精霊王のフレンドリーさに、エルハーム姫は少し驚いたようだ。精霊達は明るい性格の者が多いが、マールも例外ではない、というわけである。

さてさて。顔触れも揃《そろ》ったことだし……まずは初対面の面々を紹介して、月光神殿内部の霊樹についてなど、分かったことやそこからの推測を話させてもらうこととしよう。

◆◆◆◆◆

「……なるほどな。霊樹とは」

儀式場横の滞在施設に移動し、そこで茶を飲みながら先程マールと話した内容を話して聞かせると、メルヴィン王は静かに頷いた。

「つまり、先生はベリオンドーラにも同じような植物が植えられている、というお考えなのですね」

シャルロッテが言う。

「うん。魔人達の手に落ちてからどうなっているかは分からないけど……仮に破壊されているにしても、元通りにする算段は付いたかも知れない」

そう答えると、シャルロッテは自分の手を胸のあたりにやって、目を閉じて頷いていた。

そう。霊樹がベリオンドーラにも植えられているという推測が正しければという前提ではあるが……その場所を契約魔法で守護するのが封印の巫女の役割となる。

代々の巫女はその儀式の本来の意味を失ってしまっていたが、儀式を用いて守るという点だけは変わらなかった。封印の巫女を継いだ、シャルロッテの目指すものはつまるところそこにある。

「しかし、それはヴァルロスらを退けてから、ということになるのかのう」

「そうですね。精霊王達の封印が一時的に解けるのを狙って向こうも仕掛けてくるでしょうし……戦力をベリオンドーラに温存しているのであれば、それを削れるだけ削ってから直接叩《たた》くというのが良いのではないかと」

攻めるより守るほうが楽とはよく聞く話だが……相手の戦力が分からない内は迎撃に徹するほうが有利ではある。ローズマリーとも前にそんな話をしたが、メルヴィン王やエベルバート王もそれには同意見なようだ。

ヴァルロスらはこちらに攻めてくるのだろうが、同時に俺達にとっても相手側の戦力を見積り、それを削るチャンスでもあるのだし。

「ふむ。魔人対策というのは進んでおるのかな？」

メルヴィン王が尋ねると、ジークムント老が渋面を浮かべる。

「月女神の祝福を利用した魔道具の用意はできますが、魔道具だけでは高位の魔人の力を抑え込むことはできますまい。また、盟主の持つ特性が判明したことにより、封印が解かれた場合を想定した魔道具を開発中ではありますが……盟主に効果があるかどうかはぶっつけ本番になってしまうでしょうな。それを用いるにしても、前提として盟主との戦闘に打ち勝てるだけの戦力が必要となるでしょう」

盟主と戦闘になった場合を想定した魔道具。つまりは……デュラハンと同じ魔力の性質を持たせた魔石に、契約魔法と封印術を組み込んだものだ。決闘で盟主を打ち破れば魂の特性を封印して討ち滅ぼす……ことができるかも知れない。

しかし決闘に負けた場合、使用者にも同様の効果が及んでしまう副作用があるので、些《いささ》かリスキーな魔道具ではあるな。契約魔法としてリスクを背負うことで術式を強化しているわけである。

まあ……高位魔人相手に決闘して敗北した場合は大抵死んでいるであろうし、リスクは同じと言えばそうかも知れない。

諸々《もろもろ》含めてあくまでも次善の策であり、基本的には封印を解かせないことを念頭に置いて動くべきであろう。

だが、いざという時の保険があるというのは心強い話ではある。

メルヴィン王やジョサイア王子、ジークムント老を始め、あまり優れない表情だが……考えていることは分かる。俺を矢面に立たせるのが心苦しいのだろう。

「では、高位魔人については引き続き対応をお任せ頂ければと存じます」

「……すまぬな。余らも来たるべき決戦の時に至るまで、そなたを全力で支援させてもらう」

「私もだ。王太子でありながら力が及ばないというのは我ながら不甲斐《ふがい》ないとは思うが……私に協力できそうなことがあれば何でも言って欲しい」

「ありがとうございます」

俺の返答にメルヴィン王とジョサイア王子は静かに頷く。ジークムント老やヴァレンティナにしろ……気にしているのは明らかなので、少し話題を変えることにした。

「そう言えば、ドリスコル公爵がそろそろ領地にお戻りになるということですね」

「うむ。公爵を領地に送って来る、という話であったな。西の海は風光明媚《ふうこうめいび》なところだぞ」

「そうですね。割と楽しみです。島の下見もしてこようかと」

そう言って笑みを浮かべると、メルヴィン王は少し寂しそうではあるものの、俺に合わせるように小さく笑みを浮かべて頷く。

「んー。私もそれに同行させてもらっても良いでしょうか？　今の状況をもう少し詳しく知って、他の3人にも話をしておかなければならないし……重要なのはテオドールのようですから」

そう言ったのはマールであった。

「僕は構いませんよ」

メルヴィン王と一瞬顔を見合わせ……それからマールに向き直って頷くと、彼女は屈託のない笑みを浮かべるのであった。

◆◆◆◆◆

そうして儀式場での話し合いが終わって、夜になってから火精温泉へ向かうことになった。

「テオドールの作った水の滑り台凄《すご》いんだよ」

という、セラフィナからマールへの情報があったためだ。マールも興味津々といった様子なので、夜を待ってから火精温泉へと向かうことになった。

迷宮深層の探索をした後なので、ゆっくり温泉に浸《つ》かって疲れを取るというのも悪くない。

一般客が帰ってからの貸し切りということで、かなりのんびりさせて貰えるだろう。

工房組も合流だ。アルフレッドと一緒にオフィーリアも来ている。

ジークムント老達もここのところ研究で忙しかったので、今日はそのまま温泉で休憩である。

フォルセト達も樹氷の森と工房を行ったり来たりして、かなり精力的に動いているので温泉へ。

アルフレッドは割合普段から足繁《あししげ》く通っているらしいが、温泉に浸かりながら星球庭園で集めて来た新しい素材を使っての装備品を考えたい、と言っていた。それについても後で話をさせてもらおう。

それから、ステファニア姫とアドリアーナ姫、エルハーム姫も温泉に顔を出している。メルヴィン王とジョサイア王子は仕事が残っているそうで。些か残念そうではあったが、王城へと帰っていった。話を聞くためというのもあるが、マールの歓迎のために顔を出しに来たという部分が大きいのだろう。

「んー……。何だか、まだ温泉に入ってもいないのにとても癒されるのですが」

シャルロッテはラヴィーネ、エクレール、コルリス、フラミア、ラムリヤ、ピエトロと、様々な動物組に囲まれて上機嫌な様子だ。

……コルリスの背中などに顔を埋《うず》めたりと、研究疲れを癒している様子であった。

ラムリヤがシャルロッテの肩に乗ったりしているのは……工房でエルハーム姫が鍛冶仕事をしているから、その過程で仲良くなったのかも知れない。

「それじゃあ、私達は少しお湯を頂いてきます」

「行ってきます、テオドール様」

「後で休憩所に向かうわ」

「ああ。分かった。また後で」

グレイス達、女性陣を見送る。マルレーンはみんなと入浴ということでにこにこと、楽しそうな様子だ。屈託のない笑顔でこちらに手を振り、大浴場へと向かっていく。

今日は泳いだりするよりも、ゆっくり風呂ということだそうで。まあ、昼間は迷宮探索だったしな。ましてや深層だ。この上更にプール遊びというのもくたびれるだろう。

「テフラの加護を受けたお湯なのよね」

「うむ。湯浴《ゆあ》みする場所はテオドールが作ってくれた。我には人間達の作る建物の善《よ》し悪《あ》しは分からぬが、テオドールの作る物は好きだな」

「後で遊泳場も案内するね」

「はい。頼みますね、セラフィナ」

「うんっ」

テフラとマールも女湯へ。セラフィナは高位精霊の影響で随分元気なようだし、ステファニア姫、アドリアーナ姫も同様だ。こちらの面々は後でスライダーやら流水プールやらで遊んだりするのだろう。

とまあ、そんな調子で女性陣は和気藹々《わきあいあい》と大浴場へと向かったのであった。

◆◆◆◆◆

「はあ……沁《し》みるなぁ」

「本当に……。この湯に浸かっていると疲れが取れるどころか、力が蓄えられるようですな」

湯船に浸かってアルフレッドとピエトロが呆《ほう》けたような声を出す。そんな2人にジークムント老が笑みを浮かべた。

ピエトロは……猫妖精でありながら普通に風呂を楽しんでいるようだ。

「ケットシーは……水は大丈夫なのかな？」

「ああ、猫妖精でも苦手な者のほうが多いかも知れませんぞ。昔——吾輩《わがはい》の物心がついたかつかないかの頃の話ですが、吾輩を拾って育てて下さったお人が大の綺麗《きれい》好きで、風呂好きでもありまして。まあ、慣れているというわけです」

ピエトロはどこか懐かしそうに言う。

「なるほど……」

「興味深い話じゃな」

ジークムント老が言う。確かに。昔の主人か。ケットシーは猫が年を経て妖精になるとか、猫のふりをしているが初めから妖精でもあるとも言われるが……人間よりは長生きということなのだろう。

「ピエトロっていう名前もその人が？」

「その通りです。見た目は少々無骨な武人ではありましたが……お優しい方でしたなぁ」

武人か。ピエトロの口調もそうだし、剣を使ったりするのもその人物の影響かも知れないな。

ピエトロは肩まで湯船に浸かりながら……どこか楽しそうに、昔を懐かしむように目を閉じるのであった。

◆◆◆◆◆

「はぁ……」

風呂から上がって休憩所へ向かい、冷たい炭酸水を口にして一息入れる。温泉と遊泳場の設備についてはこの前点検したばかりだし、今回は俺もゆっくりとさせてもらおう。

セラフィナ達はどうしているのかとバルコニーから遊泳場を見やると、丁度建物の中から出てくるところだった。

セラフィナがこっちに気付いて手を振って来る。テフラとマールも一緒に、バルコニーにいる俺に手を振っていた。手を振り返すと彼女達は笑みを浮かべる。

「こっち！」

テフラとマールを先導するようにセラフィナが飛んでいく。マールの身に着けているドレスが発光し、一度液状になったかと思うと泳ぐのに適したようなものに形成し直された。テフラも同様だ。

一旦炎を纏《まと》ったかと思うと、それが固まるように水着風の服装になっていた。

高位精霊ならではというか……中々便利な衣服だな。

3人は早速スライダーに向かい、並んで楽しげに滑っていた。何度かセラフィナを抱えたり、肩に乗せたりして滑って……リピートしてくれているのは気に入ったわけか。

流水プールでも、ステファニア姫達とシャルロッテ、それから動物組が泳いでいる。シャルロッテはフラミアやラヴィーネと共にコルリスの背中に乗せてもらって……遠目にもご満悦な様子だ。まあ、あれで日頃の研究疲れが解消されればと思うが。

そして……セラフィナ、テフラとマールが空を飛んで、休憩所のバルコニーまでやってくる。

「ふふっ。あれは楽しいですね。昔はああして、川や滝の流れと一緒になって遊んだりもしたものです」

「ほう。水の精霊は中々楽しそうな遊びをしているのだな」

とまあ、2人の高位精霊は中々楽しんでくれている様子である。気に入ったと、感想を言いに来てくれたわけか。

「楽しんでもらえているようで何よりです」

「はい。ああ、あの楕円《だえん》形の遊泳場も面白そうですね」

「うんっ。楽しいよ」

「では……私達はもう少しあちらでも遊んできますね」

「はい」

頷いて精霊達を見送る。今度は流水プールで遊ぶようだ。

「はあ、良い湯だった」

「おお、テオドール」

アルフレッドとジークムント老、それにピエトロも温泉から出てきたようだ。

……ふむ。では予定通り、新しい魔道具についての話をしておくか。西の領地へドリスコル公爵を送っていくわけだから、タームウィルズを留守にするより前に素材の処遇は決めておいたほうが良いだろう。

休憩所の中に移動し、飲み物を飲みながら、迷宮深層で得た魔物素材についての相談を進める。

「工房に届いた新しい素材を見せてもらったけど……パンプキンヘッドの魔石は数がある割には質が良いね。新しい魔道具を作るのに重宝しそうだ」

「そうだな。パンプキンヘッドの魔石に関してはそっちに任せてしまって良いかな。対魔人用に試作したいものもあるだろうし」

「それは助かるのう」

「カボチャの部分も、カボチャとは思えない硬さだし、凄い耐火性があるね。あれはあれで重宝しそうだ」

内側に火が灯《とも》されてるしな。どうやら普通のカボチャではないらしい。

「面白いな。ゴーレムを作れるかなってそのまま持ってきたのも多いから、色々実験してみよう」

「うん。配分は様子を見ながらだね」

といった調子で、星球庭園の魔物達の素材について、使い道を決めていく。

グリムリーパーの骨粉については――エルハーム姫が金属素材に混ぜて武器を試作してみるそうだ。まずはナイフを作ってみて、それで具合が良いようならみんなの意見を聞きつつ武器の製作に使っていく、というわけである。

「ああ、テオドール。もうお風呂を上がっていたのね」

クラウディアが笑顔を見せる。みんなも風呂から戻ってきたらしい。

「只今《ただいま》戻りました、テオドール様」

「おかえり、アシュレイ」

みんなは……風呂上がり特有の濡《ぬ》れた髪としっとりとした肌である。サボナツリーの洗髪剤や石鹸《せっけん》の香りが鼻腔をくすぐる。

ふと視線が合うと、グレイスが穏やかに微笑みを浮かべた。むう。

「お仕事の話をしていましたのね」

アルフレッドの隣にオフィーリアがやって来る。

「ああ。終わったら休憩所で一緒に遊ぼうか」

「ふふ、ありがとうございます、アル。お隣でお話を聞かせてもらっても良いかしら?」

「僕は構わないけど。良いかな、テオ君」

「勿論《もちろん》」

頷くと2人は笑みを向け合う。アルフレッドとオフィーリアは相変わらず仲が良いようで何よりだ。

イルムヒルトはみんなが休憩所に集まったということで、椅子に腰かけてゆっくりとリュートを奏でるようである。

「あー、さっぱりしたー」

「温まりましたね、フォルセト様」

「ええ。良いお湯だったわ」

「温泉……好きだわ……」

そこにフォルセト達もやって来る。ふむ。みんなが集まったのは丁度良いな。話の続きと行こう。

アンフィスバエナについては亜竜種ではあるが、やはり竜である。素材として優秀だし量も十分過ぎるほどだ。従って、防具に向いているのではないかと思っている。みんなの希望する装備品について、意見を聞いてみるとしよう。

ケルベロスの魔石もどう活用するか、この場で決めてしまいたいところだ。ケルベロス当人から信じて託された部分があるだけにしっかりと対応したい。

第163章 ケルベロスの行き先

「――そうですね。さっきお風呂で少しシーラさんとも話をしていました」

「ん。みんなに防具が行き渡るといいなって」

グレイスとシーラは顔を見合わせて頷《うなず》く。

火精温泉の休憩所にみんなで集まり、装備品についての話を続ける。

俺達《たち》のパーティーは水竜の鱗《うろこ》を使った装備が行き渡っているので、皆が希望する防具を作ったとしてもアンフィスバエナの素材は殆《ほとん》ど減らないだろう。

そうなると素材の使い道は……討魔騎士団の主だった者、フォルセトやシオン達、それからメルヴィン王始め要人達の防具を、という話になるわけだ。

「けれど、僕達は迷宮深層で戦える力はないのに、それを受け取るというのは……」

「そうね。シオンの言うことも確かにその通りだわ。私達が命を懸けたわけではないのに、結果だけ受け取るというのは筋が通らないもの」

シオンが言うとステファニア姫が頷く。アドリアーナ姫も同様の意見のようだ。

義理堅いだけにこういうところで素直に受け取るのには抵抗があるらしい。

まあ……それはそれで真っ当な反応かなと思うが。これが冒険者同士の配分ならそういう話で落ち着くのが普通だろうとは思う。

アンフィスバエナを仕留めた当事者であるグレイスとシーラの意見は……言うべきことは言った

とばかりに、それでも変わらないようだが。ふむ。

ステファニア姫とアドリアーナ姫が使い魔を連れて迷宮に降りるのを許可されていることからも、メルヴィン王には魔人との決戦を見越している部分があるようだ。

実際、ジョサイア王子も樹氷の森に降りて訓練に加わる予定が立っているし。

通常要人が前線に出る状況は避けるべきであるが、だからと言って備えをしなくても良いというわけではない。要するに、今やっていることはそれなのだ。

だから、その観点に立って俺の意見を言うと――。

「決戦に備えて、迷宮で更に力を付けていくというのは重要かと。そのためにも不必要な怪我《けが》を避けるというのは重要ではないでしょうか。樹氷の森を拠点に修行をするのであれば、深層の魔物を素材にした防具を持ってくることで、大きな怪我を避けられるでしょう。結果と言うのなら、受け取った装備でより強くなってもらうことで返していただく、というのはどうでしょうか」

素材が足りなくなるなら、更に星球庭園の迷路で戦闘を行って確保するつもりではあるし、全体的な戦力が増強されるのならこちらとしても楽になる。

俺の言葉に、ステファニア姫やアドリアーナ姫は思案していたようだが、やがて頷いた。

「……分かったわ。テオドール達の力になれるように、頑張らせてもらうわね」

「そう、ね。上役に何かあった時に士気が落ちてしまうのは事実だし」

2人は真面目な表情で言った。

「強くなることでお返しを、ですか。それなら確かに筋が通りますね」

フォルセトは静かに言うと目を閉じる。シオンとマルセスカはその言葉に気合が入ったらしく、神妙な表情で居住まいを正す。シグリッタの表情はいつも通りだが、静かに頷いていた。

「もう少し空中戦装備に慣れてきたら、ゴーレムを使った訓練に加わりますか？」

「それは……良いわね。うん。楽しみが増えたわ」

ステファニア姫が明るい笑みを見せる。

アンフィスバエナの素材についてはこれで使い道が決まったな。亜竜ではあれど竜。その鱗は軽く強固で、動きの邪魔にはならないと、防具として考えるなら最高の素材なのは間違いない。

水竜にまた鱗を分けてもらうという方法もあるかも知れないが……あの水竜親子は基本的に隠遁《いんとん》生活しているからな。

俺達を信じて鱗を分けてくれたところがあるように思えるので、あまり頻繁に鱗を貰《もら》いに行って鱗を広く流通させてしまうというのもな。善意を頼りにし過ぎてしまうから、迷惑になりかねない。ある程度の線引きというか、距離感は必要だろう。

「それぞれの装備品については後で工房まで採寸に来てもらえればと」

アルフレッドが言うと一同頷いた。

「次は……シャドーソルジャーかな？」

シャドーソルジャーについては倒した後の残骸として、黒い液状となったシャドーソルジャーそのものと、そこから抽出した魔石と、両方を回収してきている。

「あの黒い液体については良い触媒になりそうじゃの」

「抽出した魔石もかなり良質だわ」

ジークムント老とヴァレンティナが言う。ふむ。そのあたりは流石《さすが》深層の魔物という気がするな。

「では……シャドーソルジャーの素材については、工房に使い方を一任するということで」

「分かった。では、こちらで預からせてもらおうかの」

パンプキンヘッドの素材と同じく、工房での魔道具作製に役立ててもらう、という方向で。

続いてヒュージパンプキン。あれは……なにやら巨大な核が嵌《はま》っていたからな。そのままもう一度魔法生物化して、戦力として組み込むというのもありかも知れない。何せ、標準で空を飛べるわけだし、近接戦闘でイグニスと渡り合ったわけだからポテンシャルは十分だ。

そういった考えを伝えるとみんなも頷いた。

「スノーゴーレムとパンプキンヘッドを永続型のゴーレムにするということなら……巨大カボチャを改造する土台としては丁度良いかも知れないわね」

ローズマリーが言う。

「それじゃあ、あれはこっちで預かるってことで良いかな」

「テオドールなら庭師頭も元以上に強くできるのではないかしらね」

クラウディアが楽しそうに笑うと、マルレーンも明るい笑みを浮かべてこくこくと頷く。うん……。預かった以上は頑張らせてもらうが。

「では、大バサミはそのまま武器として残したほうが良いかも知れませんね」

アシュレイが言った。

「そうだな。ヒュージパンプキンを再起動させて、武器として使えそうならそのまま継続して使ってもらうということで」

ということで……ヒュージパンプキンについても使い道は決定。グリムリーパーの大鎌はどうしたものか。鋳潰して、完全に素材にしてしまってもいいが……グリムリーパーのような特殊な魔物が持っていたものだけに、何かしら特殊な効果があるかも知れない。それを調べてからでもいいかな。

「後は……ケルベロスの魔石かのう」

「あれだけの魔石。しかもアルファと同じとなると……」

確かに何にでも使えるポテンシャルだろうな。

「ケルベロスの魔石については本人の意思を尊重してやりたいと思うのですが」

俺がそう言うと、ジークムント老が尋ねてくる。

「ほう。というと？」

「つまり、クラウディアの護衛役ですね。その約束で連れてきました」

「ふうむ。なるほどのう」

ジークムント老は腕を組んで、納得したという感じに首を縦に振る。

「つまり直接護衛になれるように、魔石を動力とした魔法生物の器を作るのがいいのかなと」

ゴーレムなり人形なり、魔法生物の人工的な器を作り、その動力として魔石を組み込むわけだ。

三つ首の犬型人形というのもかなり特殊な気がするが、イグニスとは違って魔石自体に魂が宿っているので完全な自律型となるだろう。

「私も……それには賛成ね。深層の守護者達《ガーディアン》も、何時《いつ》かは迷宮に強制された役目から解き放たれて良いはずだわ。そのために自由になる器があればとも思うわね。アルファは元々精霊に近いから……今は割合自由に過ごしているようだけど」

クラウディアの言葉に応えるように、その手の中にある黒い魔石がゆっくりと明滅した。フォルセトも今のクラウディアの言葉をシオン達に重ねるところがあるのか、静かに目を閉じている。

いずれにせよ、ケルベロスとしても異存はない、というところか。では、これで決定だな。

「それじゃあ、僕達も明日から早速防具作りに動くよ」

大体の素材の行き先が決まったところで、アルフレッドが笑みを浮かべて言った。となると……工房はまた忙しくなりそうだな。

討魔騎士団の武器や鎧《よろい》もビオラとエルハーム姫が新しく打ち直している最中だ。アンフィスバエナの装備は俺達の着ている水竜装備と同じく、鎧の下に着る服のような防具なので、それらの装備と併せて順次バージョンアップが整っていくだろう。

ゴーレムなどの類については……準備を進めておいて、西の海から戻ってきたら動き出すという形が良いかな。

◆◆◆◆◆

「おはようございます」

「おお、テオドール様。それに皆様も。おはようございます」

そして——ドリスコル公爵一家が領地へと帰る日がやってきた。

朝食をとり、少しゆっくりできる時間ぐらいに家を出る。

皆で馬車に乗って中央区にある公爵家別邸へと向かい、玄関ホールへと使用人達に通されると……そこには出発準備をしていたらしい公爵一家の姿があった。玄関ホールには馬車に積み込むための旅行鞄《かばん》やらの荷物が置かれている。

公爵夫人と、長男長女のオスカー、ヴァネッサ、それから公爵の弟レスリーと、使用人のクラークといった面々。そして荷物をチェックしている使用人達。

「これはテオドール様、皆様も」

「おはようございます、皆様」

と、レスリーとオスカーがこちらに挨拶をし、夫人とヴァネッサが恭しく頭を下げてくる。

レスリーは前に会った時より大分血色が良くなっているようだ。

まずは……公爵家とは初対面であるマールを紹介するとしよう。

「ドリスコル公爵、こちらは水の精霊王、マール様です。此度《こたび》の西方行きに同行を希望しておいでです」

「初めまして」

マールがフードを取って笑みを浮かべると、公爵を除いた一家全員が目を剝《む》く。いや、一応というか当然同行について話は通してあるが……。

ふむ……。紹介の仕方が普通だったから、逆に衝撃があったか。マール自身も割と精霊王とは思えないぐらい気さくな雰囲気だしな。

とは言え、公爵は話を聞いているし、使用人に客の顔触れについても連絡を受けていたので、心構えができていたらしい。真剣な表情でマールに挨拶をする。

「これは……お噂《うわさ》は耳にしていましたが、精霊王に直接お目通りが叶《かな》う日が来ようとは」

「ヴェルドガル王家とは長い付き合いです。その親戚である公爵家や大公家の父祖も、僅かではありますが存じていますよ」

「なるほど……」

マールの言葉にドリスコル公爵は感心するように頷いている。

……まあ、テフラやマールはフレンドリーだが、時々尺度が違うことがあるからな。

「おはようございます。レスリー卿《きょう》はその後、お加減いかがですか？」

俺は俺で、朝の挨拶がてらということでそう質問すると、呆気《あっけ》にとられていたらしいレスリーは咳払《せきばら》いをして表情を整え、柔らかい笑みを浮かべて頷いた。

「お陰様で、日に日に体調も回復しております。そろそろ陛下とお約束した通り、夢魔の後始末にも動き出せるかなと思っているのですが……皆にはもう少し休んだほうが良いと止められてしまいまして」

「そうでしたか。僕としてもそちらのほうが安心です。メルヴィン陛下もレスリー卿が無理をなさるのは望んでいらっしゃらないかと」

そう言うとレスリーは目を閉じて静かに頭を下げる。

レスリーは真面目なだけに本人の自己判断に任せると色々と無理をしそうだからな。病み上がりなら周囲が気を遣ってやるぐらいで丁度良いだろう。

ドリスコル公爵がタームウィルズに留《とど》まらず領地に帰るというのも、そのへんが理由とも言える。南西の比較的暖かい場所、生まれ故郷で静養させてやりたい、というところだろう。

それに……これから魔人との決戦を控え、各々の領地に責任を持つ者は帰還して緊急時に指揮を執れる状態にしておく、という方針のようであるし。

魔人側が戦力温存している節がある以上、ここぞというところで結集させてくるだろうからタームウィルズ以外が標的になるのは考えにくい部分もあるが……前に話し合った時に出たように、魔物による陽動作戦ということも有り得るわけで。

まあ、それらのことについては今はさて置き。

「屋敷のほうはどうですか？　何かご不便なことは？」

「いや、修復して頂いてからは前以上に快適かも知れませんな。特に……あの椅子は実に具合が良い。長時間座っていても腰回りが楽なので、領地に持ち帰ろうと思っていたところなのですよ」

俺が作った安楽椅子か。噂をすれば何とやらで、使用人達が運んできた安楽椅子を見て公爵は相好を崩した。

「気に入って頂けてなによりです」

「ええ。安楽椅子なのであまり大っぴらには言えませんが、日々の執務も捗《はかど》りそうですぞ」

そう言って、公爵はにやっと笑う。

なるほど。来客時以外なら執務中にも使えるというわけだ。公爵らしいと言うか何と言うか。

「さて、私共の準備もこれで大体終わりといったところですかな。何時でも出立できますが、まだ顔触れが揃《そろ》ってはおりませんな。お茶でも飲みながら――」

と、そこに使用人達が公爵家別邸への客を案内してくる。

やってきたのはデボニス大公と、ステファニア姫、アドリアーナ姫、エルハーム姫だ。

「おはようございます」

「ああ、大使殿。おはようございます。出立の日が晴れて何よりです」

デボニス大公と挨拶を交わし、ステファニア姫達とも続けて朝の挨拶を交わしていく。

デボニス大公もマールを紹介されるが……大公にも話は通っているし、最初からマールもフードを取っているので心構えはできていたらしい。マールの言葉に静かに頷いて頭を下げていた。

デボニス大公は、このままシリウス号で公爵領に向かい、そこから転移魔法でデボニス大公の領地へ帰る、という些《いささ》か変則的な帰還の方法を取る。

シリウス号で共々小旅行というのが両家が和解した喧伝《けんでん》にもなるというわけだ。

ステファニア姫、アドリアーナ姫、エルハーム姫の3者も同行するが……3国の王家が大公家、公爵家の和解を歓迎しているとアピールする狙いもある。

更にステファニア姫とアドリアーナ姫に関して言うなら、あの日、温泉での話し合いの後で始まったゴーレムを使った空中戦訓練の最中であるため、俺の不在で訓練の内容を途切れさせたくない、という理由もあったりする。従って、移動中も軽くゴーレム達と訓練をしながらということになるだろう。

同じくゴーレムで訓練中のシオン、マルセスカ、シグリッタも一緒なので……内容は充実しそうだな。フォルセトは工房で色々と研究したり、苗の様子も見ることになるのでタームウィルズに残る、ということだが。

エルハーム姫は鍛冶仕事をしながらの移動だ。シリウス号内に魔道具作製や鍛冶を可能とする設備を新たに増設したので、その使用感を確かめてもらおう、というわけである。これでシリウス号の移動中でも魔道具や武器防具の修復が可能、となるわけだ。備えあれば何とやらということで。

今回はバハルザード代表及び工房代表ということで、工房関係者はエルハーム姫1人だ。アルフレッド達は引き続き、工房の仕事を進めるという形になる。

「ふむ。これで顔触れも揃いましたか。急ぎでなければお茶と砂糖菓子の用意もありますが、如何《いかが》ですかな？」

と、ドリスコル公爵。これだけの客を迎えて持て成さない、というわけにもいかないのだろう。

出立前ではあるが、時間的な余裕はある。軽く歓談してから出発ということになった。

◆◆◆◆◆

「では、お前達。後のことは頼むぞ」

「はい、旦那様。いってらっしゃいませ」

公爵家別邸のハウスキーパー達に見送られ、それぞれが馬車に乗り込んで公爵家別邸を後にする。今日はステファニア姫達も普通に馬車に乗っているが、当然ながらコルリスは一緒だ。頭にラムリヤ。背中にフラミアを乗せて……空から馬車を護衛する形である。

馬車が動き出すと、イルムヒルトは早速リュートを奏で始めた。何となく優雅な曲調であるが、よく晴れた今日という雰囲気には合っているかも知れない。

「南西部の海ですか。どんなところなのでしょうね」

天気の良さも相まって、朝から機嫌の良さそうなグレイスが質問してくる。

「そうだなぁ。とにかく海が澄んでいて景色が綺麗《きれい》って聞いてるけど」

このへんはBFOプレイヤーの間でも意見が一致するところだ。ヴェルドガル国内でも比較的暖かいしな。

「楽しみですね。今回の旅は大きな目的があるというわけではありませんし」

アシュレイがそう言って、マルレーンと顔を見合わせて楽しそうに笑みを向け合う。それを見て、膝の上にセラフィナを乗せて髪を撫《な》でていたクラウディアが穏やかに目を細める。

そう。基本的には公爵を送っていって、転移可能な拠点を増やしてくるだけだ。

公爵家の別荘——夢魔グラズヘイムの封印されていた古城も気になるところだが、元々公爵家の管理下にある場所だし、隠し通路も公爵家血筋の者にしか反応しない仕掛けであるために、魔人のことが片付いてからぼちぼちと後始末を進めていくということになっている。

「ん。人魚のことは気になる」

「そうね。例の島にも立ち寄って来るのでしょう?」

「ああ。もしかしたら会えるかも知れない」

シーラとローズマリーの言葉に頷く。

島の付近で人魚を見たという話もあったな。まあ、実際に会えるかどうかは分からないが。ともかく、シリウス号に乗り込んでドリスコル公爵の領地へと出発である。

それぞれの馬車に分乗し、公爵家別邸から西区にある造船所へ向かう。

「近くで見ても綺麗な船ですわね」

造船所に着いて馬車から降りたところで……ヴァネッサがシリウス号を見上げて、目を細め、呟《つぶや》くように言った。

「まさか、飛行船に乗って帰れるとは思わなかったね」

オスカーが言うと、ヴァネッサは嬉《うれ》しそうに笑みを浮かべて頷く。

コルリスのための鉱石だとかリンドブルム用の食料といった物も既にシリウス号の中に積み込んであるので、後は俺達の持ってきた手荷物を運び込むだけという状態だ。

今回の旅は要人が多いが、大公家と公爵家の使用人も一緒に帰途に就くために、操船以外に俺達がすることはほとんどないと言っても良い。両家の使用人は合わせて8人。まあ、不足ということはあるまい。

というわけで、馬車から荷物を降ろしてシリウス号に積み込んでいると、アルファがいつの間にか甲板の上に姿を現していた。

クラウディアが隣に浮かばせているケルベロスの黒い魔石を見ていたが、ゆっくりと回転している魔石が静かに明滅すると、アルファは静かに頷くような動作を見せて、艦橋の中へと戻っていった。

「意思の確認は済んだというところかしら？」

アルファの背を見送って、少し首を傾《かし》げながらクラウディアが言った。

「アルファとしては、ケルベロスがこっち側にいることが確認できればそれでいいってことかな」

「かもね。多少はお互い意識しているようにも見えたけれど」

殊更馴《な》れ合うわけではないが、仲間意識もそれなりにあるようにも見えた。まあ、担当区画が違うとは言え元々同僚で、また近い立場になったわけだしな。

とりあえず、敵意を向け合うというわけでもないし、俺としてもそれで構わないということにしておこう。

甲板で待機していたリンドブルムのところまで行き、首のあたりを撫でてやるとリンドブルムも軽く喉を鳴らして頷き、コルリスと共にシリウス号の中へと入っていった。

「ではエリオット兄様。行って参ります」

「ああ。気を付けて行ってくるんだよ」

「はい」

造船所にはメルヴィン王と共に、エリオット以下、討魔騎士団の者達数名が見送りに来てくれている。アシュレイと言葉を交わすと、エリオットは俺のほうへとやってきた。

「留守中の討魔騎士団と、タームウィルズの守りはお任せ下さい。道中お気をつけて」

「はい。エリオット卿も無理はなさらずに。何かあったら通信機で連絡を下さい」

「分かりました」

「まあ、シリウス号なら移動にもそれほど日数もかかるまい。少しは羽を伸ばしてくるというのも良いのではないかな」

メルヴィン王が楽しそうに笑う。

「ありがとうございます。そうですね。多少は、ということで」

「うむ」

笑みを浮かべるメルヴィン王に頷いて、一通りの挨拶を済ませたところで出航の準備を進めていく。手荷物の積み込み忘れや、物資に不備がないかの点検。

「両家の使用人達の船室への案内や、諸注意はアンブラムに任せてもらっても良いかしら？」

「分かった。それじゃあ、手荷物はそっちに運んでもらうということで」

「ええ」

ローズマリーは頷くと、使用人の姿をさせたアンブラムを制御して、両家の使用人達に船室への案内を開始した。

要人の船室への案内は……俺の仕事という感じかな。では、大公と公爵一家を船室へと案内してしまうことにしよう。

◆◆◆◆◆

「この船室をお使いください。手荷物を置きましたら、艦橋までどうぞ」

まずは大公や公爵の貴賓室への案内から。ステファニア姫、アドリアーナ姫、エルハーム姫は3人同室で良い、ということだそうで。

「内装も凝っておりますな」

大公が船室を見て感心したように言う。公爵も真剣な表情で見回して頷いていた。

「私は……みんなと同じ部屋でも良いかしら？」

部屋の設備などを伝えているとマールが言った。

マールの言うみんな、というのは、つまり俺達と同室ということだろう。

「構いませんよ。僕達と一緒ということなら、基本的には就寝時以外は艦橋で過ごすことになるかと思いますが」

「ええ」

マールは笑みを浮かべて頷く。

さて。案内と必要事項を伝え終わったところでいよいよ出航だ。みんなと共に艦橋へ戻り、最終確認として乗り忘れがいないかの点呼を済ませ、操船席についてシリウス号を起動させる。

「おお……。これが……」

艦橋内部の各種モニターが外の景色を映し出すと、公爵が感嘆の声を漏らした。

みんなが椅子に座っていることを確認し、ゆっくりとシリウス号を浮上させると、それに合わせて周囲の景色も動いていく。

オスカーやヴァネッサは歳《とし》の割に落ち着きがあるが、この時は目を輝かせてモニターからの風景に見入っていた。そんな2人を穏やかな笑顔で見守るのはレスリーである。

シオン、マルセスカ、シグリッタの3人も、モニターからの眺めが好きなようで、既にお気に入りの場所に固まってモニターを操作したりしているようだ。

ステファニア姫とアドリアーナ姫は――ピエトロに、モニターの操作を実演して見せている。その後ろからマールが興味深そうに覗《のぞ》き込んでいた。

「このような大きな船が空を飛ぶとは……凄《すご》いものですなあ」

「私も、最初に見た時は驚きました」

ピエトロの言葉に、エルハーム姫が笑みを浮かべた。

「では、参りましょうか」

そう言ってシリウス号を動かしていく。高度が安定したところでステファニア姫やアシュレイが甲板に移動。見送りに手を振りながら造船所を離れ、ゆっくりとした船速でタームウィルズを出発する。

手を振り返す見送りの面々と共に、王城セオレムとタームウィルズの街並みも段々と小さくなっていくのであった。

◆◆◆◆◆

光を受けて輝く海原。海岸近くの陸地に続く街道。

冬ではあるがよく晴れた日で、高所から見る海岸沿いの景色はとても綺麗だ。イルムヒルトが艦橋で音楽を奏で、その音色に大公は静かに聞き入っている様子であった。

艦橋ではアシュレイやマルレーンが楽しそうにラヴィーネやフラミアをブラッシングしていたりと、外の景色の良さも相まって実にのんびりとした雰囲気である。

モニターを見れば……シオン達はコルリスに鉱石を食べさせに行っているようだ。

「お茶が入りました」

グレイスが操船席へ木製のカップに注いだ飲み物を持って来てくれた。昨日の内に用意してくれていたらしい焼き菓子も一緒だ。

「ありがとう」

「はい」

受け取って笑みを返すとグレイスは嬉しそうに頷いた。

お茶請けに焼き菓子を齧《かじ》る。香ばしい風味と程良い甘みが口の中に広がる。紅茶の風味と相まって、中々優雅な気分である。

「このまま海岸沿いを進む？」

シーラが首を傾げて尋ねてくる。

「そうだね。航路としては——南西方向へ進んでから、西の海へと出る予定かな」

つまり、このまましばらくは海岸沿いの街道を飛行する形になる。

「ふむ。公爵家の海岸沿いの領内で、一番大きな港町から、ということになりますな」

公爵が地図を見て言った。

その理由は……まあ、ヴェルドガル各地で大公家、公爵家の和解をアピールするという狙いがあったりするわけだ。大きな拠点の月神殿に立ち寄るという目的もあるが。

「そうですね。街や村の近くを通過する時は、速度と高度を落とす予定です」

「存じております。陛下とも打ち合わせておりますゆえ」

公爵が頷く。甲板に出て軽く挨拶をしながら進むというわけだ。

「普段の飛行中は甲板に出ても大丈夫なのですか？」

やはり外が気になるのか、モニターを眺めていたヴァネッサが尋ねてくる。

「比較的低速で揺れないように飛行していますが……甲板に出る際はレビテーションの魔道具を身に着けていって下さい」

「分かりました」

「外は寒いんじゃないかな？　船室から上着を取って来ようか？」

と、ヴァネッサにオスカーが言う。

「ああ。風は防いでいるのでそれほどでもありませんよ。どちらにしても、もう少ししたら甲板で訓練を始めようかと思っていたところです。その際、転落防止のために全面をマジックシールドで覆いますので……甲板に出るのは、それからのほうが良いかも知れませんね」

「分かりました。では、その時に。訓練の邪魔にはならないように致します」

ヴァネッサは俺の言葉に頷いた。まあ、ゴーレムの射撃は訓練用なので当たっても痛くもなんともないが……流れ弾がぶつかるのは気分も良くないだろうし、訓練用のスペースもマジックシールドで覆ってしまうのが良いのかも知れない。

「それじゃあ……少しアルファに任せてもいいかな。海岸沿いをこの速度を維持して飛んで欲しいんだけど」

艦橋の一角に鎮座しているアルファに言うと、俺の目を見ながら静かに頷いてくる。

シリウス号は出力制御で高度や姿勢、進行方向の決定や速度の維持をしているので、そのあたりをアルファ自身に制御してもらえば、乗組員がいなくとも飛行は可能である。

だが、そのためにはまず、通常飛行の出力制御に慣れてもらう必要があった。アルファにとってもシリウス号というのは新しい器であるので、どこをどのようにすれば船がどう反応するのかの学習をしてもらう期間が必要だった、と言い換えても良い。

何度かの航行を経た後で、アルファによる操船の実験も済ませている。安定飛行に不安はないし、カドケウスを操船席に残して補助してやるだけでも不測の事態には対応可能だ。

まあ、元々空を飛べたことを考えれば、操船に向いていないはずがない。特にアルファ自身の反応速度であるとか平衡感覚だとかは折り紙付きだ。狼《おおかみ》であることを考えれば方向感覚も鋭いはずである。

進行方向についても海岸沿いを進んでいるので外れればすぐに分かるし、アルファが迷うということもないだろう。

第164章　白い港町

さて……。ゴーレム達《たち》の放つ水の弾幕を回避する訓練、ということで、甲板に出て訓練を行いながら南西部への旅を続けているが……シオン達は流石《さすが》だな。

十字砲火や偏差射撃。それらを反射神経と持ち前の運動能力で回避することが可能な様子だ。結構な難易度の弾幕を突破してゴーレム達に肉薄してくる。

3人がそれぞれ別々の軌道を描き、ピンボールのように迫って来る。基本的スペックの高さに物を言わせた力業による回避とでも言えばいいのか。更に互いの動きを見てから自分の動きを変えている。その動きは動物的というか直感的ではあるが動きの速さから幻惑効果も高く、相対する側は弾幕を張るのが中々難しくなる。普段から3人で狩りをしていたから、呼吸がぴったりだ。だが――。

「っと！」

シオンが途中から拡散した水弾に驚きつつも、正面に来たものは魔力を纏《まと》った剣で切り散らして突破する。後続のシグリッタへの弾丸も同時に斬り払っているのはアドリブとしては上出来ではあるな。

シオン達に必要なのは――搦《から》め手《て》への対処や相手の攻撃のちょっとした変化の見切りだ。

こちらも軌道を予測して偏差射撃や先行する弾丸の陰にブラインドの弾丸や、眼前で爆《は》ぜるスプレッド――散弾を交ぜることで、訓練の難易度を上げていく。

スプレッド弾は普通の水弾と少しサイズが違うという特徴をつけてある。実際、瘴気弾《しょうき》であれ魔力弾であれ、質量が無いと拡散しても威力が弱まるからだ。

搦め手への対処を学び、敵の攻撃の中からちょっとした違和感を見出《みいだ》して警戒ができれば、反応速度を逆手に取られたりすることもなくなるし、スペックの高さから来る動きの甘えも無くしていくことができる、というわけである。これらは恐らく迷いの森にいた魔物達相手では学べなかった部分だろう。

一方で――ステファニア姫とアドリアーナ姫に関して言うのなら、弾幕に対応はしていてもシオン達とはまた異なる方向性である。

つまり、弾幕に対して魔法で応射して撃ち落とすことで突破口を見出したり、離れた位置に多重シールドを展開して勢いを殺し、着弾を遅らせることで回避したり、という方法になるわけだ。

元々王族でありながら魔法が使えるということで、レビテーションを用いた大跳躍などの回避方法は学んでいたようだし、体術として護身術の類も身に付けている。

ステファニア姫とアドリアーナ姫ではそれぞれ技術体系が違うようにも見えるが、動きが画一的でないというのは相手側も対処しにくくなる部分もあるし、或《あ》るいは齟齬《そご》から突破口を見出されてしまうこともあるだろう。訓練を通してそういう部分の穴埋めをしていければ上々と言える。

「アドリアーナ！」

「ええっ！」

正面から迫る弾幕に対してマジックスレイブからシールドを複数展開して防御。ステファニア姫の合図と共に、マジックサークルを展開していたアドリアーナ姫がゴーレムに向かって火線を放つ。

当然、距離を置いての射撃戦なのでゴーレム側も回避可能ではあるが――直線的な火線を回避したその瞬間に、火線がアドリアーナ姫の制御に従い、爆発を起こす。

刹那の時間差。展開していたステファニア姫のマジックスレイブから多数の石の弾丸が一斉に放たれて、爆風を浴びたゴーレムを撃ち抜く。

中々良い連係だ。それに、アドリアーナ姫は展開していたマジックサークルとは違う魔法を放った。展開したマジックサークルは見せるためだけ。実際に行使したのは無詠唱の火魔法というわけだ。行使する魔法の偽装1つとっても中々手が込んでいる。

ステファニア姫が防御役、アドリアーナ姫が攻撃役と役割分担することで集中を要する行動も取れるというわけだな。

これで実戦では騎士達が前衛になったり、使い魔達が援護役として加わったりするわけだから、突破は難しくなるが……今回の訓練ではそれが望めない状況を想定している。

相対するアクアゴーレム達の中に水の剣と盾を装備する者が現れる。突撃役と支援役に分かれたことに気付いた2人は、表情を険しくしてマジックサークルを展開した。

大きめのマジックサークル。威力の高い魔法をこれ見よがしに用意することで突撃役の動きを抑止させるというわけだ。実際に突っ込まれても事態を打開しうる。

だが恐らく、2人の内どちらかは別の役割を負う形なのだろう。ステファニア姫とアドリアーナ姫は戦略的に動く印象があるな。

さて。こちらとしてもシオン達とステファニア姫達がぎりぎり対応可能なラインを見極めつつ難易度を上げていくとしよう。

「……いやはや。こうして高度な体術と魔法が飛び交う訓練風景というのは見ているだけでも刺激というか勉強になりますな」

「空中戦装備も今後は標準になってくるでしょうからな。旧来通りの戦術というのは通用しなくなる時が来るでしょう」

こちらが訓練をしている傍らで、甲板には大公と公爵一家も足を運んでいて、それを真剣な表情で見学している。

2人にとっても今後を占う上で他人事《ひとごと》ではないのだろう。空中戦装備が普及すればそれに合わせて用兵も変わるし、それに対応する方法も考える必要がある。

見学している面々は、更に俺達のパーティーに加えて、コルリスやフラミアもだ。甲板のスペースが足りないから全員一度にというわけにはいかないが、もう少し続けたら休憩を入れて交代という形にするとしよう。

と、そのまま訓練を続けているとエルハーム姫が甲板に上がって来た。鍛冶仕事用のゴーレム達も一緒だが、その手には一揃《そろ》いの金属鎧《よろい》が抱えられている。

「ああ、それはステファニア殿下とアドリアーナ殿下のお2人に？」

「そうですね。以前から作っていたお2人の鎧が仕上がりました」

声をかけると、そう言ってエルハーム姫は笑みを浮かべる。金属鎧はエルハーム姫の担当。一方、タームウィルズの工房ではアンフィスバエナの素材を使って、鎧の下に着る軽量な防護服を作っていくというわけである。

ゴーレムの手にしている鎧は首、胸部、腰回りなどを要所要所の防御力を高めながら、動きの邪魔にならないように考えて作られている印象だ。防護服とセットで運用することで堅牢《けんろう》さと可動性を両立させているのだろう。

素材は軽量なミスリル銀を元にしているが、何やら金属の表面に複雑な波紋模様が浮かんでいる。エルハーム姫の持つバハルザードの技術もしっかり取り入れられているというわけだ。

胸部や手甲、脚甲に魔石が組み込んであるのは……アルフレッドの手によるものだ。魔道具一体型だ。

良い頃合いということで、そのまま休憩となる。

早速ステファニア姫達は鎧を試着してみることにしたようだ。ドレスの上から着られるようにデザインされているらしい。ステファニア姫とアドリアーナ姫の装備はそれぞれ細かな意匠が異なるが、全体としては対になっていることが分かる。

実用的で人目を惹《ひ》きつつもヴェルドガルとシルヴァトリアの結びつきを意味している。それを作ったのがバハルザードのエルハーム姫なので、3国の友好の意味合いもあるだろう。

鎧一式を装備したステファニア姫とアドリアーナ姫を見て、マルレーンが嬉《うれ》しそうな表情を浮かべて小さな手で拍手する。2人はそんなマルレーンを見て相好を崩した。

「動きにくい部分などはありませんか？」

エルハーム姫に問われ、肩を回したり腰を捻《ひね》ったりして鎧の可動域を確かめてから答える。

「大きさもぴったりね。軽くて動きやすいわ」

「不意打ちを防いでくれる、という話だったかしら？」

「はい。マルレーン様とクフウディア様のお力によるものですね」

「見た目にも良い鎧ね。すごいわ」

「ありがとうございます」

月女神の守護が組み込んであり、意識の外から飛んでくる攻撃に対してオートでマジックシールドを展開する……と。素材や構造以上に防御能力は高い。後衛用の鎧としてはかなり理想的だろう。

ステファニア姫達も気に入ったようだ。

「この分なら将兵の士気も上がりそうね」

「ありがとう、マリー。そうだと良いけれど」

羽扇で口元を隠しながらローズマリーが言うと、ステファニア姫が嬉しそうに頷《うなず》く。

「さて……。一休みしたら次はシオンさん達の鎧でしょうか」

エルハーム姫はその反応に満足したのか、上機嫌な様子である。

「いや、楽しみです」

「……エルハーム殿下の作る鎧……好きだわ」

「うんっ。恰好《かっこう》いい！」

「ふふ。頑張らせていただきます」

シオン達もテンションが上がっているようだ。

「ところで、船内の作業場の使い勝手はどうですか？」

「良いですね。船が傾いても道具は転がらないようになっていますし、私の定位置も周囲にマジックシールドを張れるようになっていますので、安心しながら作業に集中できます」

「まあ……移動しながらというのは次善の策と考えていますが」

基本的には船を止めて現地で修復、という運用方法を想定している。通常飛行はまだしも、戦闘機動を行いながら作業というのは流石に無理があるし。

とりあえず船内の施設に不備はないようなので、またアルフレッドやビオラにも使ってもらって改良点を見出して行けば良いだろう。

「あ。港町が見えてきました」

グレイスの指差す方向を追って甲板から遠くを見やれば――海岸線に真っ白な建材で作られた建物が並ぶ街が見えた。

「綺麗《きれい》な街……」

「ふふ、きっと領主もその言葉を聞けば喜ぶかと思います、アシュレイ様」

アシュレイが呟《つぶや》くとヴァネッサが嬉しそうな表情を浮かべた。

地形を活《い》かし、陽光をたっぷり受けられるような立地に作られた港町だ。

タームウィルズからもそれなりに南下しているので、植生も南国に近いものに変わってきている印象があるな。暖かい地方の港町か。海の青と相まって、とても爽やかで開放的な印象を受けた。

シリウス号は速度と高度を緩やかに落としながら白い港町へと向かって進んでいく。

ヴェルドガル王国南西部の港町――ウィスネイア。

公爵領にある海岸線沿いの拠点の中でも比較的規模の大きい港町だ。

月神殿もあり、内陸部との商人の行き来も盛んである。街道が整備されていて交通の便が良く、西部の海から船もやって来るしタームウィルズに向かう船も寄港する。

となれば重要な拠点でもあるため、シリウス号を停泊させて転移可能な拠点を増やすということになるだろう。

「ウィスネイアの領主は、異界大使殿に良い印象を持っているようですな」

公爵が言った。

「そうなのですか？」

「ええ。どうも魔人への悪印象がそのまま逆転しているように思えますな」

「ああ……つまり、魔人殺しについても？」

「ええ。知っているはずです」

……ウィスネイアは外国からの船もやって来る場所だしな。偽情報を広める場としては都合がいいので、領主に通達も行っているのだろう。

俺が魔人殺しであることを知るが故の好印象か。まあ、詳しいことは当人に聞けば分かるだろう。まずは俺のするべきことをきっちりとやってしまおう。

「分かりました。その話は追々。どこに停泊するのが良いでしょうか？」

「そうですな。港、というのが良いのではないでしょうか？　神殿も近く、海に向かって出立するにも丁度良いのではないかと」

「分かりました。では……アルファと操船を代わります」

甲板側に居並ぶ要人達の護衛は任せ、一旦艦橋に戻ってアルファと操船を交代させてもらう。操船席にいるアルファのところまで行くと、アルファは小さく吠《ほ》えて俺に場所を譲ってくれた。

「ありがとう、アルファ」

礼を言うとアルファは静かに頷いた。入れ替わるように甲板へとカドケウスを向かわせ、それからシリウス号を制御してゆっくりとウィスネイアに近付いていく。

飛行船は新しい乗り物ではあるが、同じ空路を行く乗り物である竜駕籠《りゅうかご》に準じる扱い、とメルヴィン王からは正式な通達が出されている。

つまり今まで行ってきた通りではあるのだが、陸地側の外壁にある監視塔に立ち寄って不審船ではないことを示し、都市内部に旗で合図をしてもらう。

そのへんに変わりはないが、少なくともヴェルドガルとシルヴァトリアでは正式なルールとなったわけだ。バハルザードでも同様の動きをさせてもらったから、今後南方でも飛行船が建造されれば恐らくは同様の手順になっていくのではないだろうか。

「これは公爵。お帰りなさいませ」

「うむ。任務ご苦労」

甲板に立った公爵が監視塔の兵士に労《ねぎら》いの言葉を掛ける。

「同船しているのは私とその家族だけでなく、ステファニア殿下、シルヴァトリア王国のアドリアーナ殿下、バハルザード王国のエルハーム殿下。デボニス大公と異界大使テオドール卿《きょう》。そしてその婚約者の方々である。くれぐれも失礼のないように」

「はっ。先行した伝令により、聞き及んでおります」

要人中の要人が集まっているのだから兵士は恐縮しきりといった様子であったものの、敬礼を以《も》って応えると機敏に動いて旗で都市内部に合図を送る。

合図の内容としては――公爵の到来の他、最高クラスの賓客が乗っているというものである。領主が出迎える必要がある、というわけだ。

街中の高台にある大きな屋敷からこちらに向かって旗が振られて合図が返されると、兵士は甲板に向き直り言った。

「どうぞ、お通り下さいませ」

その言葉を受けてシリウス号を街中へと進める。海側へと一度回り、港に停泊させるために高度を落としていく。

時間をかけて大きな波を立てないよう慎重に海面に着水。そのまま航行して港に停泊させて錨《いかり》を降ろす。

「さて……。こんなところかな」

やはり、港側から見ても白い街並みが綺麗だ。

すぐに領主の出迎えが来ると思うが、その前にクラウディアと共に月神殿に行って転移等の備えができるようにしてきてしまうとしよう。

◆◆◆◆◆

月神殿での用事を手早く済ませて戻ってくると、ウィスネイア領主の馬車が船着き場に出迎えにやって来ていた。

「ようこそいらっしゃいました、デボニス大公。この港町を公爵より預からせていただいております、ラウル＝ウィスネイアと申します」

馬車から降りて来た貴族が、大公に恭しく挨拶をしているところだった。ラウル＝ウィスネイア伯爵。ドリスコル公爵家傘下の貴族であるが……かなり大柄だな。服の上からでも分かる程の筋肉質な体格で、貴族服が窮屈に見える。一見して鍛えているのが分かるというか……。

「うむ。よくやってくれていると公爵からは聞いておるよ」

「ありがとうございます。まだまだ若輩故に学ぶことが多く、未《いま》だに精一杯というところではありますが」

大貴族の領地は他の貴族に比べると比較的というか、かなり広い。

ヴェルドガルに関して言うなら迷宮の性質上、中央の統治範囲も広く王権も強いのだが、他国に関して言うなら大貴族の領地は中央部とは別の国と呼んで差し支えない王家に並ぶほどの権力を備えている事例もある。

まあ、領地の広さという点について言うならデボニス大公やドリスコル公爵も同じではあるな。だから統治を円滑に行うために、重要な拠点には公爵家から爵位を与えられた傘下の領主を置いている。例の内陸部鉱山の領主達もそうだ。

海岸沿いの領主は大公家と直接利害がぶつかるということもないので、デボニス大公に対して殊更悪印象を持つということも少ないだろうというのが公爵の見解だ。

夢魔グラズヘイムの工作活動に関しても限定的だしな。王家と大公、公爵の意向が一致しているのは先日大々的に周知されたし、ここに来て大公家と摩擦を起こす領主もいないだろう。

念のためにカドケウスを護衛として付けてあるが……ウィスネイア伯爵は質実剛健で誠実な人柄と聞いている。滅多なことは起こるまい。

「おお、テオドール卿。お戻りになりましたか」

そのままみんなと一緒に近付いていくと、こちらに気付いた公爵が船着き場からこちらに声をかけて来る。

「はい。用件を済ませてきました」

そう言って頷くと、伯爵が振り返り、目を丸くする。

「おお……」

声を上げてこちらに近付いてきて、俺の前まで来ると恭しく膝をついた。

「お初にお目にかかります、異界大使殿。お噂《うわさ》はかねがね耳にしておりました。ラウル＝ウィスネイアと申します」

「初めまして、ウィスネイア伯爵。テオドール＝ガートナーです。……ええと。顔を上げて、立ち上がってはいただけませんか？」

伯爵は大きな身体《からだ》を小さく折り畳むようにしていたが、俺の言葉を受けて顔を上げた。そしてゆっくりと立ち上がる。

彫りの深い厳《いか》つい顔。逆光になるので陰影が深くなって、表情が些《いささ》か読めない。見上げるような巨軀《きょく》ではある。立ち上がるとこちらが丸っきり日陰になった。眉毛がハの字になって困っているような様子が見て取れた。

威圧感を与えないようにと跪《ひざまず》いたのは何となく分かるが……。とりあえずということでそのまま握手を求めると、両手でしかと握ってきた。妙に買われているのは、やはり俺が魔人殺しだと知っているからだろうか。

「いや、ご無礼を。恩師を死睡の王の襲撃の時に亡くしております故」

俺が少し怪訝《けげん》な表情をしていたのが伝わったのか、伯爵は静かに言った。

ああ……。死睡の王の関係での話か。そうなると、母さんが恩人の仇《かたき》を討ったということになるのだろう。だが、伯爵の立場を鑑みるとそれだけではないはずだ。

「……やはり、今の状況についても？」

「誠に勝手ながら……。タームウィルズの魔人殺しについては、役職故に多少のことは存じております。母子二代に渡り魔人と戦いの矢面に立たれる大使殿を、心より敬服しております」

そう言って伯爵は申し訳なさそうに頭を下げる。

「恩師、か。魔人に対して思うところがあるのは知っていたが……」

「若い頃に家内共々魔物に襲われたところを助けていただいた方なのです。私と家内にとっては命の恩人であり、一時武術を教わった師でもありますな」

公爵の言葉に伯爵は目を閉じて頷く。それから目を開くと、一礼してから気を取り直すように笑みを浮かべて言うのであった。

「話が逸《そ》れてしまいましたな。ようこそウィスネイアへ。歓迎致しますぞ」

大公の護衛はカドケウスに任せ、シリウス号の警備にはバロールを残しておくことにしよう。

「それじゃあ、コルリス。留守の間を任せていいかしら？」

領主の館への移動前に、ステファニア姫はコルリスに対して声を掛ける。ステファニア姫から指示を受けたコルリスはこくこくと首を縦に動かすと、船着き場から飛び立って甲板に上がり、縁から顔を覗《のぞ》かせて手を振って来る。それを見たステファニア姫が笑みを浮かべた。

「ふむ……。飛行する船とお聞きしていましたが、停泊は水上に限るのでしょうか？」

と、それを見ていた伯爵が尋ねてくる。

「いえ。空に浮かばせておくこともできますよ」

「では、領主の館に横付けする形でも問題ないかと。ここに船を残していくのでは警備上の不安もありましょう」

「良いのですか？」

実際は使い魔達がシリウス号側に残っていれば大抵のことには対応可能だと思うが……領主の館付近に船を持って来て構わないというのならこちらとしても気が楽という部分はある。シリウス号は目立つ分、盗難にしろ何にしろ警戒はしておく必要があるからな。それに何より、警備で居残り組がいらなくなるし。

「無論です。使い魔は普通の動物とは違いますからな。領主の館の最上階がここから見えますか?」

「はい」

伯爵の指差す領主の館を見やり、頷く。

領主の館はウィスネイアの小高い山というか、高台の上に位置する場所にある。

その最上階は——何やら平面で構成されていて、周囲に柵が設けられており、東屋《あずまや》のような構造物まであるように見えた。

「あの館は最上階に何室か貴賓室がありましてな。屋上はそれらの貴賓室から直接出ていくことが可能で、街を一望したり、食事をとったりできるようになっているのです。今の時期はやや寒いので食事には不向きかと思いますが……館の隣に船を置けば、屋上から直接船と行き来もできるのではないかと」

……なるほど。屋上部分が貴賓室共有の広いバルコニーのようになっていて、高所から街と海を展望したりできるようになっている、というわけだ。

確かに眺めが良さそうだ。複数グループの賓客を招いた場合にはそのまま交流用のサロンともなるし、良い構造をしているな。

「ありがとうございます。では……折角なのでみんなで船に乗って移動することにしましょうか。伯爵もどうぞこちらへ」

そう言ってタラップへと案内すると、伯爵は目を瞬かせるのであった。

◆◆◆◆◆

伯爵の乗ってきた馬車をレビテーションで浮かせて船に積み込む。馬も驚かせないように光の魔法で心を落ち着かせて船に乗せ、そのまま領主の館へと移動した。

船での移動に際し、伯爵は感嘆の声を漏らし、甲板から街を見て頷いていた。気に入ってもらえたようで何よりである。

館に横付けし、空中に浮かばせる形で停泊させる。馬車を入口側に降ろし、改めて正面玄関から館に入ると、玄関ホールでは使用人達と共に、伯爵夫人とその子供が出迎えてくれた。

「ようこそウィスネイアへ。主人共々、皆様の到着をお待ちしておりました」

夫人が優雅に一礼すると、その隣の小さな少女も、夫人に倣うようにスカートの裾を摘《つ》まんで一礼をする。

「ありがとうございます」

出迎えてくれた礼を言い、それぞれに自己紹介をする。夫人はトリーシャ。娘はオリンピアと言うらしい。

「マールというの。よろしくね」

「み、水の精霊王とは……」

流石に夫人は水の精霊王の同行に驚いているようだ。オリンピアは夫人の陰に隠れてはいたが、マールの髪が気になるのか目を瞬かせていた。

「どうぞこちらへ。貴賓室へ案内致します」

自己紹介と挨拶が終わったところで、そのまま屋敷の中へと案内してもらう。

何というか……伯爵夫人は小柄で華奢《きやしや》な人物だ。伯爵とは色々な意味で対極的な印象である。伯爵令嬢は、マルレーンよりも年下だろう。容姿は夫人譲りか。

客が多くて人見知りをしているようで、伯爵と夫人にぴったりとくっついている。小さな手で伯爵の指をしっかりと握っていたりして、仲の良い親子といった風情なので見ていて和むところはある。

館の上階へと向かい、幾つかに分かれた貴賓室へと通される。大公と使用人達。公爵家一家とその使用人。姫3人の部屋に護衛のシオン達。そして俺達とマール、といった具合だ。

貴賓室はかなり広い。俺達のパーティーの人数を収容してもまだ余裕がある。奥の扉は屋上に出るためのものだろう。

「では、滞在中はごゆるりとお寛《くつろ》ぎ下さい。必要なものがありましたらお申し付け頂ければと」

「ありがとうございます」

「礼には及びません。暫《しばら》くすれば夕食の準備も整います」

「屋上で食事をするというのは可能ですか？」

そう尋ねると伯爵は頷く。

「そちらに準備させることは可能ですが、風があって些か寒いかも知れませんな。夏場ならば心地好《よ》いのですが」

「でしたら、魔法で風を操って調整ができます」

「なるほど……。それは大使殿ならではですな。承知しました。そちらに準備をさせるとしましょう」

「では後程、晩餐《ばんさん》の折に」

伯爵達は一礼して貴賓室を出て行った。

「屋上、気になる」

と、シーラが言う。それは同感だ。

「そうだな。手荷物を置いたら早速屋上を見に行ってみるか」

◆◆◆◆◆

部屋から屋上へと出る。貴賓室は内側から鍵がかけられる構造で、共有スペースである屋上からの各部屋への出入りは自由というわけではないようだ。

部屋の横にある通路を通ると、すぐに広々とした空間に出た。大きなテーブルと椅子。その奥に

3段程度の短い階段があって、東屋まで建てられている。

あれは展望台とでも言うべき場所だろう。館から少し離れた場所に灯台が立っているのも見えた。

横を見れば、景色の妨げにならない場所にシリウス号も浮かんでいて、甲板の縁からアルファにリンドブルム、ラヴィーネ、エクレール、コルリス、フラミア、ラムリヤといった面々が顔を覗かせている。

高さが合っているのですぐ目と鼻の先という感じだな。使い魔達の屋上への立ち入りも許可されているので、このまま屋上側へと呼んでしまおう。

まずは……風の防壁を構築して寒さ対策をしてしまうか。

魔法を使って防壁内部の温度調整などをしていると、それぞれの部屋からみんなが屋上へと出てくる。

「わあ……。凄《すご》い景色！」

マルセスカが展望台から海を眺めて瞳を輝かせる。

「本当。海って綺麗だな……」

「これは後で、絵を描かなくちゃいけないわ……」

シオンとシグリッタも眼下に広がる光景に目を奪われている様子である。

シオン達だけでなく、海を見慣れているオスカーやヴァネッサにとっても良い景観だったようで表情を明るくしていた。そんな2人を、レスリーが眩《まぶ》しいものを見るように目を細めている。

領主の館側からだとシリウス号で到着した時とは逆側から街を見下ろす形になる。眼下に広がる白い街並みと、海原に浮かぶ小さな島々。青い海の水平線……見事なものだ。

もう少しすれば夕方になって、これが夕焼けに染まった景色が見られるのだろう。

「南西部の海……。確かに綺麗ね。これが沖に出るともっと澄んだ海というのだから……」

ローズマリーが遠くを見ながら呟く。

「そうなのですか？」

「ええ。本で読んだところによると、陸地から土砂が流れ込む量が少ないほど海が綺麗、という話だったはずだわ。ドリスコル公爵の本拠地は、海の向こうに浮かぶ、島にあるの」

「西にある国々からの交易の中心にもなる場所と聞いています」

アシュレイが隣にやってきたラヴィーネを撫《な》でながら笑みを浮かべる。

そう。西にある国の船がヴェルドガルに入って、補給などを済ませるのがそこだ。商船などが行き交う、海の玄関口というわけである。

「ですな。必要なものは交易で揃いますし、島と言ってもそれなりに広いので不便はありませんぞ」

公爵が言った。地図で見れば陸地からそこまで遠くに離れているわけでもないしな。いくつか離島があって、それら全てをひっくるめてドリスコル公爵領、というわけだ。

「それは……楽しみですね」

「まあ、そうね」

グレイスから微笑《ほほえ》みかけられて、ローズマリーは羽扇で口元を隠しながらも静かに頷いた。ふむ。

ローズマリーも中々機嫌が良さそうに見えるな。

「夕食まではまだ少し時間があるわね。船からカードを取って来ましょうか」

クラウディアが言うと、マルレーンが嬉しそうに頷く。

「私も、楽器を取ってこようかしら」

イルムヒルトの言葉に、彼女の肩の上に乗ったセラフィナが嬉しそうな表情を浮かべた。

「使い魔達の食事もできるように用意をしておきましょうか。私も船に行って、色々取って来るわ」

展望台から景色を眺めていたステファニア姫がそう言うのであった。

◆◆◆◆◆

――日が暮れて夕食の席。

魔法の明かりを浮かべた屋上は中々風情のある空間だった。

月の光を受けた海は神秘的だし、街の中でもあちこちで篝火《かがりび》やランタンの明かりが瞬いていていて……夕暮れ時が過ぎても綺麗だ。

そして夕食は、やはり魚介類が中心だ。新鮮な魚料理に貝料理の数々。スープに焼き魚、酢の物、煮魚、焼き貝等々……。魚料理に一家言あるシーラの尻尾が反応しっぱなしである。

どうも魔光水脈解放の影響はこちらの近海にも及んでいるようで、豊漁が続いているそうだ。港町も潤っているようでなによりである。

「――人魚、ですか。確かにそういう話もありましたな」

「うむ。私達がタームウィルズを訪問している間、何か新しい話は無かったかと思ってな」

食事が一段落したところで、公爵と伯爵の話題は人魚のものに移ったようだ。

「ふうむ。人魚に関しては新しい情報というのはありませんが……半魚人を見た、という船乗りがいたという話は聞いておりますぞ。恐らく公爵が居城にお戻りになれば正式な報告も上がっているかも知れませんな」

「半魚人ですか」

半魚人は魔物ではあるが……これも基本的には敵対的な種族ではない。こちらが敵対行動を取らなければの話だ。育った魔力環境で凶暴な個体が出て来てしまうということはあるのかも知れないが……伯爵の話し方が落ち着いていることからも分かる通り、敵対的な部族ではない、ということだろう。

まあ……見た目が人魚より厳ついのは確かだが、案外紳士的という話もある。

独自の文化を形成し、一族のほとんど全員が誇り高い戦士だという話である。人魚とは別種だが、共生していたりというケースも多々あるそうで。

「ふむ……。近海ではあまり見なかったはずなのだがな」

「人魚達も以前より色々な場所で目撃されておりますからな。しかし、漁民や船乗りに危害が加えられたという話もありません。どちらかというと、我々との交易時以外は関わらないようにしているようで」

「なるほどな……。向こうが距離を取っているのなら、こちらとしても注視していくというのが良いのだろう。私としても海の住人達とは上手《うま》くやっていきたい」

公爵は静かに目を閉じると、ゆっくりと酒杯を傾ける。

ふむ……。もしかすると何か活動範囲を広げるような事情があるのだろうか。人間達側に実害がないから問題がない、とも限らないわけで、多少気になる話ではある。

今回の旅で人魚や半魚人達に会えるとは限らないが……マールが同行しているなら遭遇した時に話を聞くぐらいはできるかも知れないな。割合頻繁に目撃されているようだし、会える可能性も低くはないだろう。

当人であるマールは……マルレーンやオリンピアと仲良くなったようで。水の髪に触れさせたりして笑みを浮かべたりしている様子だ。

さて。今回の旅はどうなることやら。

◆◆◆◆◆

明くる日――。窓から差し込んでくる、外の日差しを感じて目を覚ました。
夏場の暑さ対策のためか角度や高さなどが計算されていて、部屋の奥までは直射日光が差し込まないようになっているようだ。窓の数も少ない。そのため部屋の中は少し暗く感じるが、寝台で横になっている分には心地好いぐらいだ。

室温も元々の気候が暖かいためか、やや肌寒く感じる程度だろう。

「おはようございます、テオ」

「おはよう、テオドール」

寝台から出てまずは身支度を整えようと手荷物を漁《あさ》っていると、近くのテーブルで寛いでいたグレイスとクラウディアが俺に気付いて、声のトーンを落として朝の挨拶をしてきた。

「ん、おはよう。早いね」

「いえ。何時《いつ》もと違うので少し早く目が覚めてしまっただけです」

「まあ、暖かいからよく眠れたけれど」

そう言って2人は微笑む。グレイスの場合は早く目覚めたというよりは習慣な気がするが。

朝食は昨日に引き続き屋上に用意してくれて、準備ができたら呼びに来てくれるということなので、出発するまでは俺達がすることは無いわけだし。

まあ、寝間着でいるのも何なので身支度を整えてこよう。洗面台まで行き、水瓶《みずがめ》から手桶《ておけ》で水を汲《く》んで諸々《もろもろ》の身嗜《みだしな》みを整え、服を着替えてから戻ると、みんなも寝台から起き出してくるところであった。

まだ少し眠そうなマルレーンに付き添って洗面台に向かうアシュレイ、その手にはセラフィナも抱えられている。

「おはようございます、テオドール様」

「うん。おはよう」

朝の挨拶をするとマルレーンも笑みを浮かべて頷く。

「おはよう。テオドール」

「おはよう、マリー」

と、ローズマリーとも朝の挨拶を交わす。ふむ。今日は起き抜けではあるが羽扇を持っているようだ。そのまま3人で洗面台へと向かっていった。

シーラはまだ寝台の上だ。上体を起こしてややボーっとしている。イルムヒルトもゆっくりと起き出して、まだ眠たげに目元に手をやっていた。

さてさて。今日は少しのんびりしてから西に向かって出発というところか。

◆◆◆◆◆

「昨晩はよくお休みになられましたか？」

「ええ。北方に比べると大分暖かいので、朝までぐっすりと眠れた気がします」

尋ねてくる伯爵にそう答えると、満足げに頷いて相好を崩す。

「それは何よりです」

風呂も広々としていて心地好かったしな。

昨日に引き続き、伯爵一家とも一緒に食卓を囲む。

口当たりの良い、少し酸味のあるスープに、パンやヨーグルト、サラダにベーコンといった、比較的さっぱりとしたメニューが青空の下の食卓に並ぶ。朝の冷涼で爽やかな空気に合っていると言えよう。屋外での朝食ということで、何となくキャンプか何かの朝を連想させるというか。

食事が一段落すると、オリンピアはマールやコルリス、ピエトロのいる展望台へと嬉しそうに近付いていく。

コルリスの背中に乗ってみたりピエトロに触れたり、マールに髪を撫でられたりして、くすぐったそうに笑っている。使い魔に高位精霊、猫妖精と……特殊な面々も多いが、オリンピアは昨日ですっかり慣れたらしい。

俺ものんびりしながら椅子に座って景色を眺めていると、隣に伯爵と夫人が揃ってやってきた。

「昼頃に発《た》つとお聞きしましたが」

「そうですね。公爵をお送りするだけでなく、少しやることもありますので」

「ああ。無人島を見に行くとか？」

「ええ。少し立ち寄って、開発前の下見をする予定ではあります。陛下からは羽を伸ばして来てはどうかと言われていますが」

俺が僅かに冗談めかして言うと2人は穏やかに笑う。

公爵の本拠地である大きな島の他にも、幾つか公爵領に属している離島があり、それらの島々にある港町と、隣国を結ぶように航路がある。

この、海を挟んでの隣国というのが、第3王子ヘルフリートの留学先で、ローズマリーの母親の生国でもあるのだ。西の海から更に北上してシルヴァトリア側へ行けばエリオットの留学していた国も近くにあったりする。

まあ、俺が今回管理人となる島については、そういった諸外国は絡んでこないので完全に余談ではあるのだが。

話を戻すと……例の島はドリスコル公爵領の本拠地と離島の間を結ぶ航路からは、少し外れた位置にある。その島にも港を作っておけば離島同士の行き来の際、補給の利便性が増すか、というぐらいの位置関係である。

逆に言うなら、無ければ無いで特に支障はない。要するに、開拓の優先度はそこまで高くないので公爵の立てた開発計画ものんびりとしたものだったということなのだろう。

その内に死睡の王の襲撃が起こり、王家、大公家、公爵家の三家が国内の復興に尽力している内に後回しになってしまったというわけだ。

「西の海は航路が多い分、凶悪な魔物というのも少なく、波も穏やかですからな。大使殿はその若さで獅子《しし》奮迅《ふんじん》の活躍をなさっておいでだ。良い休暇になることを願っておりますよ」

「ありがとうございます」

礼を言うと伯爵は頷いた後、フラミアの尻尾と戯れているオリンピアを見て微笑んだものの、ふと遠い目をして言った。

「――武を志し、領主として治世を望みながら高位の魔人達に力及ばぬことの、何と虚《むな》しきことか。だからこそ魔人殺しを成し遂げた者……聖女リサ殿とタームウィルズの英雄は、騎士や兵士達にとっての希望なのです」

「それは……」

「我等《われら》には魔人殺しがいるのだ、と。国内を荒らして回ったあの忌まわしき魔人も、聖女に打ち倒された。決して勝てない相手ではないのだと。そう言って、彼らは自らを奮い立たせているのですな」

「それは、将兵達だけでなく民達も同じです。リサ様や大使様の成したことに随分勇気付けられております」

……そう、かも知れないな。死睡の王襲撃の惨禍からの復興も、魔人が倒されたかどうかはモチベーションに関わってくる。

母さんと、今の魔人殺し……俺との繋《つな》がりは明確にはされていないのだろうが、何度かの高位魔人の襲撃が起これば、それはヴェルドガルが魔人に狙われているということを示している。その襲撃を撃退したことが、母さんのしたこと同様、誰かを勇気付けている、か。

「ですが私は……魔人との戦いに立ち入ることのできない、無力なこの身を恥じております」

「しかし、だからこそ大使殿とリサ様には感謝の言葉を伝えたく思うのです」

と言って、伯爵と夫人は俺に深々と頭を下げてきた。

そうか……。それはメルヴィン王と似た苦悩かも知れない。

他の者を率いる立場もあるし、仕事の上で俺のことを知ってしまったということもある。実態を知るからこそ単純に魔人殺しを英雄と呼び、希望として縋《すが》るのは憚《はばか》られてしまうわけだ。

民を守るために武を志したというのであれば尚更《なおさら》か。戦いを見ているしかできない口惜《くちお》しさというのも、分かる。だから俺も本音に近い部分で答えた。

「僕は……魔人と戦える力がこの手にあることが嬉しいのです。他の誰に言われたからでもなく、自分の意志で魔人と戦っています。ですから、お2人が負い目を感じる必要など、どこにもありません」

そう言って……改めて握手を求めて手を差し出すと、2人は少し目を見開き、それから小さく笑った。

「では、少しでも大使殿の仕事の助けになるよう、私は私にできることやすべきことを精一杯していく、というのが良いのでしょうな」

「月神殿との連絡は密にしておかなければいけませんね」

「うむ」

そう、だな。後方の安定や、月神殿絡みでの協力があればこそ、俺も自分の仕事に集中できるわけだし。

「母について、お二方や皆がどう思っているのかという話は……聞けて嬉しかったです」

「私共も大使殿とお話ができて良かった。どうか、御武運を」

そう言って2人と握手を交わす。先程話したことは、伯爵と夫人にとっての気がかりであったのだろう。母さんへの感謝の言葉にせよ、今まで伝えるべき相手もいなかったわけだし。だが……今の言葉は確かに受け取った。

このままもう少し屋上でのんびりさせてもらったら、西の海へ向かって出発ということになるか。

よく晴れた青空の下には、日差しを受けて透ける海が見渡す限り広がっている。天気も良いし気分も悪くない。中々良い旅になりそうである。

◆◆◆◆◆

「――それでは、道中お気をつけて」

「またいつでもいらして下さい」

屋上にて、伯爵一家の見送りを受けて船に乗り込む。

オリンピアは……仲良くなったみんなやマール、使い魔達との別れを惜しんでいたが、やがて気持ちの整理もついたらしい。

「またね。あそびにきて、ね」

しばらくマールに抱き着いて髪を撫でられたり、夫人に肩を抱かれて声を掛けられたりしていたが、ゆっくりと離れて言うと、マールは目を細めて頷く。

「ええ。また会いに来るわ」

「……ふうむ。こちらからタームウィルズに訪れるというのも良いかも知れませんな」

「それは状況が落ち着いたらでしょうか。その時は歓迎しますよ」

伯爵の言葉にそう答えると、オリンピアも明るい笑顔になった。伯爵がオリンピアを抱き上げて、肩に座らせる。

船に乗り込み……甲板からコルリス達共々手を振って。伯爵一家もこちらに手を振り返す。ゆっくりと領主の館を離れていく。

遠ざかる伯爵達。そして領主の館。眼下に広がる港と青い海。白い港町――ウィスネイアは段々と遠くなっていく。

そうしてウィスネイア伯爵領を出発し……シリウス号は陽光を受けて輝く海原を進む。

航路を行き来する商船や、ウィスネイアの港から沖に出て漁をしている漁船。ウィスネイア近海の海は賑《にぎ》やかだ。

「海の色……綺麗だわ」

シグリッタがモニターを眺めながら呟くと、マルセスカが頷く。

「海の色が違う場所というのは、何なのでしょうか？」

「ああ。あれは浅い場所は明るく、深い場所は暗くなってたり、海水に含まれる栄養や成分が違っていたりするんだ。後は、雲から差し込む光の加減でも浅い場所の色合いが違って見えるかな」

シオンが尋ねてくるのでそう答えると、感心したように頷いてまた食い入るようにモニターを見やる。

……ふむ。少し思いついたというか……試してみたいことがある。

操船席から回路を通じて光魔法ライフディテクションを、船の下部カメラに向かって用いる。ライフディテクションが発動し――海面を映しているモニターに、海中の魚群などの生命反応の輝きが映し出された。

海底にある貝やヒトデ、珊瑚《さんご》、海草等々……それぞれ別の色で輝く反応として感知できる。普通は見通せない暗青色の深みから無数の生命反応が輝きを返してきて……星空のようで中々に綺麗だ。

「これは――」

と、公爵がその光景に反応する。

「操船席から回路を通して、ライフディテクションを監視役の魔法生物に向かって発動させました。この分なら……応用すれば普通の視界とは違うものが見られそうですね」

恐らく、暗視の魔法で海底まで見通す、というのも有効だろう。だがそれをするには高度を下げて普通の船のように航行しないと無理だ。周囲の明るさが暗視の魔法を妨げてしまうからだ。

……ふむ。どうしたものか。空から海を眺めるというのも確かに綺麗なのだが。

マールなどは上空から海を見下ろすというのが物珍しいらしく、喜んでいるし。

だが、海の中を詳しく見てみるというのも面白いかも知れない。今のところ順調に海図通りに進んでいるし、水上での航行速度も普通の帆船とは比べ物にならないわけだし。

ゆっくりと高度を下げて、極力波を立てないよう、静かに着水する。

真下だけでなく、船体下部のカメラ全てに暗視の魔法を発動させる。海面から差し込む光の量を見ながら、船の陰になる部分とそうでない部分で暗視の魔法をそれぞれ微調整し、なるべく多くのモニターがより深くまで見通せるように調整していく。

「うわあ……」

「すごいわ……」

オスカーとヴァネッサの声。海底の様子がありありと見て取れる。元々透明度が高いだけあって、割と見通しが利くな。

揺らめく海草と、色取り取りの珊瑚礁《さんごしょう》。珊瑚の周囲に集まる小魚と、その小魚を餌とするもっと大きな魚達。甲殻類にタコ。ウミウシやナマコ、ヒトデといった種々様々な海洋生物達。

賑やかでカラフルな世界かと思えば、深くなっていて奥まで見通せない底知れない場所もあった。水面を進んでいるというのに、ごつごつとした岩場の上を飛んでいるような感覚と言えばいいのか。

「まるで海の中を泳いでいるみたいね」

マールにとってはまた少し別の感想を抱くものらしい。その光景に静かに頷いている。

見通せない深みというのは、人間にとっては些か根源的な畏怖を抱かせるものだが、水の精霊にとっては何てことのないものだろうしな。

「これはまた……見事なものですな」

「私達ですら見たことのない光景ですな。何とも興味深い」

大公と公爵にとっても物珍しい光景のようで。レスリー共々楽しんでくれているようだ。

景久《かげひさ》の記憶になってしまうが、海の観光地となるとこういうのは付き物で、船体下部に透明なアクリルなり強化ガラスなりが嵌《はま》っていて海中を見ながら進める、というのがある。確か、グラスボートだったかな。それと同じようなものだ。

「魚……」

モニターを見ているシーラは、若干食欲も刺激されているように思えるが。シーラを見たイルムヒルトがくすくすと笑って、リュートを奏で出す。

ゆったりとした神秘的な曲調。モニターに映し出される景色と相まって、海中を進んでいるような印象を受ける。

「綺麗ですね、マリー様」

「そうね。それに……面白いわ。本で知っているつもりだったけれど、こうして実物を見ると違うものね」

グレイスに声を掛けられてローズマリーも羽扇の向こうで頷く。

まあ、浅い場所にしろ深い場所にしろ、変化に富んでいて見ていて飽きないのは確かだ。モニターの画像は拡大もできるので、気になったものを詳しく見ることもできる。

ステファニア姫もアドリアーナ姫、エルハーム姫と共に、モニターを操作してあれこれと見て、楽しんでいる様子である。

同様に、マルレーンがモニターを操作して指差し、隣にいるアシュレイやクラウディアと顔を見合わせて微笑み合う。

拡大されているのは……タツノオトシゴだな。確かに、海を生活圏にしているのでもなければ拡大して見る機会の少ない、珍しい生物かも知れない。

みんな楽しんでくれているようで何よりである。では、このまま目的地まで進んでいくことにしよう。

ドリスコル公爵の本拠地となる島だけでなく、離島にも港町がありそこにもやはり月神殿が存在するという。

月神殿を巡り、無人島を下見してから公爵の本拠地に一家を送っていくということで予定を立てている。

カドケウスを変形させ、ドリスコル公爵から預かった海図を立体的に再現する。その上にシリウス号の模型を作り出させて進んでいくわけだ。

移動速度と方向、周囲の島の形や位置関係などから正確なシリウス号の座標を割り出しているので迷うことも無い。今のところは海図通りに進んでいる。

ドリスコル公爵から提供してもらっている海図には注意するべき暗礁のある海域なども記してあるが、暗礁に乗り上げた程度でシリウス号は傷付かないし、何より空を飛べば暗礁海域も無視することが可能だ。このままの調子でカドケウスのナビを用いて行くのが良いだろう。

◆◆◆◆◆

「テオドール様」

そのまましばらく進んでいるとアシュレイが声をかけて来る。

「ん？　どうかした？」

「いえ。これを見ていただけますか。妙な反応が」

アシュレイの指差したモニターは、海面上に出ている下向きのものだ。より高所から遠方の海面下を見通すためにライフディテクションを用いてある。

アシュレイの示すモニターを覗くと……そこには何やら、妙な輝きが映し出されていた。一際強い輝き。つまり生命力が強いということだ。だが、色合いといい形といい、何とも厳つい生物である。

生命反応から判断できる全体的なシルエットとしては――鰐《わに》に似ているか？　手足など人型に近い部分もあるが……まさかこれが半魚人ではあるまい。こんなものが目撃されていたなら、とっくに公爵領でも噂になっているはずである。

尻尾の先端は鮫《さめ》の尾鰭《おひれ》のように広がっていて、水を掻《か》き分けて進むのに向いている。喩《たと》えるなら――鮫と鰐と亜人を足して3で割った、とでも言えばいいのか。

公爵を見やるが、ゆっくり首を横に振る。となると……。

「亜竜種かな。亜種は色々いるから……」

野生での海洋の魔物は割と珍しいのが多い。ＢＦＯでもプレイヤーの拠点は陸上寄りになるし、生息域によっては把握できない部分も出てくる。

そいつは真《ま》っ直《す》ぐに……目的を持ってどこかに向かっているようにも見えた。その向かっている先をモニターで詳しく見てみる。

「人魚と……人？」

シーラがそれを見つけて、首を傾《かし》げた。

そう。人魚の手を引いて泳ぐその光のシルエットは先程見たシルエットよりももっとスマートで人型に近い。

手足があって確かに人に似ているが――。手に何か……トライデントのような武器を持っている。光の中に、生命反応のない武器のような影がちらつく。指の間には水かきもついているようだ。

「こちらは、間違いなく人魚と半魚人でしょうな」

公爵が言った。その半魚人が、人魚の手を引くようにして泳いでいる。しかし2人とも、気儘《きまま》に泳いでいるというようには見えない。

つまりは……後方から追ってくる影から逃げているのか、それとも人魚を連れ去っているのか。シルエットだけでは状況までは何とも判断しようがないな。

「空から急行して、直上から助けに入る」

俺がそう言うと、みんなも俺を見て頷く。

友好的な魔物の保護はヴェルドガルの方針であり、異界大使の仕事でもある。

もう一方がどんな生物かは分からないし、事情も不明だが、少なくとも人魚達は公爵にとって交易の相手でもあるのだ。

危機が迫っているなら割って入って助ける理由としては十分過ぎるし、元より事情を聴くつもりだったのだから。

「私にも……少し手伝いができるかも知れません。水中での戦いで、不利が無くなる程度には」

と、真剣な表情でマールが言うのであった。

第165章　海の住民との遭遇

マールの指先から青い光の粒が放たれ、俺の身体《からだ》の周囲を舞う。

……水の精霊王の加護か。

「水の中でも陸上と同じように長時間活動ができますし、深みに行っても身体が潰されることもありません。注意して欲しいのは水の魔法のように、私達《たち》精霊の理から外れるものは軽減することができても、無視できるわけではないということでしょうか」

効果は水中呼吸と耐水圧。水温から受ける体温低下なども無視できそうだ。水中呼吸の魔法などと違って魔力の消費もないし効果時間を気にしなくても良いというのは有り難い。

だが、水の大魔法等を無効化するというところまではいかない。そのあたりはテフラの加護と同じだな。

「ありがとうございます。これなら存分に戦えそうです」

礼を言うとマールは笑みを浮かべて頷《うなず》いた。

さて……。俺としても人魚や半魚人を見つけて、話をする程度のことを期待して、遊覧がてら探知範囲を広げていたところはあるのだが……。いざ発見してみてこの状況というのは、少し事情が変わって来る。

人魚達が俺達をどう思っているかも問題になってくるので、まず話を聞いてもらえるように配慮する必要があるだろう。

「もう1つ、頼まれては頂けませんか？　逃げる側の2人と接触する時に、同席して欲しいのです。戦闘になるようならこちらで引き受けます」

「分かりました」

では、段取りは決まった。一旦シリウス号を上昇させ、光魔法のフィールドで姿を消して現場に急行する。操船はアルファに任せ、現場上空を並走する形で飛び続けてもらいながら甲板に出る。

眼下に生命反応の輝き。逃げる2人と、その追手。まだ距離はあるが……それも段々と縮まっているようで、追い付かれるのは時間の問題だろう。

……というよりも、逃げる2人のほうは速度が落ちているようにも思える。どちらかの体力が限界というところか。

「それじゃ、行ってくる」

「分かりました。不測の事態があれば援護に回ります」

振り返って言うとグレイスが答え、みんなも俺を見て頷く。

一応、西の海に出るということで、水中戦用の装備も用意してきている。新手などが現れたとしても対応可能だろう。では――。

マール共々甲板から飛び立って、真っ逆さまに海面目掛けて突っ込む。頭から海水に飛び込んだところで気付く。水の抵抗がとても弱く感じる。

なるほど……。これなら確かに水中でも不利はないな。水魔法で水流を操作して目的の深度までマール共々急行する。

殆《ほとん》どぴったりだ。人魚達の後方に滑り込むように降下して急停止する。

「なっ!?……に、人間!? それに、水の精霊だと？」

2人は予想外の速度で急潜降してきた俺に対応できず、半魚人は振り返ると人魚を庇《かば》うように前に出てトライデントを構える。

こちらは害意を無いことを示すために、まず目を閉じて一礼する。

「突然驚かせて申し訳ありません。追われているようなので、僭越《せんえつ》ながら助けに入らせて頂きました」

「地上の者が……我等《われら》に助け？」

半魚人は些《いささ》か戸惑っているようだ。黒真珠のような黒目がちの瞳を丸く見開く。

人魚のほうは一般にイメージされる通りの姿だ。金色の髪が水に揺れている。水蜘蛛《みずぐも》の糸で拵《こしら》えた衣服を身に纏《まと》っていた。怪我《けが》を負っているらしく……肩口に傷痕を処置したのが見て取れる。何か、ゼリー状の薬でコーティングして出血を止めているようだ。半魚人の後ろに隠れ、怯《おび》えたような表情でこちらと周囲の様子を窺《うかが》っている。

一方で、半魚人はと言えば……イルカやシャチのような質感の肌を持っている。

顔の側面にヒレなどが備わっていて、全体的に水の抵抗を受けにくい流線型。足も魚型ではなく、水かきのある二本足。顔の作りは人間に似ていて表情も読み取れる。

胸部と腰回りに鎧《よろい》のような装備を身に着けていて……一般に想像される鱗《うろこ》に覆われた魚顔というイメージではなく、どちらかと言えば水棲《すいせい》人類と呼んだほうがしっくりくる出《い》で立《た》ちだろう。

「ヴェルドガルは人間と友好的な他種族を歓迎する方針ですので。ドリスコル公爵と交易を続けて来た種族も一緒となれば尚更《なおさら》です」

「それは……い、いや、だがしかし……」

「本当のことです。嘘《うそ》は言っていません」

マールが未《いま》だ戸惑っている様子の半魚人に向かって言う。

「ウェルテス……。この人達は……信じてもいいのでは？」

人魚が言うが、ウェルテスと呼ばれた半魚人は首を横に振った。

「我等は……女王より地上の者達と過度の接触は控えるようにと言われているではありませんか。それが互いのためであるからと……」

だが、話はそこまでだった。

後方から追って来ていたもう1体が、後方を警戒していたバロールの視界に入ったからだ。殆ど同時に、ウェルテスもそれに気付く。

「逃げろ、少年。水の中では……地上の者に勝ち目がある相手ではない」

そう言ってウェルテスは俺の前に出ようとするが――手でその動きを制する。魔力の輝きを見せると、ウェルテスは俺をまじまじと見てくる。

元よりウェルテスが人魚を連れて戦える相手ならば逃げたりはしないだろうし。

振り返ってそいつと対峙《たいじ》する。凶暴化した魔物の類であるならお構いなしに突っ込んで来るかと思っていたが、向こうも動きを止めた。

「……人間と、水の精霊」

　こちらも言葉を操るか。

　やはり、見たことのない種族。全体的な姿としては……やはり鮫《さめ》と鰐《わに》と亜人を足して割ったという印象だ。泳ぐのに適した流線型の姿ではあるが、ごつごつとした分厚い鱗に覆われており、手足の指先に鋭い爪まで備えている。

　太陽光の薄れた暗い海の中に、爛々《らんらん》と輝く赤い瞳。裂けた口と、そこに並ぶ鋭い牙。こちらも、鎧のようなものを身に纏っている。更に巨大魚の背骨をメイスに加工したかのような妙な鈍器を手に持っていた。

「そこを、退《ど》け……。我は……そいつらを捕え、我が主《あるじ》の下に連れ、帰る」

「……人魚達は僕達にとっては交易の相手です。まずは詳しく話を伺いたいのですが」

「……グ、ググ。地上の……猿に話だと？　笑わせるな」

　くぐもった声でそいつは肩を震わせた。

「水の精霊が、後ろについているから、猿如《ごと》きが良い気になっているようだが……。知っている、ぞ。高位の精霊は、大きな力を持つゆえにこういった争いには手を出せぬ、とな」

　……ふむ。まあ……マールに関して言うならそれはその通りではあるのだが。

「それが何か？」

　そう言うと、奴《やつ》は苛立《いらだ》たしげに牙を剝《む》く。

「貴様を刻み、食い散らかしてこの海にばら撒《ま》いたとて、助ける者などおらぬということだ。今ならば見逃してやる」

……そうか。一応言葉は交わせるが、交渉相手としては不適だな。

後ろの2人は地上の者達だからと一線を引きながらも尊重してくれているようではあるのだが。

「――単刀直入にお聞きします」

「何だ?」

肩越しに振り返り、ウェルテスに尋ねる。視界の端で対峙した鮫男が驚き、牙を剥いたのが分かった。

「彼の主はあなた達お2人の種族にとっては、主ではありませんね?」

「ああ。我等の主は人魚の女王ただお1人だ」

ウェルテスは俺を見て、はっきり頷いた。まあ……それだけで十分だろう。人魚達の女王についてはBFOでも情報が示唆されている。

こちらが振り返るより早く、鮫男が動いた。

身体をくねらせ、加速しながら魚雷のような速度で突っ込んで来る。狙いは脇腹。こちらが反応できない速度で動いて、大顎で肉を抉《えぐ》り取る構え。猛烈な勢いで牙が迫るが――。

シールドで受け流す。初撃が当たらなかったことに舌打ちしながら通り過ぎ、旋回して加速し、再び突っ込んで来る。こちらの死角となるような位置から、延髄目掛けて――喜悦に目を細めながら。

「まあ、大体分かった」

「何っ!?」

突っ込んできた角度に合わせてシールドを展開して受け止め、魔力衝撃波を叩《たた》き込むと鮫男は顔面を押さえて仰《の》け反った。

思わぬ反撃に離脱して仕切り直そうとする鮫男に、シールドを蹴り、水流操作でくっついていく。それを見て、奴は目を見開いた。水中の移動速度において、自分が陸上の生き物に追いつかれるとは思ってもみなかったというところか。

「猿如きが！」

骨の鈍器で薙《な》ぎ払いを見舞ってくる。鈍器そのものが水の渦を纏っているようだ。逆回転の魔力渦を纏ったウロボロスで受け止め、その衝撃力の差で骨の鈍器を砕きながら逆端を撥《は》ね上げれば——奴の顎先で魔力のスパーク光が炸裂《さくれつ》する。

仰け反りながらも爪を振るって来る。身体を側転させるように避けてそのまま一回転し、離脱しようとする奴に追いつき、並走しながらの接近戦を仕掛けた。

今度は渦ではなく、闘気を込めた手足の爪でこちらの首や心臓を狙ってくる。一撃必殺を狙うのは正しいが、動きは野生動物のそれに近い。速く鋭いが、狙いに無駄がなく、正確ゆえに視線と反応から狙いも軌道も読める。だから簡単にカウンターを叩き込むことができた。

肘、脇腹、鳩尾《みぞおち》、足の甲——。繰り出される攻撃に合わせるようにウロボロスの一撃を叩き込んでいく。外皮、筋力、骨格。いずれも堅牢《けんろう》ではあるが、攻撃に意識が向き過ぎて、闘気の集中と防御が甘い。魔力衝撃波を同時に叩き込んで、攻撃手段を1つ1つ叩き潰していく。

しかし……動きが軽いな。水の中で戦っているとは思えないほどだ。マールが有利不利は無いと言ってくれたのはこれか。

「地上の猿とは思えん！　この化物がっ！」

刃物のような鋭さを持つ尾鰭《おひれ》が跳ね上がる。転身して避けながらウロボロスに込めた魔力を解放。背鰭目掛けて膨れ上がる凝縮魔力の棍棒《こんぼう》を叩き込むと、身体を仰け反らせながら奴が苦悶《くもん》の声を漏らした。

水――水か。展開した凝縮魔力を身体に纏い、シールドで足場を踏みしめ――全身の関節の連動と共に、魔力の掌底を解き放つ。

「吹っ飛べ」

螺旋《らせん》衝撃波。一点に集約された魔力が水中を伝わり――距離の空いた鮫男の鳩尾を撃ち抜いて衝撃が炸裂した。一瞬、衝撃で身体をくの字に折り曲げたが横回転の勢いに負けて手足をだらしなく投げ出す。

一撃で意識を刈り取られたか、白目を剥いて舌を出しているようだ。生命反応は有り。まあ……攻防の間に大体の耐久力を予想したが、こんなものだろう。

続けざまに封印術を解き放つ。光の楔《くさび》が鮫男の身体に突き刺さり――内側から噴き出した魔力の鎖が十重二十重にその身を縛り上げる。

力の論理で押し通ろうとしたのだから文句もあるまい。筋力を封じてから梱包《こんぽう》してやれば多少は話をする気にもなるだろう。

まずは鮫男をライトバインドで拘束する。ふむ。こいつは陸上に持っていっても大丈夫なのだろうか？　人魚の少女の怪我も気になるし、とりあえず2人に聞いてみることにしよう。

「少し良いでしょうか？」

話しかけるもウェルテスと人魚は完全にのびている鮫男を見て、呆然《ぼうぜん》とした面持ちであった。

「ええと……」

もう一度声を掛けると、2人は我に返ったようで少しかぶりを振ってからウェルテスが言う。

「……いや、かたじけない。助力に心から感謝します」

「ありがとうございます。私はロヴィーサ。彼はウェルテスです」

人魚の少女はロヴィーサと言うらしい。2人からの礼と自己紹介を受け、こちらも自己紹介を返す。

「ヴェルドガル王国の異界大使テオドール＝ガートナーと申します。彼女は水の精霊王マールです」

「精霊、王……？」

精霊王と聞いて2人は再び驚愕《きようがく》に目を丸くした。マールはそんな2人に、緊張をほぐすような笑みを向ける。少しの間を置いて、止まっていた2人の思考が再起動する。

「少し……納得しました。精霊王のご加護を受ける程の方とは」

「しかし、加護を受けているとは言え、あれ程圧倒的とは……。陸の者が海中で奴を倒してしまうとは想像すらしていなかった」

2人の言葉にマールは少し思案するような様子を見せる。

「私の見立てでは……加護がなくても、それ程苦労せずに勝てそうに見えましたが」

……それは七賢者と共に戦ったという経験の上での話だろうか。

「いえ。とても戦いやすかったです」

「ふふっ」

そう答えるとマールは嬉《うれ》しそうに笑う。……まあ、確かに魔光水脈でやったように水の泡に入って戦えば水の抵抗に関しては無視できるが、マールの加護を受けていると何かの攻撃を受けた折に泡の修復や維持などが必要ない分、非常にやりやすいところがある。

少し慣れればシールドで足場を確保することで、殆ど陸上と変わらないように戦えるのではないだろうか。

さて。ウェルテスとロヴィーサも平静を取り戻してきたようなので話を本題に戻そう。

「船に行けばロヴィーサさんの肩の怪我も治療できると思います。実は……最近この近海で人魚達が目撃されているというので、話をお聞きしたいと思っていたのです」

「それは……助かります。先程言った通り、我等にはあまり陸の者と深く関わってはならないという決まりもあるのですが……」

そう言いながらもウェルテスは先程より迷っているようにも見える。

ふむ。何か彼らが面倒事に巻き込まれているのは間違いあるまい。

海の住人があまり陸上の者を頼りにしない、というのは分かるような気がする。

事情を話したところで海中での争いに、人間達の大半は無力だからだ。逆に人魚や半魚人達とて、陸上に上がれば力を十全に発揮できない。

お互いの領分がはっきり分かれていて住み分けできているだけに、争いになる理由が薄い部分はある。

だからこの鮫男の主にしたところで、積極的に陸地を敵に回す意思は……少なくとも今のところはないのだろう。陸上で騒ぎにならないのはそのあたりが理由だと思う。

「僕の立場は先程言いました。友好的な他種族が危機にあるのなら助力して良好な関係を築くのが仕事のようなところがありますし……船には公爵もいらっしゃるので何か力になれるかと思いますが」

「ウェルテス。私達では……彼らを止められないのではないでしょうか。伝承が正しければ、彼らはいずれ陸上に災いを齎《もたら》すことも考えられます」

ロヴィーサの言葉に、ウェルテスは少し思案していたようだが、やがて頷く。

「……だとするなら、女王にお会いしていただくのが筋かと」

人魚の女王か。もしかすると近海に避難してきている可能性もあるな。

「この鮫男にも起きてから話を聞きたいので、土魔法で固めて連れて行きたいのですが……陸上に引き上げても大丈夫でしょうか？」

そう言うと、2人は目を瞬かせる。

「……問題はないと思いますが。伝承が確かなら、陸上にも攻撃を仕掛けたことのある連中です。

そうでなくても我等の武器を悉《ことごと》く弾《はじ》き返すほどに頑丈ではありますし」

確かに……闘気で強化している上に外皮も肉体も強靭《きょうじん》だ。

俺の攻撃の性質上、そういう類の防御力は丸っきり無視できる上に鮫男の技術が稚拙なのでやりやすい相手だったが、闘気対闘気などでまともにぶつかり合うと面倒な相手かも知れない。

「もしも土魔法で固めて窒息しそうなら、そのままでも私がどうにかするから大丈夫ですよ?」

マールが首を傾《かし》げる。ふむ。それもそうか。では、頼りにさせてもらうとしよう。

まずはロヴィーサの治療だな。鮫男を手早く梱包してシリウス号に案内してしまうとしよう。

◆◆◆◆◆

アシュレイの掌《てのひら》にぼんやりとした光が灯《とも》り、傷口が塞がっていく。少しだけ痛みに顔をしかめていたロヴィーサの表情もそれに合わせるように和らいでいった。

「痛みはありませんか?」

「あ、ありがとうございます。すごい治癒魔法ですね。もう傷口が塞がってしまいました」

ロヴィーサの返した嬉しそうな表情に、アシュレイも笑みを浮かべる。

「重ね重ね感謝する。精霊王の加護を受けた魔術師にヴェルドガルの公爵……。更には空を飛ぶ船に、これほどの魔獣達とは……。最早《もはや》我の理解が及ぶところではないな……」

ウェルテスは艦橋を見回して瞑目《めいもく》する。

梱包した鮫男共々2人をシリウス号に案内し、傷の治療を行いつつお互いの紹介と先程の顚末《てんまつ》についての話を済ませたところだ。

さて。

「話せる範囲で構わないのですが、事情をお伺いしても?」

「そう、ですね。何から話せばいいのか」

ロヴィーサは少し困ったような表情を浮かべ、言葉を纏めていたようだが、やがて静かに語り始めた。

「私達は海の――そう、海の都の住人です。海の都は代々、女王の治世により平穏な暮らしをしておりました。ですがある日、女王は都の者達に、この都から逃げるようにと指示を出されました。私達はそうしてこの海まで逃げてきたのです」

「それは……何故《なぜ》です?」

「都の下にある、封印が解けかかっていたからです。海の都には言い伝えがあるのです。遥《はる》か昔――野心に駆られて海王を僭称《せんしょう》する者が現れたと。彼らは軍勢を成し、海で暴れ回りました。あまつさえ、地上にまで侵攻を試みようとしたと言います。ですが……海底の深い裂け目に当時の女王によって誘い出され……女王の一身を賭した結界を以《も》って、その場に閉じ込められました。かくして海王の乱は収められ、そして女王を悼む墓碑が建てられ……その裂け目に蓋をするように都が作られていったのです」

……海底の裂け目ね。それは例えば、海溝のようなものだろうか。当時の女王は追い詰められた振りをして自爆覚悟で一網打尽にした、というわけだ。

「しかし、彼らの子孫は海溝で生きていたと？」

「いいえ。連中は子孫ではないようです。封印が解けかかっていることが分かり、緊急に調査が行われました。報告によると彼らは海王の力で自らの肉体を石のように変えることで、長い封印を乗り切ったようなのです」

なるほど……。海の都に住む者達には直接的に恨む理由があるということか。

「長い年月で朽ち果てた者も多く、決して石像の数は多くなかったそうですが……。それだけに生き残った者達は強靭で凶悪でした。調査に訪れた者を襲い、既に犠牲も出ているのです」

「……鮫男はその海王を自称している者の部下、ということですね」

「恐らくは。長年に渡って恨みを蓄積した分、強くなっているのではと言われています」

ロヴィーサが目を閉じ、ウェルテスが言葉を引き継ぐように続ける。

「封印が解ければ、長年に渡って蓄積された邪気が都中に放出される可能性が指摘されました。我らとしても都を放棄するのは苦渋の決断ではあったのですが……幼い者達やこれから生まれてくる者達に取り返しのつかない悪影響が及ぶとなれば、選択の余地がない。我等はこの近くの海まで避難し、あちこちの海に散らばる者達に、戦力の結集を求めていたのです」

魔物は――幼少期の魔力環境によって凶暴化することがある。海の住人達はそれを知っていたわけだ。

思えば、盟主の封印にしてもシルヴァトリアでは王の儀式を通して定期的にガス抜きをしているわけだしな。

海の都の場合、人魚の女王の施した封印で、終わったと思っていたからその工程もなかったというわけだ。

そして、封印が解ける前に都から離脱し、戦力を結集させ迎撃の態勢を整えていたと。人魚や半魚人達の目撃情報が増えていたのは、その過程でのものだろう。

では、あの鮫男は偵察というところか。主のところに連れて行くと言っていたが……例えばロヴィーサを捕まえて女王の居所を聞き出そうとしたのかも知れない。

海王を僭称する者と、その残党か。規模が大きくならないうちに対処するというのが良さそうだが、さて。

まずは……事実関係の確認からだな。方針を決めるのはその後だ。

クラウディアとマールにも話を聞いてみようか。少し声のトーンを落とし、パーティーメンバーも交えて2人に尋ねてみる。

「2人とも、今の話に心当たりは？」

「あります。私は陸地の湖から顕現したので、海の事情や歴史にそこまで詳しいわけではないのですが。他の精霊達から海で混乱があったと聞かされて知ったのはずっと後になってからです。女王が亡くなって、海の住人達が嘆き悲しんでいると。その他の細かな経緯も、あの2人の話と概《おおむ》ね一致しますね。時期としては……盟主が封印されたよりも後の時代かしら？」

そう言ってマールは眉根を寄せる。湖か。マールは普段、そこにいるのだろう。

「私は、ずっと迷宮の奥にいたから事実関係は分からないけれど……。あの鮫の亜人は怨念めいた負の力を色濃く纏っているわ。瘴気《しょうき》とまではいかないようだけれど、性質が良いとは言えないわね。きっと、そのままにしておくと酷《ひど》いことになるわ」

「では海王側が勝利したら、ただでは済まないのでは……？」

クラウディアの言葉にアシュレイが心配そうな表情を浮かべた。マルレーンも少し心配そうに俺を見てくるが……2人を見て頷くと明るい笑みを返してくる。

「そう、ね。それに、精霊達はそういった権力争いに対しては利害関係がないだけに、マールも話を聞いたことがあるのなら、あの2人の言葉は、本当なのでしょう」

要するにあの2人の話は信用に値するというわけだ。

海王が陸地に攻めてくるかどうかはまだ分からないが、あの鮫男の態度からするとこのまま勢力を伸ばせばその可能性は十分出てくる。少なくとも、女王の一族やその民の子孫に、迫害なりの報復や復讐《ふくしゅう》には打って出るだろう。

「ヴェルドガルの方針がそれで変わるわけではないわ。交易相手である人魚を保護する立場を堅持するのなら海王との激突も、いずれは必至でしょうね」

思案していたローズマリーが言った。そうだな。メルヴィン王が海王側に加担するとも思えないし。

「やはり、戦うなら早いほうが良い、ということでしょうか」

グレイスが首を傾げながら言う。

「俺はそう思ってる。クラウディアは？」

クラウディアと視線を合わせると、彼女はしかと頷いた。

では、まずは事情と事実関係が分かったところでメルヴィン王に連絡をしておくべきだろう。返信待ちの間、この後の具体的な動きを決めておきたい。

大公と公爵のところまで行き、話しかける。

「どうやら、事実関係としては間違いなさそうです。マール様がご存じでした」

「ううむ。中々、大事になりましたな」

「うむ。この時期です。海洋の混乱は避けたいところではありますが」

「メルヴィン陛下と、人魚の女王の意向にもよりますが……僕としてはこれ以上大事になる前に対応してしまいたいと思っています」

そう答えると大公と公爵はその意味を理解して少し目を見開いた。

ウェルテスとロヴィーサの話を聞いている限りでは、個々の戦力に歯が立たないとは言え、数で言えば海王の勢力はまだ少数のはずだ。であるなら、そこを補える戦力があれば女王達も対抗できるというわけで。

更にもう一点。ロヴィーサの話には無かったが、少し気になっていることがある。

「何か……私に協力できることがあれば仰《おっしゃ》って下さい。すぐに用立てましょう」

「この地では公爵と違い、私にはできることも少ないですが……テオドール殿とクラウディア様の意思が通るように働きかけるぐらいのことはできますぞ」

「助かります」

公爵と大公の言葉に謝意を示す。

ドリスコル公爵の本拠地であるというのはこちらにとっての強みだな。

「私の帰還については、今は大使殿の判断に従いましょう。戦力になれないのは承知しておりますが、この状況では転移魔法も可能な限り温存しておきたいのでは？」

大公が言う。それは確かに。大公は……公爵の領地でトラブルが起きたからこそ安易に自分だけ安全な場所に離れるわけにはいかないという部分と、あまり力になれないという部分とで板挟みになっているのだろう。その上で転移魔法の事情も勘案しているわけだ。

「では……どこか安全な場所に待機して頂く形になるかも知れません」

「ふむ。了解しましたぞ」

シリウス号に乗せて空中に待機させるか、或《あ》るいは信頼のおける護衛を付けて公爵と共に後方にいてもらうか。それならば海王の攻撃も受けないだろう。

諸々《もろもろ》の話を詰めていると、メルヴィン王からの返事があった。

事実関係に間違いがないのなら、ヴェルドガルとしても女王の一族と正式に国交を結び、支援する用意があるとそこにはあった。避難場所の提供と物資の補給といった支援は行えるとのことである。

そして――今戦ったほうが良い規模なのか、それとも退《ひ》いて態勢を整えるべきなのかの判断は話を聞き、目で見て見極め、もう一度報告して欲しい、とのことである。

ふむ。クラウディアの転移魔法があればギリギリまで判断の保留が可能か。

「陛下の意向がはっきりしているのだし、私も名代として女王に謁見してこなくてはいけないわね」

「そうね。シルヴァトリアも人魚達との交易はあるし」

「私も、お力になれることがあるかも知れません」

ステファニア姫とアドリアーナ姫、そしてエルハーム姫が言う。

ふむ。ではまずは……ウェルテスとロヴィーサに、女王のところまで案内してもらうというのが良いだろう。

◆◆◆◆◆

女王達の潜伏先は――公爵領の海域内にあるらしい。

航路から外れる上に暗礁が多いとして、漁船が近付かない魔の海域というのがあるそうだ。確かに、海図にもその旨が記されている。

海の都とは違うが、そこに人魚達の隠れ里が存在しているとのことである。まずはそこに行き、女王と話をしなければなるまい。

引き続きライフディテクションで鮫男の仲間がいないかどうかを探りながらも、シリウス号の速度を速めてその海域へ急行することとなった。

「その、誤解して欲しくないのですが……」

ロヴィーサが恐る恐るといった調子で話しかけてくる。

「何でしょうか？」

「ええと。その、決して私達が船を座礁させているわけではないのです。暗礁があって人が近付かないから隠れ里にしただけで……」

ロヴィーサは少し不安げな様子だ。

「ああ、それは大丈夫です。セイレーンの友人もいますが、人に歌や曲を聞かせるのが好きな、穏やかな方ですし」

「そ、そうなのですか？」

「ええ。イルムヒルトと一緒に演奏したりしていますよ」

ロヴィーサは目を瞬かせる。イルムヒルトはそんなロヴィーサを見て、笑みを浮かべてリュートを奏でている。

マーメイド、セイレーン、ニクシー。総称して一括《ひとくく》りに人魚などと呼んでいるけれど、言い伝えにあるように船を座礁させているのはセイレーンだろう。

だが、それとて魔力環境によって凶暴化した個体だろうし。なので、ロヴィーサの心配は杞憂《きゆう》であると言える。

「ユスティア、というのですが。その名前をご存じありませんか？」

ユスティアとドミニクは家に帰る方法が分からないと言ってタームウィルズに居着いたけれど

……海の住人達ならユスティアについて心当たりがある可能性が考えられる。

もし人魚達に遭遇できるなら、それも併せて情報収集しておこうとは元々考えていたのだ。まあ、空振りに終わった時にがっかりさせてしまうので、ユスティアには話していないけれど。

「……すみません、ちょっと分かりません。隠れ里に行けばセイレーン達もいるので、もしかしたら……」

しばらく思案した上で、ロヴィーサはそう答えた。ということは、ロヴィーサはマーメイドということかな。ニクシーは確か……川や湖などに住む、精霊寄りの種族と聞いたことがあるし。

「ありがとうございます」

マールは他の精霊王と連絡が取れるようだし、もしかするとドミニクの家族についても風の精霊王の持っている人脈というか……風の精霊達のネットワークを駆使すれば捜せるかも知れない。

「セイレーン達……か。あの者達は、他者に歌を聞かせるのを生き甲斐《がい》にしているようなところがありますな」

と、ウェルテスが言う。

ふむ。確かに。あの2人も劇場で歌を聞かせられるのが楽しいから帰れなくても、というようなことは言っていたが……里帰りができるかできないかぐらい、自分の意思で決められたほうが良いに決まっている。

いずれにしろだ。ユスティアの親族が女王達の派閥に属している可能性もある以上、そのあたりのことも確認してこなくてはなるまい。

そういった話をしている間に、シリウス号は隠れ里のある海域に到着した。では……女王に会って話をしてくるとしよう。

女王への謁見の同行者としては、クラウディア、マールと公爵の他にステファニア姫、アドリアーナ姫、エルハーム姫といった面々になるか。

各国の王の名代ということで行動を共にしているわけだしな。

第166章　海底都市アイアノス

光魔法のフィールドでシリウス号の姿は消している。このまま空中に待機させておけば船が目立ってしまって海王の偵察に隠れ里が特定される、ということもあるまい。まあ、海王の偵察は海の中を捜索しているわけだから元より空中は盲点になりやすいかとは思うが。

「このままの高度で待機しておいてくれるかな。必要な場合は通信機で指示を出すから」

そう言うとアルファが頷《うなず》く。パーティーメンバーも、船側に待機してもらっておくとしよう。

「船にいる全員が海の中に入っても大丈夫なようにしておきますね」

そう言ってマールの掌《てのひら》から光が弾《はじ》け、艦橋にいる者達《たち》に加護がかかる。

……ふむ。これで大体の事態には対応可能かな。

土魔法で梱包《こんぽう》された鮫《さめ》男は顔だけ出してあるのでこのままでも話はできるが、まだ気絶中だ。海上との行き来がそれなりに大変そうなので、話を信用してもらうためにもこのまま連行してしまおう。

梱包に使っている石材に魔石を埋め込んである。こいつ自身の魔力で封印術を持続させているためだ。なので自力では戒めを破ることはできない。万一逃げられた場合のことを考えて、顔にカバーをつけて視界も塞いでおくかな。地形などを覚えられたくないし。

「それじゃ、少し行ってくる」

「お気をつけて」

「いってらっしゃいませ」

グレイスの呪具を解放状態にしてから留守番の皆と言葉を交わし、甲板に出る。

レリーフのようになった鮫男にはレビテーションをかけて、ネメアが石材の端っこを咬《か》んで連行する。

「では、私達に付いてきて下さい」

ロヴィーサがそう言って、謁見のメンバーと共に海中に飛び込む。

マールの加護が働いているのでほとんど陸上と変わらない行動が可能だ。同行者の面々はその感覚に驚いているようだった。

そのまま降下して、すぐに海底に到達した。岩場が盛り上がっていて浅瀬のようになっているからだ。まだ十分に光も届くが、ごつごつとした岩があちこちで海面近くまでせり出していて、見通しは良くない。……なるほど。こうして見ると船が航行するには確かに向かないだろう。

周囲の状況を確認し終わったところで、皆に声をかける。

「水中でも話ができますよ」

と言うと、ステファニア姫達は少し目を丸くしてから笑みを浮かべた。

「ええと……聞こえるかしら？」

「はい」

頷くと、アドリアーナ姫達も感覚を確かめるように話をしていた。

「これは……面白いわね」

「んん、何だか、変な感覚です」

「ほほう。これは便利なものですな」

「ふふ」

エルハーム姫は戸惑いながらではあるが、割合楽しそうだ。公爵も珍しい経験ということで状況を楽しんでいる様子である。それを見てマールは微笑《ほほえ》みを浮かべるのであった。

「こちらです」

ロヴィーサはみんなの様子に楽しそうな表情を浮かべたが、道案内役であるからか雑談は後回しにしたらしい。ウェルテスと共に暗礁海域を迷いなく進む。せり出した岩場に登ると……そこからは急激に水深が深くなっていた。

光の届かない、暗い海が眼下に広がっている。

「この斜面を降りて谷間を進んだところが、隠れ里なのです」

ウェルテスが言う。ふむ。海底の地形を陸上で喩《たと》えるならば……今いるところは山脈の頂きのようなものか。そう思って見てみれば、せり出した暗礁は山の尾根のようにも見える。

少し離れた場所にも同じような地形があるのを見るに、山と山の間の谷合いに里を作ったということかも知れない。

案外急斜面なので、隠れ里を作るに当たって海の住人達が手を加えている可能性はあるな。例えば水流を操って地形を削るだとか……やってできないことはないだろう。

「では、参りましょう。下に降りていくだけですが、岩肌が露出しているところもありますので、怪我《けが》をしないようにお気をつけて」

「分かりました」

まずはみんなに暗視の魔法をかけておくか。淵《ふち》に向かって飛んで――ゆっくりと降下していく。

下へ下へと進み……。大分暗くなってきたところで……ようやく谷の底に到着する。

……なるほど。整備されているわけではないが、細い道のようになっているな。道は緩やかな斜面だ。

更に下へと続いているらしく、ロヴィーサとウェルテスは坂道を下へと進む。ごつごつとした岩壁が両側から迫ってくるような地形になった。圧迫感があるが、これもやはり道か。

そう思っていると不意に、少し広い場所に出た。だが殺風景な場所で、しかも四方は岩の壁に囲まれた行き止まりであった。但し……片眼鏡はまた、別の物を捉えている。

「どうやら、結界が張ってあるようね」

クラウディアが周囲を見回して言う。

その袋小路には2人……ウェルテスと似たような姿の半魚人が立っていた。ロヴィーサ達の姿を認めると目を丸くして声をかけて来る。

「ロヴィーサ殿！　それにウェルテスも！　無事であったか！」

「同行しているのは、地上の者に……水の精霊……か？　一体何者だ？」

ふむ。言動から察するに、門番だろうか。

「この方達に危ないところを助けていただいたのです。地上の国の代表として、陛下への謁見を希望しておいでです」

「何と……」

「地上の者でありながら、我の見ている前で海王の眷属《けんぞく》をあっさりと叩《たた》き伏せてしまったのだ」

ウェルテスが説明をしてくれた。

「この通りです」

梱包された鮫男の顔に被《かぶ》せていたカバーを取り外して見せてやると、門番達の目が丸くなった。

……鮫男はまだ気絶している。封印術で力を弱めているから虚弱になっているのか。生命反応は弱まっているが、安定はしている。まあ……死ぬことはあるまい。元通りにカバーを被せておこう。

「む、むう。その話は確かなようだが……」

「し、しかし、地上から陛下への謁見とは……。前代未聞ではあるな。門番に過ぎない我等《われら》には荷が勝ちすぎる話だ。少し……この場で待っていて頂けるだろうか」

「勿論《もちろん》です」

「では――陛下にお伺いを立ててくる」

門番の片方が――岩の中に吸い込まれるように消えていった。

やはり、結界だな。見た目を誤魔化す幻術の類のようだが、契約魔法か何かを組み込んでやれば、正しい手順なりで出入りしない限り、幻術が働き続けるというような効果を発揮できると予想された。

少なくとも、海の上からでは分からない。海王達とてこれを見つけるのには苦労するだろう。人魚達の国はどこかにはある、などと言われていたが、案外こういった拠点などから地上に交易に来ていたのかも知れない。

然程《さほど》時間もかからず、先程の門番が岩の中から顔を覗《のぞ》かせた。

「女王陛下がお会いになるそうです。この場所から隠れ里に入って頂けるでしょうか」

戻ってきた門番が言う。

「分かりました」

そう言って、岩の壁に近付く。軽く掌から岩壁に触れるが——感触が無い。ゆっくりと身体《からだ》を岩壁に埋め込むように進む——と。

岩の中を覗き込んだ瞬間、幻術が解けて周囲の景色が一変した。

巨大な石の門を潜《くぐ》り抜け、石材で作られた都市に俺の姿はあった。都市。そう、都市だ。隠れ里などと言っていたが、規模はかなり大きいのではないだろうか。避難先に選ばれた理由がこれか。

それに、明るいな。隠れ里を包む結界は、上から降り注ぐ陽光を内部で増幅する効果もあるらしい。青い世界に広がる——石材で作られた海底都市だ。

「これは凄《すご》いわね」

「おお、これは——」

「わあ……」

後ろから、みんなの感嘆の声が重なる。振り返ると、みんなは周囲を見回してやや放心気味のようだ。気持ちは分かる。後で船を守ってもらっているみんなにも来てもらおう。

門を潜り抜けた場所は、都市内部の大通りに当たる場所のようだ。

沿道の民家も、大通りの奥――街の中心部に見える巨大な建造物も……全て石材で作られているが、海中だというのに建材の表面は滑らかで綺麗《きれい》なものだった。僅かに……魔力を含んだ塗料のようなものでコーティングされているらしい。人魚達が交易の見返りとして魔石を希望するのは、このあたりが理由かな？

道の端には色取り取りに光る珊瑚《さんご》などが生えている。夜間の明かりになるのだろうか。まるで植え込みのように花壇のような場所にカラフルな海草が植えられていたり……民家の上を住人である人魚が泳いでいたりと……何とも幻想的な光景だ。

「ようこそ、アイアノスへ」

ロヴィーサが笑みを浮かべた。海底都市アイアノスか。

「綺麗な場所ですね」

「本当……。こんなに素敵な場所だったなんて……」

「ふふ、ありがとうございます」

ロヴィーサは上機嫌な様子である。

「我の客人であれば、街を案内してあげたいところではあるのですが、まずは……奥に見える宮殿まで同行いただけますか？」

「分かりました」

ウェルテスの言葉に頷く。人魚の女王との謁見か。どんな話になることやら。

青い光が降り注ぐアイアノスの大通りを進む。柱の立ち並ぶ広場を抜けて、宮殿と呼ばれる建物へと近付いていく。

ロヴィーサと同じマーメイドか、或《ある》いはセイレーンか。住人である人魚達の姿。ウェルテスと似た姿の者もいる。

ウェルテスよりももっと魚寄りな半魚人達。これは一般にイメージされる半魚人だな。数は少なめだが亀の獣人などもいるようだ。やはり人魚の女王は他種族も纏《まと》めているということになるか。

半分が馬で半分が魚の魔物は……ヒッポカムポスという名前だったかな。川や湖に出るものはケルピーと呼ばれる別種のようだ。

ヒッポカムポスはどうやら騎馬として利用されているらしく、それに乗って街の上方を巡回している半魚人の騎士の姿も見受けられた。イルカやらシャチに跨《また》がっている者もいるな。

「アイアノスに……地上の民とは……」

「地上の人だ」

こちらが興味深くアイアノスを見せてもらっているのと同じように、向こうも興味津々といった様子である。沿道や民家などから、こちらを見ている通行人達。視線が合うと静かに挨拶してくる者もいれば、驚いたような表情で顔を引っ込めてしまう者もいて……反応は割合様々だ。

鮫男の姿を晒《さら》していたら怖がらせてしまったかも知れない。顔を隠しておいて正解だろう。

そして……どこからか、歌声も聞こえてくる。

「どうやらセイレーンもいるようですな」

「そのようですね」

公爵の言葉に頷く。

「民家の造りも割と違うのね」

「そうですね。泳げば上からも出入りできるわけですから、そこに出入口を作るのは自然ということでしょうか」

ステファニア姫が漏らした言葉にエルハーム姫が感心したように頷く。

2人の言う通り……屋上や2階部分に相当する場所からも住人が出入りできるような造りになっているらしい。

市場のようなものも存在しているようだ。ふむ。食生活も分かるな。魚に貝、海老《えび》、烏賊《いか》、蛸《たこ》。海藻等々。海の幸を食べているのは間違いないようだ。水蜘蛛《みずぐも》の糸で編んだ織物なども市場に並んでいる。

興味深く街の中を見せてもらっていたが……やがて、宮殿に到着した。ここも街で使われているのと同じ石材で作られているが、表面に色々と複雑な文様の彫刻や装飾が施されていたりして、結構手が込んでいるのが分かる。

外壁を抜けるとアーチ状に組まれた石材が正面の入口まで続いていた。左右には兵士達の詰所。神殿のような壮麗で開放的な造りをしているが……宮殿全体を結界が覆っているようだ。入口以外の場所からの侵入には案外というか、かなり防御が厚いのではないだろうか。

「こちらです」

ロヴィーサに案内されて入口から中に入ると、そこは大きな広間になっていた。

巨大な真珠のような球体が天井に嵌《は》められていて、それが大広間全体を煌々《こうこう》と照らしている。真珠の光が届かないところは、外でも見た光る珊瑚が配置されているようだ。陸上で言う松明《たいまつ》や燭台《しょくだい》のようなものかも知れない。

「ようこそいらっしゃいました。ロヴィーサ達を窮地から救って下さったこと、感謝します」

俺達を迎えて頭を下げてきたのは人魚の女官であった。

まずは……鮫男を兵士に預けてしまうか。身柄の引き渡しということで。

「犯罪者の引き渡し……ということで良いのでしょうか？　海王の眷属です。もし手に余るようなら こちらで引き受けますが」

そう言って城の兵士に鮫男を預ける。

「お預かりします。海王の眷属からも話を聞きたいと女王陛下は仰せですが……この拘束は安全なものでしょうか？」

「封印術で筋力を封じた上で固めていますので、自力での脱出は不可能かと思われますが……。女王のところまで連れて行くと？」

「そうですね。話を聞けるのならば直接言葉を交わしたいと仰せです」

……なるほど。ということで鮫男を預かった兵士も女王のところまで同行するらしい。

「ロヴィーサ様、ウェルテス殿もご無事で何よりです。さ、どうぞこちらへ。女王陛下がお待ちです」

女官の案内を受けて広々とした回廊を進む。先を行く女官に、ロヴィーサが尋ねた。

「他の者達は、無事だったのですか？」

「怪我人は出ていますが、死者は出ていません。お2人が上手《うま》く引き付けて下さったお陰で、無事逃げおおせています」

「それは良かった……」

ロヴィーサは胸を撫《な》で下ろし、ウェルテスも静かに目を閉じる。

……ウェルテス達は鮫男と交戦した経験があるようだが、武器が奴《やつ》の外皮を通せなかったと言っていたな。

話や状況から察するに……もっと大人数でいたところを鮫男に強襲され、被害が大きくなりそうな状況だったがロヴィーサが引き付けることで、他の者達を逃がした、といったところだろうか？

ウェルテスは戦闘での怪我を免れたので、ロヴィーサの護衛を続行したと。鮫男もロヴィーサが重要そうな人物であるために陽動に乗ってそちらを追ったわけだ。ロヴィーサはアイアノスのある場所とはまるで違う方向に逃げていたわけだし。

確かに……全滅するよりは良いのだろう。誰かが逃げのびてアイアノスに報告が行けば今後の対応も取れるし、ロヴィーサは……捕まっても嘘《うそ》を吐《つ》いて時間稼ぎをするぐらいのことはするかも知れないな。

「ロヴィーサさんは、やはり重要な役職についているわけですか？」

「ロヴィーサ様は水守りのお1人です」

少し気になっていたことを問い掛けるとウェルテスが答えた。仮に重要人物であったなら話しにくい部分もあるだろうと今までは敢《あ》えて聞かずに来たわけだが。

宮殿まで来たからか、割とあっさり答えてくれた。

「水守り、ですか……？」

「私達が暮らしている場所の水を綺麗に保つお仕事です」

「それは……瘴気《しょうき》や邪気のように実体のない、性質の良くないものからも、ということかしら？」

「そう、ですね。砂や塗料、それに毒だとか……実体のあるものからそうでないものまで。水を濁らせる全てからという理解で間違いありません」

クラウディアが尋ねると、ロヴィーサは頷いた。マールも静かに頷いている。

……となると、魔法が使えるのだろうか。それとも性質から考えれば祈りなどによるものかな？

陸上で言う神官や巫女《みこ》の仕事のようなものと考えれば良いのかも知れない。

「水守りは将来の女王候補でもあります。我等にとって重要な役職で間違いないでしょう」

「となるとつまり、女王の座は血縁というわけでは……」

「血縁とは限りません。通常の手順であれば、優れた力を持つ水守りが集められ、その中から女王陛下が選んだ者が次の女王となるのです」

……なるほど。人魚の女王が他種族を統べるのはそういうわけか。環境を維持する仕事を一手に担うが故に、他の種族からも尊敬を勝ち得ていると。

海洋生物にとって水質は大気汚染よりも重要な問題だろうしな。魔物の凶暴化などに関する知識が陸上より広く知られているのも、それが理由だろう。

色々陸上とは異なる文化は持っているようだが……まあ、ヴェルドガルやシルヴァトリアの王に近い仕事と考えれば理解しやすい。

「この扉の向こうで女王陛下がお待ちです」

ふむ。立派な装飾の扉だ。門番もいるが、控えの間、謁見の間という感じでもないような気もする。

まずは武器を預かってもらい、それから女官が扉の向こうに声をかけると、中から返答があった。

「客人をお連れしました」

「客人達をこれへ」

女官が扉を開き、部屋の中に入る。

そこは――水蜘蛛の糸で織られたカーテンに絨毯《じゅうたん》などで飾られた部屋だった。織物には細やかな装飾が施されていて……何とも華やかな印象だ。

女王の居室か、それとも応接室か。文化が少し違うので、判別しにくいところはあるが。

そして部屋の奥に巨大な真珠貝のような台座が据えられている。そこには――乳白色の長い髪を持つ人魚がいた。

意志の強さを感じさせる切れ長の青い瞳。水蜘蛛の糸で編んだドレスと、煌《きら》びやかな宝冠。尾鰭《おひれ》や鱗《うろこ》は光を複雑に反射して角度によって青や紫に輝いている。

人魚の女王か。髪の色などは神秘的だが、自信のありそうな表情と相まって、女王というより女帝、という印象を受ける。

人間で言うなら20代半ばぐらいだろうか？　人魚は不老の種なので見た目と年齢が一致しているとは限らないが……。

「ようこそ、アイアノスへ。妾《わらわ》はエルドレーネ。まずは……ロヴィーサとウェルテスを助けて貰《もら》ったことへの、礼を言わせてもらおう」

女王は腰かけていた場所から立ち上がる。

「ああ、最初に言っておくが、あまり堅くなる必要はないぞ。数多《あまた》の海の民を統べる立場ゆえにこうして威厳のある話し方をしているが、妾も元はと言えば一介の水守りに過ぎぬ。他の者への示しもあるゆえ、節度を守ってもらえればそれでよかろう」

エルドレーネ女王はそう言って笑みを浮かべた。なるほど。女帝的な印象を受けるが、本来の性格も豪快というか……威厳があるのは後付けというわけではなさそうな気がするな。まあ……まずは自己紹介からかな。

◆◆◆◆◆

「――各国の姫君に、近海を治めるヴェルドガルの公爵か。これはまた、そうそうたる顔ぶれであるが」

まずはステファニア姫達3人と公爵が自己紹介を済ませ、その後で俺も同様に名乗る。

「お初にお目に掛かります。ヴェルドガル王国より参りました。異界大使のテオドール＝ガートナーと申します」

「陛下。彼が海王の眷属を退けた魔術師です」

「ほう……」

ウェルテスが言うとエルドレーネ女王が目を丸くした。

「ふむ。如何《いか》に精霊の加護を受けた魔術師とは言え、海中で連中に勝つとはな……確かに、凄《すさ》まじいほどに研鑽《けんさん》された魔力を感じるが」

……水守りの女王か。魔力の質などを感じ取っているようだな。

「陛下。テオドール殿はその……魔法をほとんど使わずに普通に近接戦闘で海王の眷属を圧倒したと申しますか」

「む？」

ウェルテスの説明にエルドレーネ女王が怪訝《けげん》そうな面持ちになる。そして少し首を傾《かし》げて尋ねて来た。

「魔術師ではないのか？」

「魔術師です。そういった近接戦闘が得意分野なので」

「なるほどな……。ううむ」

エルドレーネ女王は俺の返答に今ひとつぴんと来ない様子であったが、自己紹介がまだ途中であったためにそれ以上は聞かないことにしたようだ。

まだ自己紹介の済んでいない2人を見るエルドレーネ女王の目は……今まで以上に真剣なもので、2人の魔力から何かを薄々と感じ取っているように見える。

クラウディアがこちらを見て来たので頷く。そして彼女達も自己紹介をする。

「クラウディアよ。テオドールの婚約者で、月の女神シュアスと呼ばれることもあるわね」

「マールと言います。水の精霊王と呼ばれています」

という2人の言葉にエルドレーネ女王とロヴィーサ、ウェルテス達は全員が固まった。ロヴィーサ達は、クラウディアに関しては聞いていなかったからな。

魔力の質を感知して色々背景を察してしまえるのであるなら、下手に誤魔化すより本当のことを言ってしまったほうが良い。

ややあってエルドレーネ女王はかぶりを振った。

「その魔力の特異さからして相当な内容だろうとは思っていたが……。お二方は、地上では多くの者達から信仰を受けておられたはずでは？」

「そうね。けれど、あまり女神という柄ではないわ」

「同じく。私とて元々は普通の精霊に過ぎませんでしたし」

「まあ、それは……妾にも分からなくはありませんが」

元々水守りから女王になったということで、2人の言い分に共感できる部分が多いのだろう。エルドレーネ女王は俺の自己紹介の時よりは納得がいったというような表情を浮かべて頷いている。

「しかしそうなると、テオドール殿の特異さが尚更《なおさら》際立つというか」

「それについては話すと長くなるのですが――」

地上の状況を知ってもらう意味でも、ある程度のことは掻《か》い摘《つ》まんで話しておく必要があるだろう。異界大使の仕事に関しても、俺達が女王達に協力する理由の説明にもなるしな。

◆◆◆◆◆

「魔人達との戦いに、迷宮の月女神……。それに異界大使か。なるほどのう」

「というわけで、僕達としては陛下に協力する理由があるのです。地上の人々に利する理由があってのことというのは否定しません。僕自身も海洋の混乱は避けたいですし」

「……うむ。動機に関しては今までの話から納得がいった。これだけの面々を妾の代で地上よりお迎えすることになるとは思わなんだが」

「そう言えば、地上との接触を避けているという話でしたが……」

そう尋ねるとエルドレーネ女王は少し思案するような面持ちになる。その理由如何《いかん》によっては根の深い問題だが……協力するに当たってはそういう話をしておかなければならないだろう。

「異界大使を名乗るそなたにとっては気になる話ではあろうな。だが地上の者に迷惑を被ったからなどと言うつもりはないぞ。海の者とて地上の者を攫《さら》うという事例はあるのだ。つまりは、互いにとって不幸な出来事を避けるためであるな。そういった不届きな連中は妾達の国でも処罰をしている。その点、貴国も志は同じであろう」

「なるほど……」

要するに、そういった連中は地上であれ海であれ存在する、ということだな。

友好的な魔物を奴隷などにして売買するということを禁じている国々は多いし、冒険者ギルドもそうしたことをしないよう指導している。同様に、人魚の女王の国でも、自分勝手な接触は控えろと通達しているということなのだろう。実際、海の住人との交易は行われているのだから、正当な理由があれば認めもしているわけだし。

「それとな、これは善《よ》し悪《あ》しというわけではないのだが、半分が同じ姿であるがゆえに、若い人魚達には地上の者に興味を持つ者も多い。場合によっては色恋ということにもなろうが……妾達とそなたらでは暮らす場所が違うであろう？　過去にあった事例では破綻のほうが多くてな。そういったことまで禁止はしておらぬが、ある程度は冷静に考えてもらわねば困る」

……なるほどな。そう言えばアイアノスの住人達も興味津々といった様子だった。

だが現実問題としてどちらかがどちらかの生活環境に合わせる必要があるわけで。人化の術を使うなり、魔法を用いて海の中で暮らすなり、多少の無理は必要だ。

そのあたりの問題が解決できても周囲は好奇の目を向けてくるだろうし、中々上手くいかない部分もあるだろう。

これも……犯罪者同様に、地上から見た場合も同じ、ということになるが。

「妾達の地上に対しての感情はそこまで複雑なものでもない。お互い様だからな。それ故……そなた達の此度《こたび》の助力の申し出は、誠にありがたく思う。どうか、妾達に力を貸しては頂けぬだろうか」

エルドレーネ女王はそう言って、深々と頭を下げる。

「元より、そのつもりです」

「海王の眷属を一蹴した魔術師、そして水の精霊王と女神。共に戦ってくれるというのならこれほど心強いものもない。正直な話をするならば、海王らの討伐と都の奪還には、相当な犠牲を強いられると予想されていてな。情けのないことだが」

ふむ。封印が解かれる前に動き始めて、討伐と奪還まで考えていたわけだ。

「やはり、海王の軍勢達はまだ小規模というところでしょうか」

「封印の奥に見た石像の数から考えればな。しかし……妾等の武器は連中に歯が立たぬ故、兵力差が決め手にならぬ。別の対抗手段を考える必要があった」

別の、対抗手段ね。

「……もし、連中を海溝に押し戻して、再度の封印をと考えているのなら、それには反対しますが」

俺がそう言うと、エルドレーネ女王は目を丸くし、ロヴィーサ達が驚いた様子で腰を浮かせた。

やはり、か。

実際連中を海溝に押し戻す手段に目算が付けば、それで勝てるわけだし。そうなれば仕上げの段階だ。前回の再現をしてやるというのが一番手っ取り早い。

兵力集めにしろ何にしろ、その方法を再現するための戦力を整え、状況を構築するための時間稼ぎでもあったのではないだろうか。

「……お見通しというわけか。しかし……そうでなければ多くの者に命を懸けさせるのは余りにも非道であろう。妾が命を懸けずして何とする」

エルドレーネ女王の表情は些《いささ》か険しさを増している。

「お気持ちは分かりますが……要するに海王とその眷属を征伐できればその必要もないはずです」

「そなたになら、できると？　いや、自惚《うぬぼ》れとは思わぬが……。仮に可能だとしても妾は、地上の者に海の者のために命を懸けて欲しいなどとは口が裂けても言わぬぞ」

「僕が戦った眷属と同程度の相手ならば、正直何人来ても脅威には感じません。問題となるとすれば……やはり海王でしょうか。この者だけは、他の連中より隔絶した強さが予想されます。もし、戦って敵《かな》わないと判断すれば封印を考えますが……だとしても、誰かが命を懸けるという方法は選ばずにですね。作戦の概要を聞かせていただきたく存じます。それに対して僕達の持つ魔法技術も集め、修正案を提示します」

そう言うと、エルドレーネ女王は呆気《あっけ》にとられたような表情を浮かべた。

「中々に……無茶を言うものだ。その言葉を裏返すならば、勝てる相手なら押し切るということではないか。そなたは今までもそうして戦いの場に赴き、高位の魔人を悉《ことごと》く退けてきたわけか？」

エルドレーネ女王はかぶりを振る。疲れたように俯《うつむ》くが、やがて俯いたままで愉快そうに肩を震わせた。そうして、顔を上げて笑みを向けてくる。

「なるほどな。面白い。では封印ではなく、そなたらの保有する戦力と技術を勘案した上で、きっちりと倒すことを考えさせてもらおう。元より、数の上では勝っているのだからな」

「ありがとうございます」

「ところで……その者には話は聞けるのかな？　水を固定し、話が聞かれないようにしてあるようだが」

居室の後方で梱包されている鮫男に、エルドレーネ女王は目を向ける。まあ、盗聴防止の魔法の水版といったところだ。水が振動を伝えないなら音も伝わらない。

「どうでしょうか。もうそろそろ目を覚ましていてもおかしくはないかなと思いますが。この封印は、内側から腕力で解くことはできませんので、ある程度安全です」

「どうやらそのようだな。さて……」

顔を覆っていたカバーを外してやると、鮫男はもう目を覚ましていた。眩《まぶ》しげに周囲を見渡して、俺を見ると牙を剝《む》く。

「き、貴様……！　い、一体、何をした……!?」

そう言って身体を動かそうとするが、身体能力は封じているので首を左右に動かす程度しかできない。ま、種明かしをしてやる必要はないので黙っておくが。

「……ふむ。海王の眷属か。大方、女王の身を押さえて、水守りの力を手にしようなどと考えておるのだろう。さすれば海王も邪悪を好む己の眷属を増やしていくことができるからな」

「な、何……!?」

エルドレーネ女王の発した言葉に、鮫男が動揺を見せた。その反応にエルドレーネ女王は笑い、鮫男はしくじったという顔をする。

「まさか、お前が女王――」

言いかけたところで鮫男の顔にカバーをかけて音を遮断する。石の下で騒いでいるようだが、まあ、音が聞こえないなら邪魔にもなるまい。

ふむ。周囲の状況が把握できないところで目的そのものを言い当てられて動揺してしまったというわけだ。

まあ、こいつは完全に脳筋寄りの武闘派のようだし、こういう搦《から》め手《て》に弱いのは仕方がないが、

エルドレーネ女王も中々揺さぶりが上手いな。

ともあれ、今の話を聞く限りだと、環境魔力が邪気等に汚染されていても次世代の理性を失わせない方法のようなものが存在する、ということになるか。

女王の力を利用するか奪うかすることで、凶悪化した魔物の能力だけ備えて、破壊を好む仲間を増やしていくことが可能になるというわけだ。

要するに、海王が勢力を伸ばすには女王なり水守りなりを捕える必要がどうしても出てくる。

ともあれ、前回海王達が誘《おび》き寄せられたのも、エルドレーネ女王の今回立てた作戦の下地も、そのあたりを逆手にとってのものだろう。

女王の狙いに海王の目的――。色々把握できてきた部分はあるが……ここから先のことを話す前に、まずはシリウス号にいるみんなも、こちらに来てもらうか。

こちらの保有している戦力を女王達に把握してもらうという意味合いもあるが、人魚の国から拒絶されるということも無さそうだしな。

◆◆◆◆◆

「……空飛ぶ船か。美しい船よな」

アイアノスの直上から降下してきたシリウス号が結界の中に収まったところで光のフィールドを解くと——エルドレーネ女王が感嘆の声を漏らした。

マールの協力を得ることで水圧を無視できるので、シリウス号の周囲に空気を纏いつつ海の底まで持ってくることも可能、というわけだ。

シリウス号内部の回路は精密機器のように水に弱いというわけではない。乗員や、魔法生物と魔石などを含めた船部分が無事なら航行できるので、仮に水没しても機能に支障はない。ただ、船内には内装であったり備品であったり、水で濡《ぬ》らしたくないものもあるので水を除《よ》けて空気を纏う方式で海に潜るという形になる。

アイアノスの結界内部に入るためには、エルドレーネ女王から個別に許可を貰う必要がある。そうすることで幻術も効果を発揮しなくなるそうだ。

通常の出入りに使う正門までの道が細いために、例えば石材のような大きなものは都市上方から運び込む形になるそうだが。

「装甲が船への攻撃を魔力に転換し、それを推進力などに用います。なので見た目以上に強固な防御力を持っていると考えて下さい」

「ふむ。一石二鳥というわけか。合理的じゃが……あれを海に潜らせるということは、海王対策として用いるということかな？」

「そうですね。手札の1つとしてでしょうか。封印から解放された海王は海の都を占拠していると考えられますし」

海王と戦いながら海の都を奪還するとなれば、こちらも移動可能な拠点が必要となるだろう。女王や水守り、それにマーメイドやセイレーンらが、魔力主体で戦うというのが元々の計画だ。兵士達は……海王の眷属達に突破されないように身体を張り、時間を稼ぐという役目になってしまう。

それでもウェルテス達は目や口の中などに一撃を当てれば攻撃を通せる。それをやってみせると意気軒昂だというのだから見上げたものだ。不可能とは言わないが難易度は高いし、実行すれば犠牲も多く出るだろう。狙いが明白なら技量に相当の差が無いと上手くはいかないからだ。それしか方法が無かったのであれば、エルドレーネ女王が自責の念に駆られるのも当然と言えよう。

だが……シリウス号があれば話は変わってくる。後衛は船に陣取って戦えるし、傷付いた者を安全圏に下げることも可能だからだ。

「こちらが攻撃側であるのに、城砦《じょうさい》に籠って戦えるようなものだな」

「全く、驚きですな」

エルドレーネ女王の言葉に、ウェルテスが頷く。

アイアノスの街の中心部、広場にシリウス号を停泊させ、そこにエルドレーネ女王達と移動する。

まずはみんなの紹介からだ。女王としての能力なのか、エルドレーネ女王は相手の魔力の大きさや質を感じ取っているようなので、会ってもらえば大凡《おおよそ》のところを理解してくれるだろう。

◆◆◆◆◆

広場には人が集まっていた。シリウス号には近付かないようにと通達が出されてはいるが、耳目を集めてしまうところがあるのは仕方がない。

停泊したシリウス号からタラップが降りてきて、みんながアイアノスを眺めながら下りてくる。空気の層から水の中へ入るような形になるか。

「これは……すごいですね。海の中にこんな綺麗な街があるなんて」

グレイスが周囲を見回しながら言う。

「外は暗くなっていたのに……街の中は明るくなっているんですね」

アシュレイが上を見上げて言うと、マルレーンが目を丸くしてこくこく頷く。

「面白いわね。上からの光を結界で増幅している、と」

ローズマリーも街の中の様子を分析している様子であった。

「魚はあんまりいない」

「それは、食べられちゃうからじゃないかしら？　ほら。あそこに並んでるし」

「ふむ。そのようですな」

シーラとイルムヒルトの交わす言葉にピエトロが相槌《あいづち》を打つ。

他のみんなも同様で、驚いて言葉も無いといった感じだ。

広場の周囲に集まっているアイアノスの住民達も甲板から顔を出したコルリスやリンドブルム、アルファ達に驚きの声を上げていた。

もっとも……海底都市が物珍しいのは動物達も一緒のようで。揃《そろ》って甲板の縁から街を見回して丸い目を瞬かせている。

「ふふ。地上の者に海の街を気に入って貰えるのは嬉《うれ》しいがな」

そんなみんなの様子にエルドレーネ女王は目を細める。

「こうなってくると、僕としては都を奪還した時が楽しみではありますね」

「何とも気の早いことだ。確かに、都は壮麗な場所だが」

俺の返答に、エルドレーネ女王は愉快そうに肩を震わせた。

「さて。では、そなたの仲間達を紹介してもらうとするか。まさか、今まで以上に驚かされるということもあるまいが……」

まあ、そうだな。インパクトとしてはクラウディアが最大だろうとは思うが。

◆◆◆◆◆

というわけで、エルドレーネ女王に皆を紹介する。地上の者との文化の違いということで納得しているのだろうか。俺の婚約者という肩書きが多かったことには大きなリアクションは無かったが……女王としてはみんなの魔力資質などが気になるようで、魔力の強い面々や、資質の珍しい面々ほど興味深そうにしている印象であった。

みんなの紹介が終わったところで、ユスティアについての話を切り出していく。

「みんなの紹介が終わったところで話を戻しますが……先程の話にあった、最初の魔人事件の時に、セイレーンの少女が囚《とら》われていたことが分かりました。この地方に人魚が目撃されているという話を聞いて、もしかしたら知っている方がいるのではと思っていたのですが」

「む」

その言葉にエルドレーネ女王は真剣な表情になる。

「その者は、今どうしているのだ？」

「帰り道が分からないということで、現在は一緒に囚われていたハーピーの少女と共に、タームウィルズの冒険者ギルドに身を寄せています。治療班としての手伝いをしたり……更にイルムヒルトも加えた３人で、劇場で歌を聴かせたりしています。名前をユスティアと言うのですが、ご存じありませんか？」

そう尋ねると、エルドレーネ女王は顎に手をやって思案するような様子を見せる。

「失踪事件か。……ふむ。確認を取らずに軽々しいことは言えぬな」

エルドレーネ女王は即答を避けて首を横に振った。

「今は非常時故、セイレーン達はこの街に集まっているが……あの者達は普段、思う存分呪曲の練習をするために独自にいくつかの里を作って、そこに集まって暮らしているのだ。まずは確認を取ってみることにしよう。ウェルテス、ソルギオル。聞いていたな？」

「はっ」

ウェルテスと共に、女王の護衛をしていた半魚人が答える。

「ユスティアという名の娘だ。心当たりのある者は、手がかりが見つかった故、妾の下に来るようにと申し伝えよ」

「畏《かしこ》まりました」

2人は敬礼を返すと、街中へ走っていった。

……なるほどな。心を惑わす呪曲などは、確かに街中で練習するわけにも行かないだろうし。それで普段は別の場所で暮らしているとなれば、内情までは詳しくないだろう。失踪事件そのものに心当たりがあってもまずは確認からとなるのは当然の流れだろう。

「見つかると……良いですね」

その背を見送り、ロヴィーサが呟《つぶや》く。

「そうさな。しかし、劇場とは……。思う存分大勢の聴衆に歌を聴かせられる環境というのは……あの者達は寧《むし》ろユスティアを羨ましがるやも知れんぞ」

「ロヴィーサさんも言っていましたが……そんなにですか」

「うむ。何せ魔に堕《お》ちても歌を聴かせる者を求めて呪歌で魅了するという連中だからな。これはもう、本能に根差したものであろうよ」

「セイレーンの友達もいますが、地上の人達は歌を聴かされた時の反応がとても良いのだとか」

「そうらしいな」

エルドレーネ女王がロヴィーサの言葉に苦笑する。

「ドミニクの家族についても……風の精霊を介して行方を捜すことはできないかと思っているのですが」

その話を聞いていたマールに話しかける。ハーピーは高所に住んでいるというし、風の精霊なら集落を捜すこともできるのではないかと考えているのだが。

マールはその話を自分にされる理由を察したらしく、俺を見て頷いてくる。

「分かりました。貴方《あなた》の話を他のみんなにも伝えなければなりませんから。その時に必ず伝えると、お約束します」

そう言って、マールは快諾してくれた。

ふむ。ドミニクについても、これで後は情報が集まるのを待つだけだな。

「これからのことですが、僕達の本来の予定通り、ドリスコル公爵の本拠地に転移可能な拠点を作ってしまおうかと」

それだけやっておけば色々と行動の自由度も上がるし保険にもなるからな。

セイレーン達にユスティアと同郷の者がいた場合、引き合わせることも可能になる。俺の言葉に、エルドレーネ女王は頷く。

「私も腕利きの方に、槍《やり》の穂先ぐらいは提供できるかなと思っているのですが。こういう急ぎの時に武器を作って間に合わせるのは得意なのです」

「船の中に武器を作れる工房設備があるのです。エルハーム殿下は地上でもかなり強固な武器を作れる技術をお持ちです」

「それは心強い。鍛冶の技術は、どうしても地上には及ばぬ故」

エルハーム姫と俺が言うと女王が明るい表情になった。

急場で武器を作るというのは、バハルザードの内乱でエルハーム姫がやっていたことだからな。

それに槍の穂先だ。作るまでの時間も材料も節約できる。

斥候に出した鮫男が戻ってこなかったとなれば……海王も捜索の方向や範囲を狭めてくるだろう。

それでもすぐには隠れ里を見つけ出せるとは思えないが、だからと言って準備期間に余裕があるわけでもない。限られた時間ではあるが、やれるだけのことはやってしまおう。

第167章　セイレーンとの語らい

エルドレーネ女王がシリウス号の中を見たいということなので、セイレーン達《たち》が広場まで来るのを待つ間、ロヴィーサ達共々船内を案内することにした。

船内は空気が満ちていて泳げないので人魚達には向かないが、そこは流石《さすが》に女王と水守りと言うか。水の絨毯《じゅうたん》のようなものを浮かべ、その上に乗って移動することで陸上でも問題なく活動可能なようだ。

「まあ、人化の術も使えるのだが……。この衣服はあまりそれには向いておらんのでな」

と、エルドレーネ女王は言っていた。

女王は水蜘蛛《みずぐも》の糸で作ったドレスを着ているが……今の服装のままで人化の術を使うと、足のかなりの部分を露出してしまうことになりそうだし、靴も用意していないからな。

宮殿に戻れば用意もあるのだろうが、普段は海中で暮らしているだけにシリウス号見学というのが想定外なのだ。広場までの外出程度では持ってこなかったということだろう。

ともあれ、2人とも活動には支障がないようなので、そのままシリウス号の設備などを案内していく。

「この船にある設備は、セイレーン達と相性が良さそうに見えるが」

「そうですね。恐らくはそうした狙いでも使えるかなと」

女王が興味を示したのは音響砲と伝声管である。音響砲はその性質が固定なのでともかくとして、伝声管ならばセイレーンの呪歌を船の外部に届かせるのに効果的だろう。

音響砲に組み込まれた技術の根幹にあるのはセラフィナの能力だ。セラフィナとセイレーンの能力を併せれば色々と面白いことができそうだとは思う。後で少しばかり連係を試してみるのも良いだろう。

ある程度船内設備を案内して回り、艦橋で話をしていると、広場へウェルテス達が戻ってくるのがモニターの遠景に見えた。後ろに人魚達の団体を連れているが……あれはマーメイドではなくセイレーンの集団だろうか。

「どうやら連れて来たようだな」

では、外に出て話を聞いてみるとしようか。

◆◆◆◆◆

「あらあら。この子は石を食べるのね。面白いわ」

「陸の生き物……面白い。毛がふわふわしたり、光ってたり……」

「こっちの子は身体《からだ》が硬くて鮫《さめ》みたいよ」

「この子も……石みたいだわ」

外に出ると広場では動物組が人魚や半魚人達に囲まれているところだった。

アイアノスの住人達が興味津々といった様子だったのでエルドレーネ女王を案内している間に交

流もと考えたのだが、中々好評なようだ。

大人もいるが、子供も多いな。内訳としては大人も子供も交ざっているのが人魚達。子供が多いのが半魚人達といったところか。大人の半魚人は人魚と子供達の交流の様子を、一歩離れたところから微笑《ほほえ》ましい物を見るように眺めている印象であった。

シリウス号の脇に腰かけて、人魚から鉱石を食べさせてもらっているコルリス。

ラヴィーネとアルファ、それにピエトロとフラミアは子供に抱き着かれてたり撫《な》でられたりしている。

手に乗せられて撫でられているラムリヤに、興味深そうに鱗《うろこ》に触れられているリンドブルム。それに、エクレールの金属の身体も興味の的らしい。

カドケウスは女王の近辺の護衛中で交流には不参加ではあるが……バロールはステファニア姫の肩で人魚達の注目を集めている。

「この子の背中は大丈夫？」

「ええ。コルリスは大丈夫よ」

ステファニア姫が笑みを浮かべて答えると、人魚の子供達がコルリスの背中に乗る……というよりは抱き着いていた。話の流れからするとリンドブルムの背中に乗るのは遠慮してもらっているというところだろう。

セラフィナは人魚の子供達と広場を楽しそうに泳ぎ回っているようだ。シオン達、オスカーとヴァネッサ、レスリー達も海底都市を興味深そうに見たり、人魚や半魚人達と和やかに言葉を交わしたりしているな。

「ふむ。海王からの避難生活で暗い表情をしている者が多かったが……良い気分転換になっているようだな」

それを見たエルドレーネ女王が目を細めて言った。……そういった住民達の心情は、纏《まと》め役としては気になるところだろうしな。

「あ、陛下！」

人魚の子供がエルドレーネ女王を見て笑みを浮かべると、他の者達もこちらに視線を向けてくる。

エルドレーネ女王は「うむ」と頷《うなず》いて甲板から小さく手を振る。

丁度そこに共にセイレーンの一団も到着したらしい。ウェルテス達が案内と護衛をしてきてくれたわけだ。

「ユスティア殿の親族や友人をお連れしました」

ウェルテスとソルギオルも頭を下げてくる。

「うむ。ご苦労であった」

「これは陛下。その……地上からいらっしゃった方が、ユスティアの居場所を知っていると伺ったのですが」

そう言ってきたのは、セイレーンの一団の中の1人であった。セイレーン達は広場に到着してもユスティアのことが気になるのか、少し所在なさそうにしていた。

代表して話しかけてきたのは髪の毛をアップに纏めた、落ち着いた雰囲気のあるセイレーンだが……容姿などがユスティアに似ているようにも思うのは気のせいというわけではあるまい。

「うむ。現在はタームウィルズにいるそうだ。ヴェルドガル王国の異界大使、テオドール殿が、魔人を含む悪党共に囚《とら》われていたユスティア嬢を助け出したということらしい」

「ご紹介に与《あずか》りました、テオドール＝ガートナーと申します。結論から言いますとユスティア嬢には怪我《けが》もなく、今はタームウィルズで元気にしています」

自己紹介は簡潔に済ませ、ユスティアについて一番知りたがっているであろう情報を伝えると、そのセイレーンは安堵《あんど》したような表情を浮かべ、目を閉じて胸を撫で下ろしていた。後ろに控えていたセイレーン達も顔を見合わせて明るい表情になる。

「……ユスティアさん、良かったです」

そう言って、グレイスが目を細め、アシュレイとマルレーンも嬉《うれ》しそうな笑みを向けあう。そんな2人を見てクラウディアも穏やかに笑った。

ローズマリーは羽扇で口元を覆っているが……機嫌は良さそうだ。

うむ。では、もう少し詳しくセイレーン達に話をするとしよう。

「さて。詳しく話をしたいのですが……」

内容が内容なので落ち着いた場所が良かろうと思うのだが。悪い知らせというものではないのでここでも構わないような気もするが。

「もう少し落ち着いた場所でというのなら、甲板でというのはどうかな。セイレーン達も作戦に加わる故、シリウス号については知っておいてもらいたい」

「分かりました」

◆◆◆◆◆

というわけで、セイレーン達も甲板に移動してもらって簡単な自己紹介をしてから話の続きをすることになった。

セイレーンの代表はマリオンという名前だそうだ。ユスティアの、歳《とし》の離れた一番上の姉だそうで、現在はセイレーンの一部族を纏める立場にあるそうである。

互いに自己紹介が終わったところで、詳しい経緯を聞かせる。誘拐事件のことや、その後冒険者ギルドで保護されたこと。今はイルムヒルトやドミニクと仲良くなり、ギルドのオフィスで治療班の手伝いをしていること等々。基本的に安全なところで仕事をしているので怪我等の心配はないことを伝えていく。

「ヴェルドガルでは、そういうのは禁止されているから……テオドール君が助けてくれなかったら、危うくどこかの外国に売られてしまうところだったのかも知れないわ」

イルムヒルトが当時のことを思い出しながら言う。

「連中は捕まえて来た人達を商品として見ていたので、傷付けたりだとかの手荒な扱いはしなかったようです。このあたりは魔法審問で得られた情報なので間違いないでしょう。事件に絡んでいた魔人にとっては……召喚魔法や転移魔法の実験のついでだったのかなと思いますが」

「良かった、ユスティア……」

マリオンは安心したという様子で目に涙を浮かべながらも微笑んでいた。シーラやイルムヒルトも当時のことを思い出したのか、マリオンの反応に目を閉じて頷いたり、微笑んだりしている。

事件解決後に誘拐犯達から魔法審問で絞った情報によれば、規律が乱れていると事態が発覚しやすくなるとリネットが考えていたそうで。

方針に逆らった者はリネット自身の手で容赦のない制裁をされたそうだ。まあ……奴《やつ》が魔人であることを考えると、それで部下達からも効率良く恐怖の感情を集めていた側面はあるのだろう。あいつ自身魔人としての正体を隠して潜伏していたようなので、事態の発覚を避けるためというのは建前でもあり本音でもあったのだろうが。

ともかく、魔法実験の副産物であれど、商品は商品としてきっちり線引きをさせていたらしい。

「それで……今はギルドの仕事を手伝う他、シーラやイルムヒルト、ドミニク達と共に劇場で歌を聴かせたりしています。呪歌や呪曲でなく、普通のものですが」

そう話すとマリオンを始め、セイレーン達の目が丸くなった。

「それは……少し羨ましいかも知れません」

と、マリオンは顔を見合わせている仲間達を少しだけ振り返って、苦笑しながらそんなことを言った。これは自分達の性質を自覚した上での発言なのだろう。

「その、私達の種族的な部分なので理解しにくいかも知れませんが……一緒に歌を歌える友達がいて、歌を聞いてくれる人もいるというのは、理想的な生活ですから」

「そうらしいですね」

そう答えると、マリオンは些《いささ》か恥ずかしそうに恐縮している様子であった。

「これから、ドリスコル公爵の領地に向かい、転移魔法の拠点を増やしてしまおうと考えています。その際……ユスティアに引き合わせることもできるかなと」

「本当ですか？」

マリオンが表情を明るくする。

この後は本来の予定通り、公爵の本拠地に飛んでそれからタームウィルズと連携して海王対策の準備を進めていきたい。

「もし良ければ……私も連れて行ってもらうことはできますか？」

マリオンが言う。今の時期、ユスティアにこっちに来てもらうというのは……心配なのかも知れない。今までの話を自分の目で確かめたいというのもあるだろう。セイレーンに話をして貰《もら》って安心してもらうためにも、マリオンには同行してもらうのが良いのかも知れないが。

「どうでしょうか、陛下」

「許可しよう。妾《わらわ》は今、ここを離れるわけにはいかぬが」

エルドレーネ女王の意見を伺うと、頷いた。

「では、なるべく急いで動かねばなりませんな。本来なら領地を挙げて盛大に歓迎と行きたかったところですが……」

公爵が腕組みをしながら唸《うな》る。

「ではそれは……海王絡みの事件が解決してからでしょうか」

「ふむ。その時は盛大に陸と海とで祝宴を開くとしましょう」

「それは良いな。楽しみにしている」

エルドレーネ女王は笑みを浮かべるのであった。

◆◆◆◆◆

循環錬気でカドケウスにたっぷりと魔力を渡した上でエルドレーネ女王の護衛に付け、諸々《もろもろ》の準備をしてくるまでの間、不測の事態に対処できるようにしておく。

カドケウスも通信機を持っているので、その気になれば女王への相談事が生じた場合でも効率よく話を進められるだろう。

「では――少し行ってきます。それほど時間はかからないかと思います」

現状の話をするのなら……偵察を出している段階ならば、海王はまだ女王の居所を摑《つか》んでいないということだ。あの眷属《けんぞく》は片眼鏡と循環錬気で見た限り、使い魔のような魔力的繫《つな》がりを持っていないようだし、奴から居所が漏れるということもあるまい。

たとえ逃げられたとしても海王の拠点に戻って軍備を整えて、戻って来るのにも時間がかかる。というわけで、マリオンを連れて一旦タームウィルズへ転移魔法で戻り、その際必要な物を揃《そろ》えたりしてからドリスコル公爵の領地に戻って来る予定だ。

「うむ。ロヴィーサ、ウェルテス。そなたらも気を付けてな」

「はい。行って参ります、陛下」

女王の使者としてロヴィーサとウェルテスも、マリオンと共にシリウス号に乗り込む形になる。元々人型であるウェルテスはともかくとして、ロヴィーサとマリオンも人化の術が使えるということで、陸上で活動しやすくするために服を着替え、靴を持って来ているのだ。

しっかりと点呼を取って大公家、公爵家の面々も含め、全員が揃っていることを確認。では、出発するとしよう。

広場に集まったアイアノスの住人達とお互い手を振り合って、ゆっくりと浮上する。少し高度を上げたところで姿を消し、そのまま海面へと出た。

「ドリスコル公爵の領地まで少々速度を上げて急行しますので、船の挙動が安定するまではしっかりと座席に着席して、帯を締めていて下さい」

「む……」

そう言うと、みんな神妙な顔つきで艦橋の座席に着席し、椅子についている帯を確認する。船室にいる使用人達からも、伝声管などから着席した旨の返事があった。では……出発だ。

船を回頭。海図と磁石を見ながら角度を目的地に合わせ、船を前進させていく。正面からの風を存分に受けられる速度になってきたところで、操船席から魔力を供給する。

――と、アルファが、楽しげに口の端を上げた。

「行きます」

伝声管で船全体に警告。正面から来る風を推進器が取り込み、火魔法が取り込んだ大量の空気を燃やして——文字通りの爆発的な速度で加速する。

加速時にかかるg《ジー》が身体を椅子に押さえつけるような圧力を感じさせる。モニターから見える景色が、一気に高速で流れていく。

「こ、これは——」

「おおおっ……？」

大公と公爵が目を見開く。

「これ、楽しい」

シーラの声。

「火魔法で加速をするのも久々ね」

ローズマリーは羽扇で口元を隠しながら目を閉じ、小さく肩を震わせた。

ステファニア姫やアドリアーナ姫、それにシオン達とマール、オスカーやヴァネッサも外に見える風景の流れ方を楽しんでいるようだ。

まあ、エルハーム姫やレスリー、それにロヴィーサ達の表情は若干引き攣《つ》っているが。

何と言うか……船速が段々と出てきて、それほどでもないと思えたところでの火魔法による加速だからな。

「外から見る時とはまた印象が違いますよね」

「実験の時はこの状態で曲がったり急降下したりしていましたね」

感心するようなアシュレイの言葉に、グレイスが少し笑う。

「ま、今のうちに覚悟はしておくけれどね」

と、クラウディアが目を閉じて笑った。マルレーンは神妙な面持ちでこくこくと頷く。

「いや、あれは戦闘する場合の動きだから……」

使わずに済むのならそれに越したことはないというか。

ともあれ、船速は速めだが、安定飛行に入ったので伝声管に向かって通達しておこう。

「もう大丈夫です。主に加速中に力を受けるだけですので。ですが、甲板には決して出ないようにお願いします」

そう言うと1人2人と、座席の帯を解いて立ち上がる。周囲の様子を見ながらおっかなびっくりという顔触れもあったが。セラフィナなどは先程の加速が気に入ったのか、両手を広げて楽しそうに飛び回っていた。

イルムヒルトも早速リュートを取り出し、それに触発されたらしいマリオンも竪琴《たてごと》を取り出して即興で音を合わせたりしている様子である。

……さて。では、引き続き船体下部のモニターにはライフディテクションを用いて海王の眷属などを見逃さないようにしながら進んでいくとしよう。

◆◆◆◆◆

準備を円滑に進めるために、通信機でタームウィルズとの連絡も取っておかなければなるまい。

「おお……。もう見えてきました」

公爵がどこか感動したような面持ちで、目を輝かせながら言った。まだ遠くに見える程度ではあるが、そろそろシリウス号の速度を落としていくとしよう。

移動時は海王の眷属を見かけることも無く、順調であった。

ドリスコル公爵領の本拠地となる島の――北東側に位置する港町。ヴェルドガル西部における交易の中心となる都市である。

アイアノスが海底都市ならば、ドリスコル公爵の本拠地は海上都市と言うべきか。

白い壁の家々は海岸沿いの港町であるウィスネイアと同様だが、都市内部まで水路が通っていて、街のあちこちに船で移動できるそうである。

そして……街の中心部に大きな城が見える。シンメトリーでオーソドックスな形だが明るい陽光を受けて洋上に浮かぶように輝いていた。白い建材で作られた公爵の居城は……何というか、尖塔《せんとう》なども細く尖《とが》っていて、スマートで壮麗な印象を受ける。

海洋の交易の中心部、顔となる場所だけに、あまり無骨にならないようにデザインされたという話だ。

そして……アイアノスあたりからこっち、本当に海が綺麗《きれい》なのである。透明度が高く、海底まで透けていて、海面下にある珊瑚礁《さんごしょう》なども見て取れる。

「綺麗な街……。それに海も……陽《ひ》の光で輝いているみたい」

「交易で訪れたことのある子は、みんな綺麗な街だと言っていましたが……本当に素敵ですね」

「確かに。素晴らしい街ですな」

マリオンがモニターから公爵の領地を見て呟《つぶや》くと、ロヴィーサとウェルテスも頷いた。

俺達がアイアノスを見て別世界だと感じるのと同じように、海の住人達も陸上の街を見て色々と思うところがあるらしい。

「遊覧船に乗って街中を巡ったりもできるのですが……。ま、それは後の楽しみとして取っておくとしましょうか。西側の港から入れますかな。城の水門まで直結している水路があるのです。城の近くにある――あれが月神殿になりますな」

ドリスコル公爵が空から色々と街の案内をしてくれる。では……誘導に従って進むとするか。城内直結の船着き場があるようなので、そこにシリウス号を停泊させてもらうとしよう。

西側から回り込み、そこから都市内部へと入っていく。

甲板に姿を現した公爵が手を挙げると、見張りの兵達が敬礼を以《も》って迎えていた。城に直結する大きな水路を進んでいくと……巨大な水門が開かれてそのままシリウス号をドリスコル公爵の居城にある船着き場へと進めることができた。

ここに来るまでの水路は小さな脇道があったりしたので、あのへんから街中へと進むことができるのだろう。

船着き場は……すぐ近くが大きな広場となっていて、監視塔や兵士達の詰所もある。このへん、流石に城に直結した船着き場という感じだ。

いくつかの帆船も停泊しているが、公爵の船かも知れないな。

「んん……。あの船……」

と、1つの船に目を留めたローズマリーが呟いた。

「どうかした？」

「……いえ。見覚えのある船だったものだから」

そう言ってローズマリーは目を閉じる。ふむ。あの船は……。ああ、そういうことか。

◆◆◆◆◆

「これは大使殿。お久しぶりです。大使殿と、姉の元気そうな姿を見て安心しました」

「はい。殿下もお元気そうで何よりです。タームウィルズへ帰る途中だったのですか？」

船着き場に出迎えにやって来て挨拶をしてきた人物に、こちらも笑みを返す。

「ええ。そろそろ公爵がお帰りになるということで挨拶をしてからタームウィルズへ帰ろうと思っていたのですが……」

なるほど。俺達への挨拶を終えて、彼はそのまま下船の準備を進めていた大公と公爵一家のところへも挨拶に行った。

「デボニス大公、ドリスコル公爵、ご無沙汰しております」

「うむ。お久しぶりですな、殿下」

「オスカー。久しぶりだね」

「はい。殿下もお変わりなく」

と、言葉を交わしている。

「やっぱり――グロウフォニカからの船だったのね」

そんな光景を見て、ローズマリーは小さく肩を竦《すく》めるのであった。

俺達に挨拶をして、それから大公と公爵一家に挨拶をして回っているのは……グロウフォニカ王国に留学中であるヘルフリート王子であったのだ。

海路でタームウィルズに帰る予定だそうだが、その途中でドリスコル公爵の領地に寄港したということなのだろう。

船が出るまでドリスコル公爵の居城に滞在していたのだろうが、俺達がやってきたと知って、船着き場まで出迎えに来たというところか。

「……魔人との決戦が控えている時期を知っているのに、わざわざタームウィルズに戻って来る必要もないでしょうに」

と、ローズマリーは弟を見てそんなふうに零《こぼ》している。

ローズマリーはそんなふうに言っているが……ヘルフリート王子に言わせるなら、だからこそ王族として安全圏で見ているわけにはいかないということなのかも知れない。これはヘルフリート王子の性格上というか何というか。

前線に出ることは無いにしても、兵士達の士気が上がるのは確かだろうな。

それにしても、思わぬところで再会したという感じではある。……いや、公爵の帰還に合わせて滞在していたのであれば、別に不思議でもないのか。

ともあれ面倒事ではないので、予定変更の必要もあるまい。ヘルフリート王子の目的地はタームウィルズなのだし、望むのなら転移魔法で同行してもらってもいいだろう。

「いやはや。水の精霊王様に海の国の争いか……。相変わらずだね、君は」

初対面の顔触れの紹介をしてから今の状況を簡単に説明すると……ヘルフリート王子は少し目を瞬かせていたが、やがて顎に手をやって愉快そうに笑った。

「ヘルフリートも元気そうで何よりだわ」

「ステファニア姉上も。……その、何やら変わった使い魔を連れていらっしゃるようですが」

「ふふ。可愛《かわい》いでしょう。コルリスというの」

「……ステファニア姉上の家臣が知ったら目を丸くしそうですね」

「かも知れないわね」

手を振るコルリスにヘルフリート王子は流石に驚いている様子であったが、家臣達がコルリスを見た時の様子を想像したのか肩を震わせると、コルリスに近付いて握手を交わしていた。

……うーむ。ヘルフリート王子はローズマリーのことで開き直ったからか、以前会った時よりも余裕のようなものが出て落ち着いたというか、生半可なことで動じなくなったように見えるな。コルリスに関しても俺の影響と見ているのかも知れないが。

ともあれ、まずは月神殿に行ってからだな。公爵の用意してくれた馬車に分乗して、するべきことを済ませてしまおう。もう少し詳しい話も、道すがら馬車の中で説明するということで。

◆◆◆◆◆

「――というわけで、これから転移魔法の拠点をこの都市に作り、一旦タームウィルズに戻って諸々の準備を整えてこようかと思っていたところです。ヘルフリート殿下さえよろしければ、タームウィルズまで転移魔法で送っていきますが如何《いかが》でしょうか」

俺の言葉に、ヘルフリート王子は少し思案した後で答える。

「うーん。デボニス大公はどうなさると仰《おっしゃ》っているのかな?」

「公爵との和解を家臣達と領民達に周知した後に転移魔法で領地に帰るという予定でしたが、極力こちらの転移魔法の温存をしたいので、海の国の状況が収まるまでは帰還を見合わせると」

「……なるほど。もし良ければ、僕も後方にてデボニス大公の身辺警護につこうと思うのだが、どうだろうか?　多少だが、魔法と武芸の心得があるし」

ふむ。デボニス大公の心境と立場はヘルフリート王子も理解しているということか。両家の友好を願って訪れているのに、その近海で騒ぎが起きている時に自分だけ帰るのでは筋が通らない。

それに、デボニス大公が事情を知った上でだからこそ帰らない、というのと同じ理由で、ヘルフリート王子も事情を知って背を見せるわけにはいかないというところだろう。以前のヘルフリート王子の考え方からすると、どちらかと言えばデボニス大公の考え方に共感しそうなところがあるしな。

ともかく、ヘルフリート王子は剣と魔法の両輪ということらしい。

「魔法剣士ということですか」

「ヴェルドガルの王族は、魔法を使えるのが普通みたいなところがあるから、嗜《たしな》みとしてだね。まあ……僕はみんなと比べると大したことはないから、そこを武芸で補おうとしたわけだ。無論、武芸にしたところで君達と共に前線に出られるほどの力もないと思っている。そこは勘違いしない」

ヘルフリート王子が言うと、そのやり取りを聞いていたローズマリーは肩を竦めた。

「確かに……デボニス大公も残ると仰っている状況で、自分だけ帰れないのは確かでしょうね」

ふむ。ヘルフリート王子は開き直っているから自分の力量を分かった上での発言なのだろう。ローズマリーも反対しないということは、判断や評価として間違っていると思っているわけではあるまい。

まあ、ローズマリーは状況を見て危険性が少ないから殊更反対しない、と考えている可能性はあるが。

「そういうことだね。利害のない僕が共にいることで、不心得者がいたとしても抑制として働くだろうし……。何より、君のことだから他にも手立てを考えているのだろう？」

「ええ。一応と言いますか」

ドリスコル公爵の居城で待機してもらうのが普通だが、そのまま艦橋にて行動を共にするという手もないわけではない。転移魔法での撤退も考えるなら常に行動を共にしていたほうが安心という部分があるからだ。いずれにしても艦橋まで敵に踏み込まれそうな状況なら一時撤退を考えるわけだし。

火魔法が主体であるフラミアは水の加護を受けても戦場との相性が良くない。だから護衛に回ってもらおうかとも考えていたが……炎の術は敵にシリウス号に乗り込まれた場合を想定すれば十分有効だ。つまり、同行してもらう場合は戦力の分散を避ける意味合いも出てくる。

「危険度は低いと思うけれど、わたくしとしては……変装用の指輪を大公に使ってもらって、影武者を仕立てるというのも考えているわ」

と、ローズマリー。アンブラムがいるなら、それも可能か。本物の大公はヘルフリート王子が護衛すると。

「もし、影武者が狙われた場合は？」

「別の人間に変身してしまう、という手があるわね。ほら。アルフレッドが作った、音響閃光玉《せんこう》を持たせておけば……」

そう言ってローズマリーは薄く笑う。

なるほど……。そういうトリッキーな手もあるな。刺客からしてみると、爆音と閃光で怯《ひる》んでいる間に大公がどこかに消えてしまうというわけだ。そんなものを使えば警備兵も駆けつけてくるだろうし、護身用としては打ってつけと言える。

どちらにせよ……デボニス大公にしてもドリスコル公爵にしても、今まで海千山千の貴族と渡り合ってきた大貴族である。他に比類ない経験と見識を持つ人物なので海王の考えを読む上でもその意見は参考になるだろうと思っている。というわけで女王との作戦会議には公爵共々参加する予定だし、その後でどうするかは、相談して決めればいいだろう。

さて。馬車で話をしている内に月神殿に到着し、クラウディアは到着するなり早速作業に取りかかった。マリオンが固唾を呑《の》んで見守る中、クラウディアの足元から走った光が敷地の外周部を一周して戻ってきて……転移のための準備が整う。

「良いわ」

「は、はい」

振り返り、クラウディアが頷くと、マリオンが少し慌てたような面持ちで頷いた。あっさりと準備ができてしまったので心の準備が整っていないのかも知れない。

緊張している様子のマリオンに声をかける。

「準備は良いですか？　向こうの月神殿に出るので、近くの冒険者ギルドにいる彼女にもすぐ会えると思います」

通信機で話も通しているし、ユスティアがギルドを空けているということはない。案外……月神殿にまで来ているかも知れないな。

マリオンは余裕がない自分を自覚したのか、俺の言葉に目を閉じて深呼吸をしてから、こちらを真《ま》っ直《す》ぐ見て頷いてきた。

「――はい。どうか……ユスティアのいるところへ連れて行って下さい」

「勿論《もちろん》です」

と、答えて、皆に向き直って声をかける。

「じゃあ、少し行ってくる」

「はい。いってらっしゃいませ」

俺の言葉にグレイスが頭を下げた。

タームウィルズに戻る面子《メンツ》は俺とクラウディアとイルムヒルト、それからロヴィーサ、ウェルテス、マリオンと……本当に必要最小限な面々だ。

拠点同士の転移魔法はクラウディアへの負担も少ないが、いざという時のことを考えると転移魔法の条件はできるだけ緩くしたい。

まあ、ドリスコル公爵の領地にはみんなが残るし、俺もすぐ戻って来るので滅多なことはあるまい。

「留守中は、任せて。イルムヒルトも、頑張って」

シーラがいつも通りの表情で自分の胸のあたりを拳で軽く叩《たた》いて見せる。

「行ってくるね。シーラ」

「ん」

「ああ。よろしく頼む」

そんなシーラに苦笑し、クラウディアを見やって頷いた。

「では、行くわ」

クラウディアの言葉と共に転移魔法が発動する。

光の柱に呑み込まれ――次の瞬間には目を開けば、そこはタームウィルズの月神殿……迷宮入口の石碑前であった。

「これは……」

「転移魔法というのは、凄《すご》いものですな」

一変した景色に、ロヴィーサとウェルテスは目を丸くして周囲を見回している。

「タームウィルズの、迷宮入口前です。転移先の場所としては都合の良いところなので」

迷宮から出てくる冒険者達もここに突然現れたりするからな。いきなり出てきても問題のない場所なのだ。

「姉さん！」

聞き覚えのある声があたりに響き、マリオンが弾《はじ》かれるように振り返る。果たして――そこにはユスティアの姿があった。

アルフレッドとエリオット、それにアウリア。それからフォレストバードに……ドミニクとシリルも一緒だ。どうやら護衛と付き添いで来てくれたといったところか。

「ユスティア！」

マリオンが駆け出すと、ユスティアもそれに応じるように走って来る。手を広げ、互いにしっかりと抱擁し合う、セイレーンの姉妹。

「ユスティア……急にいなくなってしまって、心配したのよ」

「うん……。私は、大丈夫。姉さんも、元気そうで……」

抱きしめ合ったままで、２人は言葉を交わす。涙声だったが、やがて嗚咽《おえつ》へと変わった。

それを見て、クラウディアが穏やかな表情で目を細める。

「ユスティアの家族……見つかって良かったね」

そこにドミニクとシリルもイルムヒルトのところまでやって来て、明るい笑みを浮かべた。

「ん。そうだね」

答えたイルムヒルトはドミニクの手を取る。ドミニクは――そんなイルムヒルトに嬉しそうな表情を浮かべた。

イルムヒルトが転移魔法で戻ってきたのは、捕まっていた時期を一緒に励まし合って乗り越えた、ユスティアとドミニクの友人だからだ。ドミニクは心配してくれていることを分かっているらしく、明るい笑みを浮かべる。

「ありがとね、イルム。あたしは……今の暮らしが好き。だからこれは、気を遣わなくても大丈夫とかじゃなくて、あたしのほんとの気持ちなの」

そう言ってドミニクは自分の胸に手を当てて、目を閉じる。

……そうか。ユスティアもドミニクに話をしたんだな。なら……成功するかどうかは別にして、俺もドミニクには言っておくべきなんだろう。

「ドミニクの家族も、捜したいとは思ってる。風の精霊王に話が伝えられるから、精霊から情報が集まるかも知れない」

そう言うと、ドミニクは驚いたような表情を浮かべた。それから屈託のない、満面の笑みを見せて言う。

「ありがと。でも、もし駄目でも気にしないでね。色々助けて貰ってるもの。それだけでも嬉しいんだよ」

「そうかな」

そう言うとドミニクは頷く。

「そうなの。それより……今回はあたしも連れて行ってくれないかな？」

「連れて行ってって、海に？」

「そう。ユスティアの故郷が大変みたいだし。あたし達にも、一緒にできることがあるはずって話をしてたの」

「――ええ……。そう。そうなの」

こちらのやり取りが聞こえていたのか、ユスティアがマリオンと肩を抱き合ったままで、涙を拭いながら言った。

「私は……今の暮らしが好きよ。イルムやドミニクやシーラ、シリルと劇場で歌うのが好き。ドミニクとも、離れたくない。だから、私のいる場所はここだと思ってる。故郷のみんなには……私は無事で元気だって、知らせられれば、それで良いの」

「ユスティア……」

マリオンは……ユスティアの言うことを嚙《か》み締めるように目を閉じて、その言葉を理解しようとするように何度か頷いていた。同じ立場であるドミニクだからこそ、自分が傍《そば》にいてやりたい、というのがユスティアの気持ちなのだろう。マリオンの本音を言うのなら、ユスティアには安全な場所にいて欲しいのだろうけれど、それはユスティアがマリオンを見た場合でも同じなのだし。

それから……ユスティアは「だけど」と首を横に振った。

「故郷のみんなが危ないのに、ここでただ待っているだけなのは、嫌だわ。私は、姉さんやみんなも好きだから。だから……お願い。私達も連れて行って欲しい」

そう言って顔を上げてこちらを見てくるユスティアは……涙を浮かべていたものの、その表情には決然たる意志が込められていた。

……そうか。そうだな。

「シリルもそのつもりで来たのかな?」

「はい。劇場の仲間ですから！　気持ちを1つにすれば、呪曲ができなくても効果が強くなるそうですし……みんなで一緒に頑張りたいんです」

……どうやら、こちらも決意は固いらしい。

海王への対抗手段としてセイレーン達が果たすべき役割は、決して小さくない。呪歌と呪曲も作戦に組み込まれているのだ。

本来であれば、それはかなり危険を伴うものだったはずだ。後衛とは言え、戦場に出るのだから。

だが、今ならシリウス号がある。女王と水守り、そしてセイレーン達の負う危険度は格段に下がっていると言えよう。

だがそれは絶対ではない。ならば……残る問題は――俺が片付ければいいだけの話だ。

「分かった。一緒に連れて行くよ」

そう答えると、彼女達は顔を見合わせ、明るい表情を浮かべると手を取り合って喜ぶのであった。

第168章 陸と海の王国

準備を整えて早めに転移魔法で帰るつもりではあるが、その間マリオン達《たち》は待機をしていてもらわなければならない。

その間、冒険者ギルドを使ってもいいということなので、月神殿の入口から広場に出たが……やはりタームウィルズが初めての面々は色々な場所が気になるようである。

「噂《うわさ》には聞いていたが……。これがタームウィルズの王城か」

「凄《すご》い……。こんな間近で見られるなんて」

ウェルテスの言葉に、ロヴィーサも聳《そび》える王城セオレムを見上げて目を丸くする。

セオレムは海から見ても目に付く場所だけに、人魚や半魚人達の間でも有名なのかも知れない。

「このまま観光案内、というわけにはいかんのが残念じゃな」

アウリアが目を閉じて小さくかぶりを振る。

「海王の事件が解決したら、それも良いかも知れませんね」

観光希望の面々をシリウス号に乗せて、などというのもできそうだ。封印解放の時期は遠慮してもらうほうが良さそうだが。

「あれが劇場？」

「ええ、姉さん。満月の日に働いている場所なの」

ユスティアがマリオンに劇場についての説明をしていた。姉妹は中々楽しげである。

「観劇は――開場まで待っている時間がないかも知れませんが、劇場の中を見せてもらうぐらいなら大丈夫かも知れませんね」

「……ふむ。ロビン達には引き続き護衛を頼んでも良いかのう」

俺の言葉を受けて、アウリアがフォレストバード達にそう言った。

劇場を見てもらうのは……ユスティアのタームウィルズでの暮らしを、セイレーン達に知らせて安心してもらうために、という意味合いがあったりする。エルドレーネ女王に伝えた話に嘘偽《うそいつわ》りがないことの証明でもあるわけだ。

「分かりました。じゃあ、少しみんなで中を見て回ったら冒険者ギルドに向かうということで」

「売店を見てみるのも良いかも知れませんねー」

ロビンが頷《うなず》き、ルシアンが笑みを浮かべる。

さて。劇場見学をして貰《もら》っている間に、こちらは準備を進めなければならない。

「エリオット卿《きょう》、準備のほうはどうなっていますか？」

そうエリオットに尋ねる。

「討魔騎士団も準備を進めております。間もなく物資を馬車で運んでくるでしょう。連絡では全員でなくても良いということで伺っていますが……？」

「そうですね。連日の訓練で体調も完璧というわけではないでしょうし……何より、水中戦の訓練は進めていないので。音響砲の砲手がいてくれれば大丈夫かなと」

「水中戦、ですか」

マールの加護があるので格闘戦は問題ないが、それでも水の中では若干勝手が違うところもある。

だから、シリウス号に随伴する役はウェルテス達に、ということになるだろう。

海王の眷属《けんぞく》の体表を突き通せる武器さえあれば、連中も耐久力に物を言わせたゴリ押しなど不可能だ。そうなればウェルテスらも存分に力を発揮できる。音響砲の活用はともかく、水中戦は彼らの領分だしな。

「討魔騎士団の訓練は、あれもこれもと手を伸ばしていると中途半端にしかなりませんからね。船の護衛は彼らに任せましょう。それもバハルザードの時と同じです。彼らも都から離れてしまったのは不本意だったでしょうし」

「雪辱の機会を待っていた、ということですか」

俺の返答に、エリオットは思うところがあるのか得心いったように頷いていた。

気概の問題というか。海の都の奪還にしろ、元宰相の討伐にしろ、自分達の国のことを人任せにしているわけにはいかないだろうという部分はあるだろうし。

「ジークムント殿達も、作業に区切りがついたらすぐにいらっしゃると思う。結界や封印術の出番と聞いたから、それ系統の魔道具も用意したよ」

と、アルフレッド。

「ああ。都の浄化も必要になってくると見てるからな」

恐らく海王の封印が解けて、海の都の魔力環境は汚染されてしまっているはずだ。それを浄化――或《ある》いは中和し、再汚染を防ぎ……向こうにとって有利なフィールドを狭めたり打ち消していく必要がある。

仮に海王を封印せざるを得ないという状況になったとしても、結界術や封印術は有効に働くだろう。

というわけで……ユスティア達の他に、エリオットと討魔騎士団の一部人員と、ジークムント老、ヴァレンティナ、シャルロッテに同行してもらうという形になる。

アウリアも船内からモニターを見ながら精霊を使役することで、支援を行えるだろうとのこと。傷付いた味方を安全に収容したりだとか、色々と頼りになるのは間違いあるまい。

◆◆◆◆◆

「タームウィルズには不思議な食べ物や飲み物があるのですね……」

劇場から戻ってきたロヴィーサが真剣な面持ちで呟《つぶや》いていた。どうやらアウリア達と共に炭酸飲料や綿菓子などを売店で買ってきたらしい。

「劇場はどうでしたか？」

マリオンに尋ねると、彼女は興奮した様子で身振り手振りを交えて答える。

「凄いですね。声がとても響くようになっていて、舞台も綺麗《きれい》で……職員の方に魔道具の点検をしたいから、一曲歌ってみてはどうかと言われてしまって、その……」

マリオンはそこで少し気恥ずかしくなったのか、トーンダウンした。

「みんなで一曲合わせてみたの。ユスティアの教えてくれた歌よ」

イルムヒルトが笑みを浮かべる。

なるほど。みんなで一曲歌ったと。

「でも楽しかったです。それに、その……ユスティアが辛《つら》い目に遭っていたわけではないと分かって、嬉《うれ》しかった。助けて下さったのも、劇場を作ったのも……テオドール様だとお聞きしました」

マリオンはそう言って、ユスティアと共に深々と頭を下げてくる。

「ありがとうございました。きっと、テオドール様がいなかったら、ユスティアとは会えなかったと思います」

「いいえ、劇場に関しては異界大使の仕事でもあります。ヴェルドガルや月神殿の方針あってのものかなと」

「月神殿の……」

俺が言うと、マリオンはクラウディアを見やる。

「私は別に……何もしていないけれど」

話題を振られたクラウディアは少し所在無さそうに目を閉じている。

「いいえ。ありがとうございます、クラウディア様」

マリオンにそう言われて、クラウディアは頬を赤らめていた。

冒険者ギルドのオフィスでそんな話をしていると、通信機にミルドレッドから連絡が入った。メルヴィン王は執務の合間を見てロヴィーサ達と面会の時間を作るということで、話をしていたのだが……広場に迎えの竜駕籠《りゅうかご》を送ったそうだ。

窓の外を見れば、公爵領へ持っていく物資が馬車に載せられて広場へと運ばれてきている。物資の護衛をしているのは向こうに同行する討魔騎士団の面々である。

と、そこに王城からの迎えの竜駕籠もやってきたようだ。では……広場での準備は任せて、ロヴィーサ達と共に王城へ顔を出しに行くとしよう。

◆◆◆◆◆

というわけで、竜駕籠に乗って王城セオレムへと向かう。クラウディアはイルムヒルト達と冒険者ギルドで待っているとのことである。

同行するロヴィーサ達は竜駕籠での移動も初めてで、行き先も王城ということもあり、些《いささ》か緊張している面持ちだ。

「メルヴィン陛下は穏やかな方ですので、御安心下さい」

「は、はい」

緊張を解《ほぐ》そうと声をかけたものの、効果は今ひとつのようである。まあ、仕方がないと言えばそうだが。

竜駕籠は王城目掛けて真《ま》っ直《す》ぐに急行する。

練兵場前の広場に竜駕籠を降ろすと、すぐに使用人がやって来て迎賓館の一室へと案内された。

少し間を置いてメルヴィン王が部屋にやって来る。

「おお、テオドール」

「はい。只今《ただいま》戻りました」

そう答えるとメルヴィン王は笑みを浮かべて頷いた。

とりあえず、海の国から来た3人をメルヴィン王に紹介してしまおう。

「水守りのロヴィーサ様。その護衛のウェルテス卿。それからユスティアの姉のマリオン様です」

「お、お初にお目に掛かります、メルヴィン陛下」

紹介を終えると、ロヴィーサが挨拶をする。続いてウェルテス、マリオンもメルヴィン王に名乗った。

「うむ。呼びだててしまって済まぬな。だが、あまり緊張する必要はないぞ」

そう言ってメルヴィン王は、緊張を解くかのように柔らかい笑みを浮かべた。

「此度《こたび》の貴国の混乱については、余としても懸念に思う。一日も早い海の平穏が戻って来るよう、ヴェルドガルとしても力を尽くすことをここに約束する」

「は、はっ、ありがたきお言葉」

「貴国とは今まで正式な国交が無かったが……余としては海の国の平穏、そして今後、海の民と良好な関係を続けていけることを願っている」

「メルヴィン陛下とテオドール様の御恩とご助力、心から感謝致します」

ロヴィーサの返答にメルヴィン王は頷く。

「うむ。本来ならばヴェルドガル王国としてもそなたらを歓迎する祝宴でも開かねばならぬのであろうが……生憎《あいにく》その時間も惜しまれるような状況であるようだ。それは懸念が払拭された後に、ということになろう」

或いはドリスコル公爵が代わりに、ということにもなるだろうか。遊覧船で水路巡りをするというようなことを言っていたしな。

「それから……国交を結ぶのならば取り決めも必要であろうが、余としては現状の維持を基本に考えている。特に大きな変更を行うでもなく、互いにとって無理のない付き合いを続けていきたいものだ」

「重ね重ね……ありがとうございます。メルヴィン陛下の温かいお言葉、女王陛下に必ずやお伝えします」

ロヴィーサの言葉を受けて……メルヴィン王は、にやっと楽しげに笑うと言った。

「うむ。しかし、文化や人員の交流は寧《むし》ろ望むところ――とも伝えてもらえるかな？　陸と海の国では中々接点も持てぬが、それ故に無用な摩擦を生まず、良好な関係を維持できる環境ではあるだろうからな」

少しおどけたようなメルヴィン王の言葉に、ロヴィーサの緊張も和らいだようであった。

「はい。是非に」

メルヴィン王につられて、楽しそうにロヴィーサも相好を崩す。

ロヴィーサの笑みにメルヴィン王は満足げに頷いてから、表情を少し真剣なものに戻して言った。

「余はここより動けぬ。しかし、貴国に武運と、女神と精霊の加護があらんことを願っておるぞ。テオドールも……エルドレーネ女王の国の臣民を受け入れる用意はあるゆえ、無理はするでないぞ」

「はい」

メルヴィン王の目を見て頷く。そうだな。海王の力は未知数だし、色々な可能性を視野に入れながら動くとしよう。

◆◆◆◆◆

メルヴィン王との話を終えてから、再び竜駕籠に乗って月神殿前の広場に戻ってくる。物資については……転移魔法で移動する時に人目に付かないようにと冒険者ギルドの奥に運び込まれているはずだ。

というわけでギルドのオフィスへと向かうと、ジークムント老とヴァレンティナ、それにシャルロッテ、それからフォルセトの4人も顔を出していた。

フォルセトもジークムント老と共に工房で研究に加わっているのだが……海王絡みでシオン達も戦う可能性が出て来たので、一緒に戦いに赴く、ということだろう。

「あ、先生」

シャルロッテは冒険者ギルドの壁に貼られた依頼書を見て時間を潰していたようだが、こちらに気付いて笑みを浮かべる。

「おお、テオドールか。海の国の混乱とは……また厄介なことになったのう」

「そうですね。とはいえ……連中も封印が解けて間もないようなので、対応するのなら今の時期が良さそうです」

ジークムント老に答える。

「私もご一緒させて下さい。シルヴァトリアの結界術との統合ももう少しという感じですので……ぎりぎりまで粘れば作戦に間に合うかも知れません」

フォルセトが言う。……なるほど。

元は同じ、月から来た技術体系だしな。だが、フォルセトが一緒というのは、他にも意味がある。

「ありがとうございます。シオン達も心強いかと」

フォルセトは言葉に出さなかったがシオン達が心配なのだろう。俺がそう答えるとフォルセトは目を細めた。

それから……ロヴィーサ達とは初対面なので、まずは互いを紹介してしまうことにした。

ジークムント老達はシルヴァトリアの賢者の学連から来ていること、ジークムント老は祖父であること。ヴァレンティナ、シャルロッテは母方の親戚筋に当たること。フォルセトは南方の出身で、シオン達の保護者に当たる人物であること等々……。

それからロヴィーサ、ウェルテス、マリオンの、海の国から来た3人をジークムント老に紹介する。

「ジークムント＝ウィルクラウドと申します。よろしくお願いしますぞ」

「水守りのロヴィーサです。こちらこそ、よろしくお願い致します」

柔和な雰囲気で笑うジークムント老に、ロヴィーサも穏やかに笑みを返し、握手を交わした。

ヴァレンティナ達とウェルテス達もそれぞれ握手を交わす。

「準備は整っているのですか？」

「うむ。向こうに持っていく物資は、先程全て奥の会議室に運び込まれた。後は向こうへ転移するだけじゃな」

なるほど。となると、クラウディア達も奥の部屋だろうか。まずはそちらへ向かうとしよう。

みんなで連れ立ってギルドの奥の部屋へと通してもらうと、そこには物資の確認をしながら待っているみんながいた。

廊下に机などが出されていることから、準備を急ピッチで進めたのだろう。転移した後の片付けはギルドの面々に任せることになってしまうが……。

「お手数おかけします」

「いえいえ」

奥の部屋へと案内してくれたヘザーはそう言って小さく肩を震わせた。

「お帰りなさい、テオドール」

戻ってきた俺を見て、クラウディアが微笑《ほほえ》む。

「ああ。ただいま。こっちの用事は終わったよ」

「こちらもいつでも出発できるようよ」

「物資の確認、人員の点呼、共に完了しました」

「ありがとうございます」

と、エリオットに礼を言う。そのやり取りを見た、ウェルテスは感心したように唸《うな》った。

「これでまたあの空飛ぶ船でアイアノスへ向かうというのだから、何とも手際の良い……。迅速であることは用兵の極意と言えるな」

兵は拙速を何とやら、という奴《やつ》だな。万全ではないにしろ迅速に動いて早めに事態を収束させたほうが後々の展開が良い。対応が早くできるのは通信機で状況を伝えてやり取りしているからではあるが。

対魔人を想定して色々訓練を進めているので、そういった準備も迅速に行う態勢が整っていたりするし。

ともあれ準備はできているようだし……見送りなり伝言なりを済ませたら転移魔法でドリスコル公爵領へ飛ぶとしよう。

◆◆◆◆◆

転移魔法の光が収まれば——そこはドリスコル公爵領の、月神殿の中庭であった。
視線を巡らせれば、そこにはみんなが待っていた。通信機でこちらに飛ぶことも連絡済みだからな。物資をシリウス号に積み込んだり、色々とやることもあるし。

マルレーンはこちらの姿を見るなり、屈託のない笑みを浮かべてこちらに駆けてくる。

「ただいま」

そう答えるとマルレーンはこくこくと頷き、それを見たグレイスとアシュレイが微笑ましい物を見るように表情を綻ばせる。ローズマリーは表情を隠していたが。

「お帰りなさい、テオ」

「こちらは留守中、特に大きな問題は起こりませんでした」

「一応、デボニス大公にもお願いして影武者を立てる用意だけはしておいたわ」

「ん。ありがとう」

ふむ。一気に人数が増えたな。それぞれ顔見知りの面々が再会の挨拶をしあう。

「フォルセト様！」

シオン達がフォルセトの姿を認めて嬉しそうに駆け寄る。そんなシオン達の反応にフォルセトも相好を崩した。

ヘルフリート王子など、初対面の相手も多い人物もいるので……そのままお互い初顔合わせの者は自己紹介をしあう場となったようだ。

「シーラも、留守中ありがとう」

「ん。お安い御用。ユスティアと……ドミニクやシリルも一緒？」

「みんな、ユスティアの故郷が危ないから、力になりたいって」

「そっか。なら、私も頑張る」

「私も！」

イルムヒルトの言葉に、シーラはいつも通りの口調ながらも、どこか決意を感じさせる表情で頷き、セラフィナも元気よく手を挙げた。

五感リンクを通して猫の姿を模したカドケウスの爪で軽く床を叩《たた》いて合図を送り、俺が戻ってきたことを知らせると……エルドレーネ女王はその早さに少し驚いたようだが、表情を真剣なものに戻して視線を目の前にある地図に向けていた。

エルドレーネ女王が見ていたのは海底の地形図だろう。海の都を攻略するにあたり、作戦を立てる上で必要な情報というわけだ。

「ふむ。まずは物資の積み込みからでしょうな。馬車は用意してありますゆえ」

と、挨拶回りが終わって戻ってきたドリスコル公爵が言う。

「そうですね。手早く済ませてしまいましょう」

神殿にあまり大挙して押しかけていっても迷惑だろうし。

「ですな。神殿の者には話を通して快諾を貰っておりますが、この後作戦会議を行うことを考えるとやはり行動は早いに越したことはないでしょう」

月神殿にはどちらにせよ魔人絡みの事件が起きた場合祈りを、ということで通達しなければならないからな。その辺の手回しの良さは有り難い話だ。

では……みんなで手分けして物資を馬車に積み込んでしまうとしよう。公爵の言う通り、この後エルドレーネ女王との作戦会議も控えているわけだし。

◆◆◆◆◆

物資を積み込み、シリウス号に乗ってアイアノスへと急行する。またも高速移動となってしまったが……まあ、それは仕方があるまい。積み込みやら移動やら。なるべく急いだつもりではあるが、到着した時にはすっかり暗くなってしまっていた。

暗視の魔法で海底の地形を見渡しつつ、カドケウスとのリンクでアイアノスの座標を感知しながら降下する。

「おお……」

「綺麗ですね」

アイアノスの結界内部にシリウス号が入ると、海底都市の光景に艦橋にいる面々から感嘆の声が上がった。

夜のアイアノスは……街のあちらこちらで珊瑚《さんご》がぼんやりと光っていて、上方から見ると何とも言えない、幻想的な美しさだ。

大通りに沿うように光が並んでいるので広場を目指して降下するのも容易だった。

エルドレーネ女王はと言えば、既に広場に迎えに来ていた。カドケウスからの合図でアイアノス上空に到着したことを知らせてあるのだ。

慎重に高度を下げて、タラップを降ろせる高さに停泊する。

「到着しました」

そう言うとシリウス号の中がにわかに慌ただしくなる。

船を降りる準備を始める者、荷物を降ろすために船倉へ向かう者、船の台所で料理を作るために動く者……様々だ。

マールの加護があると言っても水の中では落ち着かないということなのか、シリウス号に寝泊まりするという面々も多い。その分警備も厚くなっているのでシリウス号に関しては心配いらないだろう。

アイアノスの住民達との交流も続けていきたいところだ。船の周囲から離れなければコルリスらも外に出ていても大丈夫かな。

後は……酸素が不足しないよう、定期的に船内の空気の浄化をしてやる必要があるか。まあ、このあたりは様子を見ながらということで。

エルハーム姫は鍛冶設備に籠って槍《やり》の穂先を作るそうだ。やはり酸素を消費するので、エルハーム姫には魔力補充したバロールを付けておいて、そこからの魔法行使によって設備周辺の空気を常時浄化し続けるというのが良さそうである。

まあ……体力回復のポーションや魔道具も用意してきたが、エルハーム姫にはあまり根を詰め過ぎないようにして欲しいところだ。

「早いな。流石《さすが》というか何というか」

甲板に姿を見せると、腕の中にカドケウスを抱えるエルドレーネ女王が明るい表情で言った。

「ただいま戻りました」

そう答えて、頭を下げる。

主だった者はこのまま宮殿へ向かい、作戦会議へと移行するわけだ。海王の眷属の情報や海の都の周囲の地形、女王達の元々立てていた作戦などを踏まえ、色々と想定を重ねて構想を練らなければならない。

作戦、か。基本的には船の泡の中で待機して近付いてくる敵の迎撃に回ってもらうという面々も多いのだが、水中戦の訓練なりレクチャーなりも作戦を開始するまでに行っておいたほうが良いだろうな。作戦会議が一段落したら並行してそちらも進めていきたいな。

それからエルドレーネ女王に通されたのは、円卓が置かれた広間であった。

特筆すべきは扉を潜《くぐ》ってからの回廊とこの広間に至るまで、水が引いていることだろう。ヴェルドガルからの加勢を宮殿で迎えるにあたり、歓迎の意を示して魔法で水を引かせた、ということかも知れない。

家具の類は、総じて石造り。まあ、木製の椅子や机というのは海中なので置けないだろう。円卓や椅子の表面はやはり建材同様の塗料が塗られているので、普段は広間も水の中にあるのかも知れない。

作戦会議をするには打ってつけの場所と言える。各々が席に着くと、エルドレーネ女王が口を開いた。

「海の国……グランティオスを治めるエルドレーネという。まずは、地上より加勢に来てくれた勇士達の高潔なる志と信義、そして地上との絆《きずな》に深く感謝の意を示したく思う」

そう言って人化の術を用いたエルドレーネ女王が、立ち上がって敬意を示す。その所作も地上の作法に沿ったものだった。

「作戦会議を始める前に――ささやかながらではあるが、歓迎と友誼《ゆうぎ》を祝して宴《うたげ》の席を用意している。我等《われら》の普段口にしている食材はともかく、調理法に関してはそのままでは地上の方々には些か合わぬであろうからな。そこは安心して頂きたい」

ふむ。海中で作れる料理というと……刺身などだろうか。香ばしい匂いも漂ってくるので煮たり焼いたりもできるように水を引かせて地上の料理を作って待っていたというわけだ。

早速、女官達が広間に料理を運んでくる。やはり海産物尽くしという感じだ。煮魚に焼き魚、貝に海老《えび》、蛸《たこ》、烏賊《いか》。食材として馴染《なじ》みのあるものが多い。

「シリウス号に残った者達にも後で料理を振る舞いたいのだが」

「交代でこちらに来てもらいましょうか」

「では、そのように船まで使いを出しておくとしよう」

エルドレーネ女王は俺の言葉に、笑みを浮かべて頷いてそう答えた。

ではまず、作戦会議の前に晩餐《ばんさん》の席だな。

◆◆◆◆◆

地上の料理ということで、味付けなどもよく研究されている印象があった。素材ごとの特色を活《い》かすのが上手《うま》いのは流石海の国ならではという気がする。

エルドレーネ女王の先程の所作といい、この料理といい……地上からの客を迎えた場合のノウハウがありそうな気がする。かつては地上と、もっと積極的に交流していた時期があったりしたのかも知れない。

ともあれ、出された料理に関しては、俺は堪能させてもらった。みんなの表情も、見回してみれば良い反応なのではないだろうか。

晩餐の席が一段落ついて、料理を載せていた皿が下げられると次第に緩んでいた空気が引き締まって来る。

「では……そろそろ作戦会議に移っても構わぬだろうか」

頃合いを見計らったエルドレーネ女王が皆を見回して言う。異論は出ない。今度は海底地図が広間に運ばれてきた。先程エルドレーネ女王が居室で見ていたものと同じだな。

ロヴィーサを始めとした水守り、マリオン達セイレーンの代表、それにウェルテス達半魚人の武官も加わって、作戦会議が始まる。

地図……といっても、石で作られた立体的な模型である。色付きの塗料が塗られて、海岸線も分かりやすくなっているようだ。円卓の中央にいくつかの地図が組み合わされて置かれ、アイアノス周辺から割と遠方までの広域の海底の様子が見て取れるようになった。

「このあたりの島々や海岸線には見覚えがありますな」

「ふむ。確かに公爵の領地ですな」

ドリスコル公爵が地図の一角に見知った地形を見出《みいだ》して言うと、デボニス大公が頷く。

俺達にとっては陸地を基準に見たほうが位置関係も分かりやすいか。

「左様。ここが妾《わらわ》達の今いる場所――アイアノスになる」

海底に広がる山脈の谷間を指差し、エルドレーネ女王が言った。

「アイアノスは比較的歴史の新しい場所なのです」

ロヴィーサがそう言って、エルドレーネ女王が頷く。

「うむ。海王が暴れた当時には存在すらしておらなんだ。故に、連中から身を隠すには都合が良い」

なるほど。そういう理由で選ばれたのか。まあ、収容できる人数、利便性、それに地の利など、他にも加味した部分はあるのだろう。

「そして――海の都グランティオスがここになります」

ウェルテスが指差す。

アイアノスからは北東に当たる場所だ。国名でもある海の都――グランティオス。

海王を海の裂け目に封印したという言葉から察してはいたが……やはり深い海溝のある場所であった。

ここで重要になってくるのはグランティオスとアイアノスの位置関係だろうか。

アイアノスとグランティオスを挟んで海底には平地が広がっていて、エルドレーネ女王達が兵を展開しやすい場所を選んでいるのが窺《うかが》える。

やはりグランティオスを放棄するのは汚染に身を晒《さら》さないための一時的なもので、きっちりと奪還を考えていたということなのだろう。

「儂《わし》としては……このあたりが気になるのう」

アウリアが指差したのは、平地の脇にある、起伏に富んだ地形だった。

「……確かに、海王が南西部から現れる敵に対して伏兵を配置するとしたら、潜みやすいのはそのあたりかしらね」

ローズマリーが地形を見ながら眉根を寄せ、大公や公爵も頷く。

アウリアは……冒険者ギルドの長をしているだけに、大規模な魔物の討伐なども経験があるからこその発言だろう。

「妾達も、この近辺が問題になると見ている。南西から海の都を攻めるにあたり、通過した敵軍の後背を突くにはこの付近に兵を潜ませるのが定石であろうからな」

「かと言って、他の方角から攻め入るのはもっと戦いにくくなる場所が多いように見えますな」

「上を泳いで行けるとは言え、隘路《あいろ》や奇襲に適した地形が多く、伏兵を潰そうにも多勢を活かしにくいと……ふむ。流石は海の都といったところでしょうか」

大公と公爵がグランティオス周辺の地形を見ながら険しい顔をする。

「敵が潜んでいて挟撃を受ける可能性を無視しては、上を通過していくわけにも行かないといったところでしょうか。グランティオスからも迎撃が出るでしょうし」

「うむ。潜んでいるかも知れぬ敵兵に無警戒というわけにはいかぬな。かと言って、海底を攻めるのは地形により人数が頼みにできぬ故に難しいと考えている」

俺の言葉に、エルドレーネ女王が頷く。

海中での用兵は若干勝手も違う部分もあるのだろうが、地形を無視できないのは同じか。

「では……こちらに迂回《うかい》しては？」

「その付近は地形だけ見るなら良さそうに見えますが、海の森——長い海草が密生しているのです」

ああ。それは伏兵を置くには都合が良い。

となるとやはり……アイアノスから攻め入るのが上策ということになるわけか。

海王の眷属である鮫《さめ》男が帰ってこないことを考えると、海王もこちらの方面に偵察を出す前に、アウリアが指摘した場所に伏兵を展開してから動くだろう。

「……では、いっそこの方向から攻め入って、伏兵を叩き潰しながら進むというのは？」

俺が示したのは平原を少し回り込み、伏兵達の潜む地帯をまともに進むルートだ。視線が集まったので補足説明を続ける。

「シリウス号を中心にして、光魔法で姿を隠して上方から進軍。海底をライフディテクションで探れば——」

「潜んでいる連中を各個撃破しながら、平原に展開しているであろう敵兵の横合いを突くことができる、というわけか」

「はい」

大公の言葉に頷く。

「ほう……。面白いな。向こうから気付かれずに相手の位置を感知できるのなら、伏兵はただ兵を分散させただけに過ぎぬというわけだ」

「これからアイアノス方面にやってくるであろう偵察隊や、潜ませている伏兵の規模から、相手の全体の規模も大凡《おおよそ》の見当がついてくるかと」

エリオットも同意してくれるようだ。エリオットは元々シルヴァトリアの魔法騎士団所属だからな。そういった試算は得意分野だろう。

「うむ。現時点では敵兵は補充されぬから、試算から大きく外れるということもあるまいが」

「ええと……。シリウス号の存在は向こうの計算にはないでしょうし……上手くすれば平原に展開する敵兵の正面と横合いから、同時攻撃を仕掛けられるという状況も作れるのでは？」

ヘルフリート王子が言った。その言葉にローズマリーは少しだけヘルフリートに視線を向けるが、何も言わずに静かに目を閉じる。作戦としては間違っていないということだろう。

「ならば我等が隊を組み、正面から連携して進軍するというのはどうでしょうか。2方向からの攻撃は、確かに効果も増すでしょう」

武官の1人が言うと、彼らは賛同するように頷いた。

そうだな。伏兵が最大の効力を発揮するのは正面から来た敵が通過し、平地に展開する連中と戦闘が始まってからということになるだろうし。伏兵を潰したタイミングで正面から兵を進めれば逆に奇襲を仕掛けるチャンスになる。

奇襲成功のためには伏兵側の伝令を潰すか、伝令を逃しても問題ないほどの進軍速度を叩き出す必要があるが、仮に奇襲が失敗しても敵本隊は2方向からの攻撃への対応を迫られることになる。

海王の眷属達を退《ひ》かせることができれば……後は海の都の攻略ということになるわけだ。

「良いかも知れんな。基本的にはその作戦で考えていくとしよう。他に考慮しておくべきことはあるかな」

「武器の問題はある程度解決するのではとお聞きしましたが……海王の眷属と我等1人1人の間には身体能力の差……力量差があります。武官として認めるのは口惜しいことですが、冷静に考えるのなら、それも加味せねばなりますまい」

兵力差を通常のそれに当てはめて有利不利を考えてはいけない、ということだな。

では、眷属に対して何人ぐらいいれば五分以上になるのか。あの鮫男の力量を参考にすれば、エルドレーネ女王の兵の平均的な腕前を見て、大凡の戦力比は試算できるかも知れない。

まあ、こちらの想定する正攻法だけでなく、敵の持つ性質から想定され得る奇策であるとか、海上や陸地への影響があるのかだとか……色々な可能性を考えながら作戦会議を進めていくとしよう。

第169章 深海の演奏会

基本的な作戦を立てたところで……こちらの持つ戦力と、エルドレーネ女王達《たち》の持つ戦力を踏まえつつ、具体的にどう動くべきかを話し合ったり、こちらの立てた作戦の前提を覆してしまうような、発生しうる可能性の話を詰めていく。

作戦会議は結構な長時間に渡ったが……まあ、作戦の基本的なラインがある程度纏《まと》まっているだけに有意義な話し合いになったのではないかと思う。

そうして話し合いの内容も大分纏まってきたかなというところで、バロールとラムリヤを連れたエルハーム姫が槍《やり》の穂先をいくつか持って、宮殿へとやって来たのであった。

「おお、よく参られた、エルハーム殿下」

「はい。槍の穂先が幾つか出来上がったものですから、試していただきたく」

エルドレーネ女王に迎えられて、エルハーム姫が笑みを浮かべる。槍を作ったはいいが効果がないようでは困り物だからな。これから更に数を作る前に実戦投入可能なものかどうかを実地試験してみようというわけだ。

「槍の試用に関しては実験に協力させて下さい」

「ふむ。では……早速試してみるとしよう」

俺が言うと、エルドレーネ女王は頷《うなず》く。

さてさて。エルハーム姫の持ってきた槍の穂先は、ウェルテスらの使っていたトライデントの穂先と基本的には同じような作りをしている。エルドレーネ女王からグランティオスで使っている槍を借りて、構造を見ながら穂先を作ったからだ。これで穂先を交換すれば、すぐにでも使えるというわけである。

宮殿の中庭に移動し……新しい槍が優先的に支給されるであろう腕利きの武官達に集まってもらう。ウェルテスもその中の1人に入っているようだ。

「さて……。皆さんには、新しい槍の穂先を使ってもらい、闘気を込めた状態で用意した的を攻撃してもらおうかと」

「ふむ。的……と申しますと……」

武官達はやや怪訝《けげん》げな面持ちだ。槍はあっても的らしきものが用意されていない、ということだろう。

「今から出します。調整しますので、少々お待ちを」

そう言って──ウロボロスから凝縮した魔力を展開して固めて壁状に作り上げると、武官達が目を見張った。

問題は強度調整だな。魔力壁に打撃等を叩《たた》き込み、感触や強度などが鮫《さめ》男に近くなるよう微調節を加えていく。拳や足に魔力を込めて魔力壁に攻撃を加えると、スパーク光が弾《はじ》けた。

奴《やつ》と戦った際に打撃や魔力衝撃波などを叩き込んでいるし、捕虜にした後で循環錬気でも調べている。そこから得られた情報を元に「この程度の強度の魔力壁が抜ければ海王の眷属《けんぞく》達に通用するだろう」というラインを見出《みいだ》していくわけだ。

まあ……あの鮫男の全体での実力が摑《つか》めない以上は、奴の強度よりは若干上回る程度というのが望ましいだろう。

「お待たせしました。どうぞ」

「は、はい」

納得のいくところまで調整を加えてから、武官達に譲る。

「調整はしましたが……実戦だと思って、しっかりと闘気を込めた一撃をお願いします。半端な攻撃だと槍が壊れるかも知れませんよ」

「む」

少し戸惑っていた武官達であったが、俺の言葉で表情に気合が入る。

「では——まずは我から行こう」

他の武官達に言ってウェルテスが一歩前に出た。少し離れた位置で槍を構える。

全身から立ち昇る闘気がそのまま、手にした槍へと及んでいく。

鮫男は体表に闘気を纏うことで防御能力を強化していたわけだが……それに武器を叩き付けて攻撃を通そうと考えるのならば、攻撃側にも相応の闘気の質なり、武器なり、勢いなりが求められてくるというわけだ。

互いに闘気で身体能力や武器を補強することで初めて、闘気をぶつけ合うような攻防が可能となる。半端な攻撃を繰り出すと、押し負けてしまって武器に負荷が集中し、破損してしまう結果になる、ということが考えられる。

その点で言えばウェルテスは——気合十分といった様子である。研ぎ澄まされた闘気が槍の穂先に集中。踏み込んで一気に槍を魔力壁へと叩き込めば——。

軋《きし》むような音を響かせて、魔力壁の向こう側へと槍の穂先が飛び出していた。

しかし、槍を叩き込んだウェルテスのほうが、少し驚いたような表情を浮かべている。

「お見事です。どうかなさいましたか？」

「いえ……。この魔力の壁の感触に、少し驚きました。もう一度、武器を変えて試してみても？」

「どうぞ」

ウェルテスはまだ穂先の交換が終わっていない槍に持ち替えると、先程同様に闘気を集中させて一撃を打ち込む。

今度は——魔力壁に阻まれて槍は通らなかった。だが、ウェルテスは確信を得た、というように頷いている。

「やはり……。海王の眷属に槍を叩き込んだ時と、手応えが非常にそっくりなのです」

「だとすれば、こちらとしても狙い通りではあるのですが」

戦闘や循環錬気で得た情報をオリハルコン側が記憶していて、俺の意図をくみ取って補助をしているというのもある。その分、実験用としては強度も近いものになれば良いとは思っていたが……海王の眷属と戦闘経験のあるウェルテスの印象や、槍の交換での結果の違いで、色々と裏付けになったと言えよう。

これ以上を望むのならばアイアノスの牢《ろう》に捕えられているあの鮫男本人を引っ張り出してきて、

封印術を解除した上で実験台にでもなってもらわなければならないが……それは流石《さすが》に寝覚めが悪いし、必要な情報も既に奴からは絞り出しているからな。

では、このままウェルテス以外の面々にも槍の使用感を試してもらうとしよう。

そうして……しばらく試験運用を続けたところで、その結果を見たエルドレーネ女王が静かに頷く。

「――ふむ。槍の穂先に関しては良いようだな。長期的に騎士達の装備としての運用を考えるなら海水による腐蝕を防ぐため、塗料を塗らねばなるまいが……いずれにせよ作戦には支障あるまい」

武官達でも腕利きが使っているからというのもあるが、エルハーム姫の作った槍の穂先は概《おおむ》ね満足の行く結果を挙げている。実戦では個体差や駆け引きなどもあるからそう単純なものでもないが、少なくとも攻撃が通用しないために一方的な展開になるということは無くなるだろう。

「では、この調子で槍の穂先を量産したいと思います」

女王の言葉を受けて、エルハーム姫は笑みを浮かべるのであった。

◆◆◆◆◆

武器に関しては概ね満足の行く結果となった。後は作戦開始まで準備を進めつつ、海王の派遣してくる偵察隊などに注意を払っていくという形になるだろう。

狩りや交易によって食料や物資の調達が必要になるため、エルドレーネ女王達としてもその時が来るまでアイアノスに籠っているというわけにもいかなかったそうだが……ロヴィーサ達はそういった理由で外に出ている時に海王の眷属に見つかってしまったというわけだ。

ウェルテスら武官と水守りであるロヴィーサが調達隊に同行していたというのも安全のためではあるのだが……初めに兵士達が蹴散らされてロヴィーサが手傷を負ってしまったために、水守りが攻撃を行うまでの時間稼ぎという形に持ち込めなかったらしい。

市場も開いているように思えたが、あれはアイアノスに潜伏しているので配給という形を取っているそうだし。

まあ、そんなわけで。食料や物資の調達を行いたいならば、明日以降はシリウス号を使って公爵領と行き来をすれば安全な交易が可能となるわけだ。

その際、影響が予想され得る海路への注意喚起の通達であるとか、ロヴィーサ達が敵に捕捉された海域近辺の確認であるとかを行ってくれれば一石二鳥というわけである。

偵察の鮫男が帰ってこないことが向こうに伝わり、その次の手駒が派遣されてくるまでの間隔で、連中の情報伝達速度と移動速度にも見当が付く。その連中を潰したところで、準備のための猶予期間を見極めて反攻に出るというわけだ。

作戦会議や槍の試験運用も終わり、明日からの予定が決まったところで、シリウス号を停泊させている広場まで戻ってくると、何やら人だかりができていた。集まっているのはマーメイド……ではなく、セイレーン達か。

アイアノスに来て色々見せてもらったお陰で、片眼鏡に見える魔力の波長で人魚の種族に見分けが付くようになってきた。

「ああ。ユスティアさんのお知り合いのようですね」

グレイスがそう言って笑みを浮かべた。

人だかりの中心にはユスティアとマリオン、それにドミニクにシリルがいて、何やら和気《わき》藹々《あいあい》とした様子である。

「ご家族やお友達でしょうか？」

「かも知れないわね」

アシュレイがその光景に目を細め、クラウディアが口元に笑みを浮かべて頷く。

見れば、ユスティアは色々なセイレーンと手を取り合ったり抱擁し合ったりしている。家族や親戚、友人達との再会といった雰囲気だ。

「あっ。テオドール様達です」

こちらに気付いたマリオンが、笑みを浮かべて手を振って来る。セイレーン達もその言葉に、こちらへ振り返った。

「ユスティアを助けていただいたそうで……」

「ありがとね！」

広場に到着するとセイレーン達から笑顔で感謝の言葉やら挨拶やらの歓迎を受けてしまう。

握手を求められたりと、その喜び方はかなりのものだ。マルレーンと子供のセイレーンが笑顔で握手を交わしたりしている横では、ローズマリーが些《いささ》か対処に困っている様子が窺《うかが》える。結局羽扇で口元を隠しながらも握手に応じたりしていたが。

「アウリア様も、ありがとうございました」

「儂《わし》は……あまり大したことをしておらんがのう。職員達が優秀じゃからじゃな」

「いいえ。早くから冒険者ギルドの方針を明確にして下さったとお聞きしています」

アウリアもセイレーン達に囲まれてお礼を言われているようだ。

まあ、トップがアウリアだからこそ、という部分はあるだろうな。確かに。

「今ね。明日から呪曲の練習を一緒にしようって話をしてたんだ」

少し落ち着いて来たところで、ドミニクが嬉《うれ》しそうに言った。

「それはいいかもね。こっちは気にせず行ってくると良いよ。何なら移動中の護衛もつけるし」

「うんっ。ありがとう」

俺の返答にドミニクは明るい笑みで頷く。

昼間もセイレーン達の歌声が聞こえて来たしな。アイアノスの街のどこかで歌を練習していたのだろう。とはいえ、町中での練習であるため、歌に魔力は込めていないのだろうが。

「シーラとイルムとセラフィナも練習を見てくる？」

「ん。それじゃあ。でも、作戦の時はみんなと前に出る」

「ありがと、テオドール君。そうね。私もシーラちゃんと一緒かな。作戦の時は普通に戦うわ」

「私も。船の外で音を操ったほうが役に立てそうだもん」

尋ねると、３人とも頷きつつもそう言った。

「テオドール様達もお時間があるようでしたらご一緒に如何《いかが》ですか？　町の外れに、他の集落のみんなも集まっているのです」

と、マリオンが言う。

「練習のお邪魔にならなければ」

「勿論《もちろん》、邪魔になんてなるはずもありません。是非お越し下さい。お忙しいのは承知していますが、もっときちんとお礼も言いたいですから」

ふむ。では……明日は、みんなで少し顔を出してみるか。

◆◆◆◆◆

「ん……おはよう」

明くる日。目を覚ますとそこはアイアノスの宮殿に用意された一室であった。ここも水が引けていて……部屋の中は割合過ごしやすい温度だ。

シルクのような肌触りのさらりとした寝具は中々寝心地も快適である。寝具はやはり、水蜘蛛《みずぐも》の糸で編んだものだろうが……水蜘蛛の種類と加工の仕方によって肌触りであるとか吸湿性、保温性など、用途に応じて性質を色々変えられるそうだ。共通しているのは総じて水濡《みずぬ》れに強いことだろうか。魔法とも相性が良く、陸上でも高級素材として扱われることが多い。

寝台はない。床の上に布団を敷いて寝る形だ。水があれば浮力が働く分、床の上に直接身体《からだ》を横たえたとしても朝起きた時に背中が痛むということもないだろう。

但し、寝具に関しては水が引いた状態のことも考えられているのか、適度な柔らかさと硬さで……寝覚めは中々悪くない。

「ええ。おはよう、テオドール」

クラウディアは寝具の上で身体を起こして、小さく伸びをしていた。朝からすっきりとした表情を浮かべている。

「よく眠れた？」

「海底とは思えないぐらいね」

そう言ってクラウディアは微笑《ほほえ》む。昨晩は諸々《もろもろ》終えて宮殿に泊まりに来てから……クラウディアが転移魔法を使った分もしっかりと循環錬気で補充したからな。朝から快調そうに見える。

「おはようございます」

グレイスも笑みを浮かべて挨拶してくる。グレイスは先に目を覚ましていたらしいが、今日は隣に眠る日だったこともあってか、俺が起きるまではゆっくりとしていたようだ。

「うん。おはよう」

とは言え、やはり、グレイスとクラウディアは早起きかも知れないな。2人とのやり取りの気配で他のみんなも目を覚まし始めたようだ。

「おはようございます、テオドール様」

「おはよう、アシュレイ」

昨晩一緒に入浴したのはアシュレイである。何というか、海底で風呂というのも些か妙な感覚ではあったが。元々海の多い西に向かうということで、水着も用意してきていたし……アシュレイとも一緒にゆっくりと風呂に入って循環錬気などをしていたわけだ。

何気に、身体の成長に合わせて水着を新調していたりするアシュレイであったが――ああ、うん。朝から深く考えるべきことではないな。

かぶりを振って思考を切り替える。

ともあれ、水の魔力に満ちた場所であるために、アシュレイの魔力はかなり充実している。その分だけアシュレイの場合は循環錬気もしっかりしなければならないが、それは入浴中に時間をかけたからな。見ている限り体調も良さそうだ。

俺を挟む形で隣に眠っていたのはグレイスとローズマリーであったが……ローズマリーに関してはこう、眠っている間に手を握ってしまっている形になってしまっていたというか。それに気付いたローズマリーは、さりげなく手を離して、顔を明後日《あさって》の方向に向けて咳払《せきばら》いなどしていた。

マルレーンはと言えば、クラウディアとローズマリーの間に眠っていたのだが、クラウディアに前髪を撫《な》でられてくすぐったそうにしていたりしている。

総じて……皆、寝覚めは快調といったところであるか。うむ。

◆◆◆◆◆

「ん。美味《おい》しかった」

シーラは朝食の余韻に浸るかのように目を閉じていた。

朝食も魚介類尽くしではあったが、やはりシーラには特に好評なようである。朝ということで昨晩の夕食よりもさっぱりとした味付けがなされていた。

……昨日も思ったことではあるが、風呂があったり寝具が水の引いた状態に適した物であったりと、地上の者に対して妙に居心地が良い気がするな。

「気に入ってもらえたかな？　妾達《わらわ》としても、地上の者を迎えるのは久しぶりなので不安もあったりするのだが」

エルドレーネ女王が尋ねてくる。

「いえいえ。快適ですよ」

「そうか。ならば何よりだ。実は、何代か前の女王が、地上の者を伴侶として迎えたことがあってな。アイアノスの宮殿はそういう経緯で改築が施された場所故、地上の者にもそれなりに居心地が良かろうとは思うのだ」

……なるほど。そういう理由があったのなら諸々頷ける部分はあるな。

「まあ……それで敷居が下がり過ぎたせいか、色々と問題が頻出した時代もあってな。そのあたりの匙加減《さじかげん》は難しいところではあるが、正式に地上の国と国交を結ぶとなれば、しっかりと整備し、通達していかねばなるまい」

「互いにとって快適な生活をするのが難しいというのは……ある程度魔道具などで補えるかも知れ

ませんね」

「魔道具か。ふうむ」

エルドレーネ女王は俺の言葉に、顎に手をやって思案している様子である。人化の術を刻んだ魔道具であるとか水中呼吸の魔道具であるとか、後は、食生活関係でもっとコストを抑えられるような設備にするとか……色々考えられる。

或《ある》いは拠点作りの段階で、互いの交流を想定した作り方にしておくという手もあるかな。とは言え、そのあたりの構想は海王絡みの事件を解決した次の段階の話ではあるが。

◆◆◆◆◆

さて。宮殿での朝食を済ませ——昨晩の約束通りセイレーン達が過ごしているという、町外れの区画へと出かけるということになった。

なるべくみんなで来てくれると嬉しいとのことなので、訪問も結構な大所帯だ。

エルドレーネ女王とロヴィーサ達も一緒だ。ロヴィーサが案内役として先導してくれた。

水中戦装備の使用感を試す意味でも、水流操作の魔道具を使って街の上方を遊泳しながら向かうわけだ。

「ん。かなり自由に動ける」

シーラは早速マールの加護有りでの水中機動を試している。要所要所でシールドを用いたターンを決めて、かなり素早い動きができるようだ。イルムヒルトも元々レビテーションとエアブラストを用いて空を飛ぶような動きをしていたからか、水中戦装備にもすぐ慣れた様子であった。

元々立体的な動きには慣れているからな。パーティーメンバーの動きに不安を感じさせるところはない。

それに触発されたのか、ステファニア姫達やシオン達……それにコルリス達も楽しそうに泳ぎ回っている。

「おお……。これは楽しいのう」

アウリアも水流操作に加えて水の精霊の力を借りて、高速で泳ぐことができるようだ。

まあ……加護のお陰で水の抵抗が少なくて、割合独特の感覚があるからな。気持ちは分からなくもない。

「マールさんは、魔力の消費は大丈夫なんですか？」

「私は問題ありませんよ。水の精霊にとっては元々最大限力を得られるような場所ですから。それに、信仰による力の補充もありますから。けれど長期化するようなら、その時はお願いしますね」

マールは俺の質問に笑みを浮かべてそう答える。魔力の消耗は緩やかではあるがある、ということだな。必要に応じて循環錬気で補充と補強をしていくというのが良いだろう。

「ああ。見えてきました」

ロヴィーサがセイレーン達の居住区を指差した。

町外れにも広場があるようで……既にそこにはセイレーン達が姿を見せている。飾り付けられて椅子が用意されていたりするので、あの場所でお礼の催し物をするということなのだろう。

広場に近付くと、向こうも気付いたらしく、大きく手を振って来る。

手を振り返しながら広場に着地すると、すぐにセイレーン達が集まってきた。その中にはマリオンやユスティアの姿もある。ユスティアは昨晩、そのままマリオン達と行動を共にして、こちらに一泊したようだ。

「おはようございます」

「おはよう、テオドール」

「ええ、おはようございます」

朝の挨拶をしてくるマリオンとユスティアにこちらも挨拶を返す。

「おお。君達が……」

「いらっしゃい！」

と、昨日に引き続き、かなりの歓迎ぶりである。セイレーン達はいくつかの部族がアイアノスに集まっているそうで、それぞれの部族で身に着けている装飾品であるとか、髪や鱗《うろこ》の色に、ある程度の特色が出ているようにも見える。

「今日はお招きいただきありがとうございます」

「いえ。お礼は私達の言葉です。ささ、どうぞこちらへ」

広場に設けられた椅子へと案内される。広場は色取り取りの貝殻や海草やらで飾り付けられ、水蜘蛛の絨毯《じゆうたん》が敷かれた特設ステージも用意されているようだ。

となれば……やはりセイレーン達は歓迎の挨拶として歌を聴かせてくれるのだろう。広場にはセイレーン達が総出で集まっているらしく、上から降り注ぐ光を遮らないようにと配慮しているものの、上方からも広場の様子を見に来ているようだ。立体的に鑑賞できるというのは水中ならではであるかな。

「すごい歓迎ぶりですね」

「そうね。海の底で演奏会なんて、想像もしていなかったわ」

シャルロッテが目を瞬かせ、ヴァレンティナが楽しげに笑みを浮かべる。

公爵家の面々は言わずもがな。大公もやや戸惑いながらも先を楽しみにしている様子が窺える。

やがてセイレーン達が落ち着くのを待って、マリオンを含む、数人の部族長と思われる者達が壇上で一礼すると、大きな拍手が起こる。

「既に聞き及んでいる方々も多いと思いますが、マリオンの集落で行方不明になっていた娘が、先日無事に帰ってきました。彼女――ユスティアは魔人の企てにより、強制的な召喚魔法をかけられてしまったようです」

「それを――地上の方々が救い出し、今日に至るまで妹を保護してくれていたということになります。改めて、地上の友人達の温かな気持ちと、言葉に尽くせぬほどの恩義に感謝の意を伝えたく思います」

マリオンが言葉を引き継ぐと、再び歓声と拍手が起こった。それが落ち着くのを待って、別の1人が口を開く。

「今日は……ささやかではありますが、感謝の気持ちを伝えたく、こうして催し物を用意しました。女王陛下にも御臨席賜り、誠に光栄でございます」

「歌を聴いてもらい、楽しんでもらうのは私達にとっては喜びです。こう言ってしまえば私達ばかりが得をしているような気もしますが、お客人方にとって楽しい時間になるように、心を込めて歌いますので、どうかお耳汚しをお許し下さい」

そう言って、セイレーンの部族長達は揃《そろ》って頭を下げる。俺達が拍手を返すと、部族長達は顔を上げて嬉しそうな表情を浮かべた。

まずは……壇上に上がった部族長達が代表して歌と演奏を披露するようだ。もっと大人数での合唱も、演目が進めばあるかも知れないが。

水蜘蛛の糸を張った竪琴《たてごと》を爪弾きながら、澄んだ歌声があたりに響き渡る。透き通った、と形容するのがぴったりくるような綺麗《きれい》な歌声と、穏やかな音色であった。

マリオンの歌声がそれに重なり、更に1人、また1人と歌声が重なっていく。呪歌でも呪曲でもないが……重なり合う歌声と竪琴の音色が複雑に絡み合って、どこまでも広がっていくような……何とも神秘的な印象を受ける。このあたりの息の合わせ方や完成度は流石セイレーン達という気がするな。

最初の一曲が終わると、続いて打って変わって賑《にぎ》やかな曲になる。まるで踊るかのように壇上を泳ぎ歌うセイレーン達。袖に付けた色鮮やかな薄布を水の中になびかせて、舞い踊る。

更にはセイレーンの子供達の合唱。立体的に絡み合う輪唱など色々とバリエーションも豊富だ。

周囲を囲んでいるセイレーン達による立体音響というのは中々驚きだな。

ユスティアから聞いて知っている曲もあるのだろう、イルムヒルトやドミニク、シリルも楽しそうに口ずさんだりしていた。シーラやセラフィナも身体でリズムを取っていたりする。

明るく賑やかな曲調が多いので、こちらも手拍子で応じるのが許される雰囲気がある。というわけで手拍子を送ると、セイレーン達も嬉しげに歌い、奏でて踊るのであった。

セイレーン達の催し物ということでどんなものになるのかと思っていたが……何とも楽しげな、和気藹々としたものであった。うん。これから若干忙しくなるのだろうが、その前に色々と英気を養うことができたというか。

第170章 海中魔法講義

「――ああ、楽しかった」

「本当。外のお客様に歌を聴いてもらえるなんて滅多にないものね」

演奏会が終わると、部族長の1人が心底満足したという様子で言って、もう1人がそれに同調するように頷《うなず》いていた。

他のセイレーン達《たち》も同様の感想を抱いているのか、表情が晴れ晴れしているように見える。

まあ、歓迎の催しを楽しんだのはセイレーン達ばかりではなく、こちらもだが。みんな楽しそうな様子で何よりである。

ふむ。練習の類ではなく、海王達との戦いに用いるという義務のためでもないというのが、セイレーン達の嗜好《しこう》に合致した、というところだろうか。

「僕達も楽しかったです」

「ふふ。ありがとうございます」

マリオンが相好を崩す。

「テオドール様達はこの後、お仕事ですか？」

「はい。公爵領の飛び地を巡って、航路に関する注意喚起をしたり……色々とやることがありますので」

その際離島の月神殿なども転移可能な拠点にしたり、ロヴィーサが最初に襲われた海域を巡回して監視したり……色々だな。

牢屋《ろうや》にいる鮫《さめ》男の監視から得られた情報では、連中は特に夜行性ということもないようだし、大体の方向から人魚達の行き先を捜索するなどという、結果の保証がない任務では無理をし続ける理由がないわけだ。向こうとしても人魚の活動するであろう時間でなければ効率が悪いだろうし。

というわけで……陽《ひ》が高い内は件《くだん》の海域の監視をしつつ、それ以外の合間を縫って水中戦の訓練などをしていく、という形になるだろう。水中で魔法を使う時の注意事項などは……まあ、何時《いつ》でもできるか。

「それで、昨日お話しした件なのですが」

「ああ。ドミニクさんやシリルさんの件ですね」

俺の言葉にマリオンは頷く。ドミニク達も呪歌、呪曲の練習に交ぜて欲しいということでマリオンには他のセイレーン達に聞いておいて欲しいと頼んでおいたのだが。

「皆に話したら、大歓迎ということだそうですよ。その……ドミニクさんの呪歌にも皆興味津々という感じでして」

マリオンは少し気恥ずかしそうに言う。苦笑して頷き、シリルについても尋ねてみた。

「シリルは呪歌が使えるというわけではないですが、踊りなどでも大丈夫ですか？」

バグパイプも水中で使うには泡の中に入るなどの工夫が必要だ。

「問題ありません。歌の効果が及ばないようにもできますし、呪歌を使えない者が交ざっていても、目的を同じにすればより強い力になるのです」

なるほど。このあたりも聞いていた通りではあるかな。

「それを聞いて安心しました」

そう答えると、マリオンは目を細めて頷いた。

「私も今日は、みんなと一緒に練習しようかな」

「ええ。是非に」

イルムヒルトが言うと、マリオンを始めとする部族長達も頷いて歓迎の意向を示す。

「イルムヒルトさんはラミアということでしたね」

「はい。私の知っている歌や曲は、ラミアの物というのとは少し違う気がしますが」

「でも、イルムヒルトは色んな歌や曲を知っているのよ」

ユスティアが笑顔で言う。

イルムヒルトの知っている歌や曲というのは……つまりクラウディアや迷宮村の住人達から習ったものだ。

それは月に伝わっていたものであったり……迷宮村に保護された魔物達、それぞれの種族が伝えていたものということになるだろう。或《あ》るいは迷宮村の住人達が新しく作り出した曲もあるだろうか。

それだけに色々とバリエーションが豊富だ。

セイレーン達も、ユスティアのまだ覚えていない曲などを知っていそうだし、呪曲の練習ではあるのだろうが、知らない曲を互いにお披露目する場にもなりそうだな。

クラウディアはそんな彼女達の会話を穏やかな表情で見ていたが、イルムヒルトから何か言いたげな視線を向けられて静かに微笑《ほほえ》んで頷く。

イルムヒルトはクラウディアの反応に笑みを浮かべて言った。

「私の知っている歌は、クラウディア様に教えてもらったものだったりするの」

「……アイアノスに戻って来ている時なら、歌の話もできるかしらね」

そうクラウディアが言うとセイレーン達は嬉《うれ》しそうな表情を浮かべるのであった。

◆◆◆◆◆

さて。セイレーン達の歓迎会も終わったところで、早速色々と動いていく。アイアノスにはカドケウスを残しつつ、まずはシリウス号であちこちへ動いて転移拠点を作っていくというわけだ。

同時に公爵領の各所に人魚達の国とヴェルドガルがメルヴィン王やジョサイア王子公認で正式な国交を結んだことについて通達をしたり、主戦場になり得る海域では戦闘の影響が予想されるので航路を迂回《うかい》するように呼びかけたりと、情報共有を進めていく。

「――というわけだ。もし、人魚や半魚人達が保護を求めるのであれば、城に続く水門を開放し、城の中へと避難をしてもらうように」

「はっ！」

公爵の命令を受けた将兵達は敬礼で応じた。

ドリスコル公爵領の各所を巡り、それから本拠地にも顔を出して、必要事項を伝えている。

公爵の本拠地はアイアノスからもそれほど距離が離れていないこと、街に水路が張り巡らされていることなどから、緊急時は都市内部に人魚や半魚人が避難するのに割合都合が良いのだ。

「では、また少し、出かけてくる」

「いってらっしゃいませ、あなた」

「留守の間はお任せください」

「お気をつけて、父様」

公爵は将兵への通達を終えたところで、夫人やオスカー、ヴァネッサと言葉を交わしている。公爵があちこち動いて留守の間は、オスカーとヴァネッサが領地を預かるというわけだ。まあ、家臣達もオスカー達を補佐するのだろうが。

「レスリーも、ゆっくり休んでいてくれ」

「本当ならば私も働くべきなのでしょうが……」

「いや、話し合った通りだ。病み上がりの者に無理をさせるわけにはいかんよ。それに、グランティオスへの協力は私の仕事だ」

公爵の言葉に、レスリーは頷いた。

「ありがとうございます。では、兄上のご厚意に甘えさせていただきます。生まれ故郷でのんびりするというのも、思えば久しぶりな気がしますし」

「うむ。この時期はタームウィルズより暖かいし、過ごしやすかろう」

レスリーとしては夢魔の後始末などの仕事が控えているしな。自分の仕事をしっかりとするためにもといったところだろうが、公爵に心配をかけるのも本意ではないのか、互いに笑みを向け合って、そんな受け答えをしていた。

「では、参りましょうか」

「はい」

諸々《もろもろ》の話を終えた公爵と共にシリウス号に乗り込む。

公爵はエルドレーネ女王ともまだ色々と話をすることがあるそうで、この後アイアノスに向かう予定だ。まあ、しばらくロヴィーサの襲われた海域で監視をしてからということになるが。

エルハーム姫の作業の妨げとならないよう、ゆっくりとシリウス号を動かしていく。

鍛冶設備の様子はバロールで見ているが……こちらも特に問題はないようだ。

ラムリヤはエルハーム姫の傍らで、出来上がった槍《やり》の穂先を硬質の砂で研磨したりと、鍛冶仕事を手伝ったりしているようである。どうも、色々な意味でエルハーム姫と相性が良いようだな。

やがてシリウス号は目的の海域に到着する。船の姿を光魔法で消しながら早速監視を始める。

暗視とライフディテクションで海底の様子を見ながら待機というわけだ。

「ふうむ。シリウス号がここを離れている時は、儂《わし》が監視を引き受けてもよいぞ」

アウリアが言った。

「大丈夫なのですか？」

「うむ。水の精霊を使役するのも、精霊王の加護のお陰で少ない魔力でできるようじゃからな。精霊がアイアノスに伝言を伝えにくるまでの時間差は生じてしまうが……使役する精霊だけでなく、精霊王に同調してくれる水の精霊も多い故、普段より広域を同時に見ることが可能じゃな」

なるほど。

「では、お願いできますか？」

「うむ。任されたぞ」

アウリアは腰に手をやりながらもう一方の手で自分の胸を軽く叩《たた》いていた。

まあ……これで相手からは把握されずに、ほとんど24時間の監視が可能となるか。俺としては海王の眷属《けんぞく》が現れるまではもう少し先と見積もっている。今のうちに、水中で有効な魔法等の話を皆にしておくべきだろう。

火魔法にさえ、水中でも有効な術式や使い方があるしな。例えば爆発の魔法などがそうだ。寧《むし》ろ、水中の爆発というのは凶悪な威力が出たりする。火魔法主体のアドリアーナ姫には、このあたりの情報を伝えておくのは大事なことである。

早速、海域の監視を続けながら水中で有効な魔法の使用についての講義を行っていくことにした。

まずは火魔法で、爆発を用いた水中戦用術式の話からだろう。

浮かせた水球の中に石壁を作り出す。

そして——指向性を持たせた爆発を起こすと、石壁が粉砕された。アシュレイに、クラウディア、ローズマリー。それからステファニア姫、アドリアーナ姫、ジークムント老、ヴァレンティナ、フォルセト……といった面々が驚愕《きょうがく》の表情を浮かべる。

魔法に詳しいほど奇異に映る部分はあるだろう。展開したマジックサークルの規模やランクと、爆発から想像される威力、破壊の状態に整合性が取れていない部分があるからだ。まして、俺は魔力循環を用いていないし。

「水中で爆発のような急激な圧力を起こすと泡が発生します。その泡の、瞬間的な膨張と収縮を利用して、少し条件を整えてやれば水中に強烈な衝撃波が発生する……というわけです。火魔法の爆発をうまく制御することで、水中でも十分に有効な攻撃手段として機能するという寸法ですね」

単純な爆発でも確かに効果はあるのだが……それを応用し制御してやることで威力をより強力なものにすることができる。このバブルジェットと言われる衝撃波が生み出す破壊力は、単純な爆発を当てるよりも威力が上なのだ。

「……興味深い話じゃな」

ジークムント老は顎鬚《あごひげ》に手をやって破壊された石壁を観察している。

「一部の海老《えび》の仲間に、同じ原理で衝撃波を放てるものがいますよ。こちらは爆発を使うわけではありませんが」

「ほう」

地球にもテッポウエビという海老がいて、ハサミを閉じて水に急激な圧力を加えることで、飛び道具として衝撃波を放つことができるという話だ。衝撃波で獲物を気絶させて捕食するというのだから冗談のような話である。

ともかく、火魔法に限らず、他の方法でもバブルジェットの衝撃波を作り出すことは可能ということを意味している。

俺としても……そのテッポウエビの話にしろ、術式の応用による衝撃波にしろ、ＢＦＯで得た知識ではあるのだ。

爆発系の術式に応用を加えることでバブルジェットを攻撃に用いようと研究したプレイヤーがいたのである。その結果として、しっかりと水中攻撃用の術式として確立されたという経緯を持つのだが……いずれにせよ、水中専用魔法という感じだな。

これは運営側が最初から水中での機雷のような魔道具が作られることを想定して、仕様として組み込んでいたらしい。隠し仕様を仕込む運営も運営なら、ヒント無しというか知識と研究で再現してしまうプレイヤーもプレイヤーという気はするが……。

ともかく、あるのだから恩恵に与《あずか》るとしよう。アドリアーナ姫は前線に出ないが、水中で戦うのなら覚えておいて損はないはずだ。

同様に、雷魔法の特性なども注意喚起をしていく。俺達は魔光水脈などにも向かうので、パーティーメンバーにはある程度教えていたりするが、この点はやはり注意が必要だ。

水中に放電するのなら放った後も雷の制御をきっちり行わなければならない。自分や仲間が感電する危険があるからだ。

シーラの雷撃の小手などはそのあたり、魔道具であるために水中での使用は控えたほうが良い。一方で、マルレーンの使い魔であるエクレールは自分に通電しても問題ないらしく、水中でも問題なく放電することが可能だ。とは言え、それは味方を巻き込まないのなら、という条件付きではあるが。

また、塩素なども発生するので大規模な雷魔法を撃つ際はそのへんに注意しなければなるまい。

というわけで、水中で有効に働く魔法。注意しなければならない魔法などを諸々説明していく。

「防御面での大きな問題としては……水の魔法を攻撃手段として用いてくる相手でしょうか」

これは割合危険度が高い。水の中であるために、本来、陸上ならば見えるはずの術の軌道が、不可視になってしまうためだ。

「その場合はどうしたらいいのですか？」

シャルロッテが首を傾《かし》げる。

「放つ魔法の威力に応じて相手も相応の溜《た》めなりマジックサークルなりが必要だし、危険を感じたらシールドで防御するのが基本かな。無詠唱が多いようなら、距離を取ったほうが対処しやすい」

「ああ……もしかして、円錐《えんすい》形シールドの魔道具を持ってきたのはそのために？」

「うん。普通のシールドよりも水魔法の防御に向く」

本来は飛竜などに騎乗して空気抵抗を減らし、相手に突撃するためのものであるが、魔法で制御を受けた水魔法の一撃を逸《そ》らすためにも使える。

討魔騎士団のために数があったので、それを今回は持ち込んでいるのだ。

「アシュレイの場合は、自分の周りの水の動きを制御してしまうことで、相手の術を無効化することもできるかな」

「制御する範囲を、広めに取れば良さそうですね」

「ん。そうなる」

アシュレイの返答に頷く。このあたりは水魔法を使い慣れているだけあるな。

「土魔法はどうなのかしら？」

と、ステファニア姫。

「しっかりとした強度と密度があるなら問題ありません。例えばコルリスの結晶弾のような魔法であるとか。氷の魔法もそうですね。逆に泥を拡散させて煙幕や目潰しとして用いることも可能です」

「なるほど……」

総じて土魔法は使いやすい部類かも知れない。

風魔法は水に邪魔されるが、威力が大きい術程あまり変わらない使用感で用いることができるだろう。素直に水魔法で調節制御するほうが良いような気もするが。音関係の風魔法は射程が伸びたり威力が増えたりするものもあるので、相性は悪くない。

普通ならば水の中で活動するには風魔法が必須でもある。そういう意味では、水中において補助的な役割を果たす位置付けだ。酸素を供給してやれば水中で火も起こせるしな。

水の中では減衰しやすいので有効射程の問題もあるだろうか。ただ、そこはマールの加護で補えている部分もある。

マールは有利不利はないと言っていたが、それは近接での話である。距離を取っての射撃戦では基本的にこちらにとって有利に働くだろう。

「光魔法と闇魔法は？」

ローズマリーが少し思案するような様子を見せながら尋ねてくる。

これはどちらも特殊効果のあるものが多いな。

「浄化や呪いの類の効果があるような術式には特に影響ないかな。光魔法で熱を利用するようなものは威力が落ちるけど。闇魔法は相性が良いかも知れない」

「ふむ。わたくしにとっては、それほど戦力が上下しないようね。助かる話だけど」

「んー。そうだな。加護もあるし色々使っていけると思う」

ローズマリーの得意分野は闇魔法だし。まあ、比較的影響は少ない部類と言える。

纏《まと》めてしまうと……やはり水中で使うのなら水魔法が一番ということになるか。次いで、影響の少ないもの、相乗効果で威力の増すものが挙げられる。火魔法も……限定されるが威力の高い、使える術はある、ということで。

「後は水魔法への対処法を実地訓練で行っていくのが良いかな。マジックサークルを偽装してくる相手や、無詠唱を使う相手への対処は……基本と同じで良い。水の中では見えないことを念頭に置いて、早め早めのシールド展開が重要になる」

「分かりました」

グレイスが言うと、マルレーンもこくこくと真剣な表情で頷いた。

マジックサークルの偽装はぎこちなさや違和感が出るし、一般に普通のマジックサークルに余計な工程を挟んでいる分、発動速度に差が出る。

となれば攪乱《かくらん》し、がんがん攻めることで制御を乱していくのがいい。

無詠唱に対しては、水中なら距離を取って水による威力の減衰を逆に利用してやるか、或いは威力の乏しさを見越した上で防御を固めて強行突破をするかだ。どちらにせよ大魔法は飛んで来ないので落ち着いて対処するということになる。

このあたりは魔術師系への対策としてパーティーメンバーには伝えてあるし普段から訓練もしている。体術に関してはマールの加護のお陰で問題無いが、やはり独特な部分はあるので十分に慣れておく必要はあるだろう。

「まあ……今日は陽が落ちるまでここで待機して、アイアノスに戻ったら模擬戦でもやろうか」

俺の言葉を受けてみんなが頷いた。

ウェルテス達の動きも参考になるだろうし、アクアゴーレムとの訓練は水魔法を使われた時の違和感を見極めるのにも繋《つな》がってくるだろう。

海王の眷属達がやってくるまで……後数日ぐらいだろうか。それまでにきっちり訓練を積んで臨みたいところである。

◆◆◆◆◆

日暮れと共に海域の監視を終えてアイアノスへ戻る。夕食を済ませてから、アイアノスの広場へと向かい、グランティオスの武官達を交えて早速訓練などを開始することにした。

槍を支給される予定の武官達と、水守り達だ。武官達が腕利きであることは間違いないだろう。

「では――行きます」

ウロボロスから凝縮された魔力が展開し、その形を変える。

「これは……」

エルドレーネ女王がその光景に声を漏らす。

出現したのは首筋から有線でウロボロスと繋がる、青白く輝く魔力の人形である。直接制御している間だけの操り人形ではあるが、その分ゴーレムよりも更に細やかな動きをさせることが可能だろう。

「これと模擬戦を行って頂こうかと。捕虜となっている海王の眷属の動きならば、僕が見た範囲内である程度は再現できると思います」

あの鮫男の動きを模して魔力人形を泳がせると、武官達や水守り達が驚愕の表情を浮かべた。だが、やがて武官達のその口元に笑みが浮かぶ。

これからの訓練への期待だな、これは。どうやら武官達の戦意は非常に高いらしい。

魔力人形ということで訓練相手としてどうなのか想像が付かなかったが、実際にこうして動かしてみることで訓練の内容が濃くなりそうなので喜んでいるというわけだ。

半魚人達は勇猛な戦士と聞いているが、この反応を見る限り情報は確かなようだな。

「まずは……1対1に拘《こだわ》らず、実戦形式で行きましょう。武器は訓練用の物で足りると思います」

「彼我の能力差の見積もりから、ということですな」

「はい。まずは作戦会議で決まった通りにということで」

ウェルテスの言葉に頷く。

まずは半魚人の武官達と、海王の眷属の戦力比をこれで計る。それぞれが模擬戦を行って対策なりを考えるのはそれからだ。

武器が通用するようになった以上は、身体能力の差があると言っても、1対1で勝機が無いとは言わないが。

技量や知略、機転で勝り、防御を貫くことができるのならば、勝ちの目は常にあるだろう。だが人的な損失を可能な限り避けるに越したことはない。訓練により、敗北の目を可能な限り減らせるようにする。

さて。では並行して水魔法対策の訓練も行っていくとしよう。

アクアゴーレム達を作り出し、一部は土魔法で着色、一部は透明なままにする。着色したゴーレムを前衛に。透明なゴーレムを後衛にし、着色したゴーレムとの訓練の中で、後方から透明なゴーレムが水弾を放つというわけだ。

射撃の際は前衛に予備動作をさせたりと、ある程度遠距離攻撃が飛んでくるのが予測可能な状態にする。水を操る術といっても色々あるが、そのへんの訓練をやっておけば近距離戦においても不自然さを察知した時は離脱するなど、搦《から》め手《て》にも対応しやすくなるだろう。

「こっちの訓練は、誰から始める？」

「それじゃ、私から」

シーラが一歩前に出る。よし。では訓練を進めていくとしよう。

「では、始めましょう。まずは……3人からでしょうか」

「ならば我々が」

魔力人形を操り、対峙《たいじ》する武官達に突撃させる。その動きの速さをウェルテスが正面から。他の2人が左右に展開して迎え撃った。突き出される槍の穂先をマジックシールドで受け止め、即座に反撃を繰り出す。槍に闘気を集中させて受けた武官が後ろに弾《はじ》かれた。

その攻撃の重さに、武官は少し驚いたような表情を浮かべたが――戦意を漲《みなぎ》らせ、すぐさま前に突っ込んで来る。

「マジックシールドは闘気防御の代わりです」

「つまりは――これを掻《か》い潜《くぐ》って一撃を当てろということですな？」

「はい。虚実を織り交ぜ、意識配分を散らして防御を抜いて下さい」

「承知！」

高速で泳ぎ回りながらの模擬戦となった。

武官達の動きを見ていると、彼らの水中戦の動きも見えてきて中々面白い。人数で勝るのを活《い》かし、有利な位置を取ろうとする武官達。それをさせじと、速度と膂力《りょりょく》で攪乱する魔力人形。

半魚人の武官達は立体的な戦闘に慣れているからだろう。

何となく戦闘機のドッグファイトにおける位置の取り合いにも似ているような展開になるが、生身なのでもっと小回りが利く。更にそこに近接戦闘も加わってくる感じだ。

転身してしまえば位置取りが有利になるとは限らない。身体《からだ》を入れ替え。位置を入れ替え。交差

しながら槍と、背骨風の武器をぶつけ合う。拳で。蹴りで。頭突きで。体当たりで。魔力人形の全身余すところなく武器とし、武官達と渡り合う。

「これはまた……模擬戦とは思えない程の内容よな」

それを見たエルドレーネ女王が感心したように頷いていた。

一方で、シーラの動きは中々快調だ。

アクアゴーレムの前衛の動きに連動して水弾が飛んでくることを早々に見切ると、初動を察知して突撃用のシールドを展開して、離脱したり踏み込んできたりと、自分の戦法の中に上手《うま》く組み込んでいる。

この分ならもっと訓練のレベルを上げても良いな。近接戦においての水の鞭《むち》のような術や、術者を中心にした全方位攻撃などもぼちぼち見せていくとしよう。

◆◆◆◆◆

といった調子で模擬戦を終えて——再びエルドレーネ女王との話し合いの時間を取る。

「戦力比としては海王の眷属1体に対し、3人から5人で対応するということになりそうですね」

武官達の力量を見た上でといったところだ。鮫男相手ならばウェルテス達3人でも十分に打倒しうる。眷属の強さが全員同じであるはずもないのでより確実を期すために5人とは言っているが、どちらにせよ一度に戦える人数はそう多くはできない。

前衛がスイッチすることで集中力の低下や体力の消費を抑え、敵には休息を与えない、ということは可能だろう。その人数に適しているのが5人ぐらいという見積もりだ。

「なるほどな。はっきりとしたことは言えぬが、報告にあった眷属達の石像の数はそこまで多くはない。しかし、こちらとて連中と戦える手練《てだ》れとなると数は限られてしまう」

エルドレーネ女王は腕を組んで思案するような様子を見せた。

「やはり、人数はそこまで有利となりませぬか」

「残念ながら。闘気を使えることが最低条件だろう」

槍の穂先は兵士全員に行き渡るというわけではないが、眷属と戦うには女王の言う通り、闘気を使えることが最低条件になってくる。

確かに兵力の上では勝るが、実際戦闘可能な人数となると結構絞られてくる。

「数が頼みにできず……相手の数が多くないのであればこちらも少数精鋭で相手をする以外にないでしょうな」

「うむ。敵《かな》わないと分かっている兵を、相手の消耗だけを狙って繰り出しても、士気が下がるし治療にも手を取られてしまいます。何より、徳のある者の行いではありますまい」

公爵と大公が言うとエルドレーネ女王も頷いた。

「うむ。妾《わらわ》もそのような作戦は取りたくないな」

というわけで……海王の眷属達との戦いで矢面に立つのは精鋭ということになる。シリウス号があるから可能になったとも言えるが。

「ですが……海王の眷属に通用する武器がこちらにあると、向こうに理解させた上でならば、数で勝るという事実ははったりとして十分に機能するかと」

「はったりか。面白いな」

俺の言葉にエルドレーネ女王が肩を震わせる。

「そうさな。奴《やつ》らは1つ所に集めて逃げられないようにしたいところではある。恐らくはその場合、グランティオスの城を攻略することになろう」

「テオドール殿は、攻城戦に使えるような術をお持ちかな?」

武官から問われ、少し思案をしてから答える。

「城門や城壁を破る程度ならば問題はないかと思います」

「当たり前のように言うのだな。それ以上のことが出来そうに思えるのだが」

「目的は奪還でもありますから。海王が城の下敷きになった程度で倒せるとも思えませんし」

「なるほどな」

エルドレーネ女王が愉快そうに笑う。公爵は何か得心顔で頷いているが……まあ気にしないようにしよう。

目的はあくまで海王一派の討伐と、海の都の奪還だ。城ごと叩き潰すとか吹き飛ばすとかは再建が大変になるだけで良いことはないだろう。従って、破壊するとしたら効果的な場所を見定めて、ということになる。

現地での戦況を見て、あれこれと判断を聞きながらというのは手間になってしまうし、今のうちにエルドレーネ女王に城の構造を聞いて、攻撃するべき場所に見当を付けておくというのがいいだろう。

監視と訓練、武器の供給に様々な想定。やれることはやったという気がする。後は……動きを待つばかりだな。

第171章 海王の眷属達

そして……件《くだん》の海域の監視と戦闘訓練。陸地との連絡などを行いながら数日が過ぎた。

「エルハーム殿下、あまりご無理をなさらないように」

「ふふ。そうですね。でもちゃんと眠っていますから大丈夫ですよ。眠るべき時に眠っておかないと、しっかり働けませんので」

循環錬気で魔力の補充と体力の補強をしてからそう言うと、エルハーム姫が笑って見せた。

艦橋に顔を出し、温かい茶を飲みながら一息入れているエルハーム姫だが……ここ数日、起きている間は殆《ほとん》どの時間働き尽《つ》くめだ。

鍛冶仕事をしているのはゴーレムだが、エルハーム姫が制御を行っている以上は魔力を消費しているし、作業中は寝るわけにもいかないので体力や集中力だって削っている。製作過程の時間を短縮するために、ゴーレム以外にも魔法を使っているし。

だが、見ている限りエルハーム姫はかなり魔法に関して優れた資質を持っているようだ。ハルバロニスに連なるナハルビアにルーツがあるという部分もそうだが、きっちり修練を積んでいる。出力は並ぐらいか。攻撃魔法の扱いに習熟しているというわけではないのだろうが、一方で魔力の総量はかなり多い。制御も丁寧なので長時間の作業に向いているようだ。

このあたりは向き不向きというより、エルハーム姫が必要に駆られて魔法を覚えていった結果の成長、といったところか。急造でありながら信頼のおける武器を、というのはエルハーム姫の得意分野なのだろう。

それでもやはり、消耗はする。魔法で体力回復を行ったりはできるし、休憩の合間にマジックポーションや循環錬気で魔力の補充を行ったりといった支援はしているが。

まあ……集中力の低下に応じて休憩や睡眠は取るなど、自制はしているようだ。パフォーマンスの低下を避けるという理由からのようではあるが、眠るべき時に眠っておくというのは、ファリード王と共に戦乱をくぐり抜けたからこそだろうな。

ともあれ……そういったエルハーム姫の奮闘のお陰もあり、前線に立つ武官達《たち》の武器の刷新に関しては目途が立ったところがある。こうしてのんびりとした雰囲気で休憩を挟める余裕が出てきたのも、終わりが見えてきたからという部分が大きい。

「しかし……綺麗《きれい》な海ですね。敵が攻めてくるとは思えないと言いますか」

シオンがモニターを見ながらしみじみと呟《つぶや》くと、シグリッタが頷《うなず》いてマルセスカが笑みを浮かべる。

「……お陰で監視が苦にならないわ」

「海の生き物、面白いよね」

監視していると勝手に目に入ってくるからな。暗視とライフディテクションで色々と観察できる部分もあるので、本来は地味な仕事になりがちな監視も、適度に肩の力を抜いて行える。

「緩み過ぎは駄目ですが……みんなでこうやって話をしたり、海の生き物を見ながら監視できるというのは、良いことかも知れませんね」

フォルセトが言うと、マールが笑みを浮かべて頷く。

「シリウス号にみんなでいるから、出来ることですね。私は、楽しくて好きですよ」

その言葉にマルレーンも屈託のない笑みを浮かべてこくこく頷いた。マルレーンの反応に、みんなの表情にも笑みが浮かぶ。

「ん。魚は見ていて飽きない」

……シーラなどは別の方向でモチベーションを高めているような気もするが。そんなシーラの言葉に、イルムヒルトがくすくすと笑う。

まあ、そうだな。いずれにしても監視の目も人員の分だけあるので異常があればすぐに気付けるわけだし、疲れたら休憩も出来る。使い魔達も交代で監視を頑張って、負担を和らげてくれているし。

シリウス号での監視だけでなく、公爵領で異常があれば神殿の巫女《みこ》達の祈りで察知できるし、アイアノスにはカドケウスが控えていて、それらの場所も実質的にこちらの監視下にある。

この海域で監視をするというのは、敵が現れると予想されるどこに対しても駆けつけやすいところはあるので、色々と都合は良い。

いずれにせよ、敵を待つというのは気持ちが焦れる部分もあるけれど、緊張しっぱなしではもたないからな。

「……テオドール」

クラウディアが目を閉じて、額のあたりに指を当てて言った。

「ん？　どうかした？」

「公爵の本拠地の巫女達から祈りが届いたわ。どうも……海王を名乗る者の遣いが来ているようね。戦闘などは起きていないようだわ」

「……そっちに来たのね」

ローズマリーが僅かに眉根を寄せた。俄《にわ》かに艦橋の空気が緊張を帯びる。

それも想定していた範囲内の話ではある。グランティオスとヴェルドガル――特に公爵領の人々は交易をしているから、海王がこの海域に人魚達がいると見定め、エルドレーネ女王を捜索し、見つけ次第攻撃を仕掛ける、ということを考えた場合、陸地に対してはグランティオスの民を保護しないように要請――というか、圧力をかけにくる可能性は考えられたのだ。

或《ある》いは既に保護されている場合も有り得ると海王が考えて、探りを入れに来たということも有り得る話か。

陸上に対しては秘密裏に動くか、自分達の正当性を主張するかのどちらかと思っていたが……公爵領の近海にあると見たからか、海王は後者を選んだということなのだろう。

となれば、海王がエルドレーネ女王を捕えるという目的を達成した後、陸上の物資を継続して交易で手に入れるために人魚達を支配下に置いて水蜘蛛《みずぐも》の織物を生産させるという方向性になるのかも知れない。

陸上にも益があると説き、海の内乱に過ぎないから手出しをするなと釘《くぎ》を刺す、というわけだ。

交易だけを考えるなら……海王側は相当な好条件を提示してくるだろうな。それはそうだ。海王の眷属《けんぞく》が人魚を支配下に置くというのは、実質上奴隷化して働かせるということを意味するのだろうから、搾取した分だけ条件を良くすることができる。

「どうなさいますか？」

グレイスが尋ねてくる。

「予定通りかな。連中が馬鹿をやらかす前に決めておいた通りの面々で転移魔法を使って向こうに駆けつける。その間、こっちに海王の眷属が現れた場合、まず通信機で連絡して、敵の規模に応じて対応を決める」

しかし、連中は陸上にまず接触し、それから動くという形を選んだわけで。そうなると、交渉と海中での威力偵察を同時進行する……とは思えないな。

場合によっては陸上と一戦交えることも考えているだろうから、向こうとて陸上での戦闘を想定するなら戦力は分散させまい。仮に、陸上でも歯牙にもかけないと思っているのなら、最初から交渉になど来るはずもないのだから。

「では私達はここでこのまま、監視任務を続けます」

エリオットが言う。

「よろしくお願いします。場合によっては合流するか、追跡するかというところですね。敵がアイアノスに現れるということは無いとは思いますが、場合によってはそちらに急行することも想定していて下さい」

「分かりました」

「お気をつけて、エリオット兄様」

「アシュレイこそ」

兄妹は短く言葉を交わす。エリオットが笑みを返すと、アシュレイも頷いた。

転移先ですぐ戦闘になる可能性も考慮し、グレイスの呪具を解放状態にする。

「では、こちらの監視範囲は広げておくことにしよう」

「よろしくお願いします」

それからアウリアに頭を下げる。

「では、転移を行うわ」

クラウディアが言って――決められていた通り、監視班を残し……ドリスコル公爵と、ジークムント老達。そしてパーティーメンバー共々、転移を行った。

光に包まれ、目を開いた時にはそこは公爵領の本拠地にある月神殿の中庭であった。エルドレーネ女王にも通信機で連絡を入れながら、そこにやって来ていたオスカーとヴァネッサに話しかける。

「海王の眷属が現れたようですね」

「はい。船着き場に通す予定ではありますが、少し連絡がもたついているように見せかけ、水門の前で引き延ばしています。使節団は総員17名と言っています」

「うむ。十分だ」

オスカーの言葉に公爵が頷く。総勢17名。これは……偵察隊も兼ねるだろうな。

連れてきたバロールを空中に飛ばして、上空からライフディテクションで真偽を確かめておくとしよう。別動隊がいると面倒だし。

とは言え……まず交渉をしてくるというのなら、こちらも話を聞くだけは聞かねばなるまい。

◆◆◆◆◆

「これはこれは。この近辺の陸上を治める貴族殿に、直接御足労願うことになるとは恐縮ですな」

顔を合わせるなりまるで蛸《たこ》の足か、イソギンチャクのような髭《ひげ》を持つ男が言った。目を細めて……愛想笑いをしているのだろうか。

公爵と共に船着き場へと移動し、水門を開放して海王の使節団を迎え入れたのだが。

その連中は――確かに海王の眷属達に他ならない。鮫《さめ》男に似たような者達がいるが、こいつらは戦士階級といったところか。

内1人はこちらに挨拶をしてきた水蜘蛛の長衣に装飾を身に着けた魔術師風の蛸男。恐らくはこいつが使節団のリーダー格といったところか。

もう1人、他より上等な装備を身に纏《まと》った海王の眷属もいる。こちらは分類するなら騎士階級といったところだろうか？

「お初にお目にかかります。オーウェン＝ドリスコルと申します。お待たせしてしまって申し訳ありませんな。領内の視察をしていたものですから」

礼を失しないように、公爵が頭を下げる。

「こちらこそ突然の訪問をお許し頂きたい。偉大なる海王、ウォルドム陛下に仕えております、ハイブラと申します。以後、お見知りおきを」

ハイブラは見た目を除けばいっそ紳士的な振る舞いを見せる。あの鮫男のように、無駄に挑発してくるというわけではないが……陸上でありながらも自信がありげに見えるな。

「早速ではありますが、城まで案内致しましょう」

「それには及びません。我等《われら》は海の民。あまり海水からは離れられませんので。歓待を受けられないのは残念ではありますが、この場所でお話をするというわけには？」

……などと言っているが、実際はどうだか分かったものではないな。人魚や半魚人とて、陸上に上がっても活動可能なのだし。潜在的には敵地だと認識しているから奥に誘い入れられるのは警戒して回避したと考えるのが正解だろう。

「なるほど。そうでしたか。では、このままお話をすることに致しましょう」

「ご理解頂けて助かります」

ハイブラは静かに言う。

「して、どのような御用件でしょうか。お恥ずかしい話ではありますが、海との交易を行ってはいても、海の国の事情には詳しくないので、ご用件に想像が付きかねるところがあるのです」

公爵が言う。交渉の行方がどうなるにせよ、相手との会話の中からどの程度の情報を握っているのかなど探りを入れたいところではあるからな。

「ふむ。では単刀直入に。我等は海王陛下に逆らった大逆人の一味を追っているのです。或いはこの近海に潜伏しているのではないかと見当をつけておりましてな」

「大逆人とは……穏やかではありませんな」

「ええ。全く度し難い連中でして。つきましては、この近海を捜索することになるかと。或いは逆賊一味との間で戦闘が起こるかも知れませんが……そちらにはご迷惑をおかけしたくないのです。その連中がもし陸上に庇護《ひご》を求めてきても、応じることのないようにとお願いをしたいと思った次第でして」

やはり、というところか。

「仮に……こちらの希望に沿っていただけるのならば、今後の交易に際してもより一層の好条件をご提示できるかと」

「ほう。興味深い話ですな」

「互いにとって悪い話ではありますまい。今まで交渉が無かったところで突然のお話、戸惑われるのも当然かと存じますが、それにも理由があるのです。我等は陸上の方々から見ると些《いささ》か剣呑《けんのん》な姿に見えるでしょう？　故に、交易や交渉は今まで人魚達に一任してきましたが、事が事ですので。信用して頂くために、こうしてお見苦しい姿を見せた次第なのです」

……いやはや、全く。よく口の回る男だ。

こちらがエルドレーネ女王と繋《つな》がっている可能性も考えているだろうに。

公爵がそれらの汚い持ちかけを利用して、私腹を肥やす類の貴族だとたかを括《くく》っているのか。それとも剣呑な姿を見せれば怯《おび》えて条件を呑《の》むと思っているのか。

部下をぞろぞろと引き連れて船着き場に上がってきたのは、示威の意味合いもあるだろう。こちらが既にエルドレーネ女王と接触している可能性とて、視野に入れているのだろうし。好条件と武力をちらつかせて黙認させる。

それは交渉のやり方ではあるのだろうが……そもそも、より一層の好条件などと言っているが、こいつには誠実さの欠片《かけら》もない。

何故《なぜ》かと言えばこいつらは人魚達の身柄を押さえていないのだから。どんな好条件を提示しようが、それは現時点では用意さえできていない。必ず儲《もう》かるからと言って出資させる類の詐欺にも等しい。しかも人魚達の扱いがまともなものになるとも思えない。

「つまり……この先、海洋で起こることに不干渉を貫けば、今後の交易に便宜を図って下さる、ということでしょうか？」

「そう理解して頂いて結構です」

「――お話の、裏付けのようなものが欲しいところではありますな」

「と仰《おつしや》いますと？」

「ですから。我等は人魚の女王の国の噂《うわさ》は耳にしたことがあっても、海王陛下に関しては寡聞にして存じ上げませんでした。私も国王陛下から領地を預かる身ゆえに、軽々な返事はできないということです」

「ほう――」

公爵の返事に、ハイブラは目を細める。どこか冷たい、緊張した空気が漂う。

戸惑いのようなものが感じられないのは、やはり、こちらが女王との交渉を持っていることも予想しているからだろう。

「海王陛下の御威光をお疑いになるという意味でしょうか。確かに……陛下は先日王位を継承したばかりであります故、今の言葉は聞かなかったことにしましょう」

「この場に……例えばマーメイドの交渉人でもお連れしていただければとも思うのですが」

ハイブラの言動が事実ならそれは容易《たやす》い。実際は人魚達と反目しているのではないかと暗に公爵が言うと、ハイブラは肩を震わせた。

「ほう。では、もう一点」

「何でしょうか」

「陛下の怒りは海の怒りに他ならない。陛下を軽んじるようなことをなさいますれば、街や船が波や大渦に飲まれることも考えられますぞ」

公爵の求める証明は、できないと認めたに等しい。

「それは……脅しですかな？」

「いやいや。我らが何もせずとも陛下の怒りが海に影響を及ぼし、自然に災いが起こることも有り得るのですよ。それだけ偉大なお方ということです」

ハイブラの言葉を受けて、他の眷属達も口の端を吊《つ》り上げる。

いや……。違うな。片眼鏡で見る限り、そう言っているハイブラ自身が魔力を高めているのが窺《うかが》える。こいつは……交渉を有利に、かつ迅速に運ぶために、海に戻ってからどこかの港に津波を浴びせたりする可能性が高い。

女王と海王、どちらに正当性があるか、陸上の者は知り得ないのだろうから、余計なことに首を突っ込むなと。そう言っているわけだ。黙って見てさえいればお前らも得をするのだからと。

だが……マールの証言を聞いている以上、海王に正当性を認めるつもりはヴェルドガルにはないのだ。

「公爵。もう十分かと」

「そうですな」

俺の言葉に、公爵が頷く。連中がどれだけのことを摑《つか》んでいるかだとか、別動隊はいないのかだとか。情報は得られた。もう十分だ。

「ここからは僕が交渉をしましょう」

一歩前に出て、ハイブラと向かい合う。ハイブラは俺に視線を向けたが、そこに嘲りの色が宿った。

「ヴェルドガル王国の異界大使、テオドール＝ガートナーと申します。他種族との交渉なども陛下より任されております」

「ほう。国王陛下に？」

話をしている間にも、公爵は引き上げていく。それを見送ってから、ハイブラに言った。

「遥《はる》か昔に乱を起こし地上まで攻め入った連中に、ヴェルドガルが王権を認めるとお思いか」

「ほう。人魚達から入れ知恵されたようですな。それで、どうすると？」

あくまでも人魚達が虚言を吐いているという立場を貫くつもりか。

ああ。分かった。そういう建前を崩さないのなら、こちらも合わせてやる。

こいつは仮に敵対しても拠点が海底ならば、大したこともできないと踏んでいるわけだ。

だが、こちらの対応は既に決まっている。ヴェルドガルの領民や国交のあるグランティオスの民に危害を加えることを示唆した以上、それ相応の扱いをするまでだ。

何せ、ここはヴェルドガルの国内であるし。使者かどうかも怪しい不審者が犯罪行為の予告をしたからには、身柄を押さえて言動の真偽を確かめるのが筋というものだろう。

「先程の言動を聞かされた以上は、これから魔法審問を受けてもらう必要がある。大波も大渦も、海王ではなくお前達が魔法を用いる可能性がある以上、逃がすわけにはいかない」

「……笑わせる」

ハイブラは肩を竦《すく》めて錫杖《しやくじよう》を構えた。その全身から邪気を帯びた魔力が立ち昇る。他の眷属達も戦う気満々といった様子で笑いながら闘気を漲《みなぎ》らせている。

上等だ。1人残らず、海王の下へは帰さない。

ハイブラと相対する。しかし――奴《やつ》はにやりと笑うと俺では無く、壁の上にいる兵士に向かって水の槍《やり》を放った。咄嗟《とつさ》にそちらに飛んで水の槍を叩《たた》き落とす。

「お前……」

「ククッ。なるほど。有能な魔術師というわけか。どうも陸上では感知能力が鈍ってしまってな」

つまり、俺の実力を見るためと、距離を取るためにということか。小賢《こざか》しい。

「ラルゴ！」

ハイブラが後ろに飛んで——その側近の名を呼べば、1人の海王の眷属が応じた。

他の連中と装備の違う、騎士と分類した海王の眷属だ。水晶で作られた珊瑚《さんご》を槍にしたような武器を手にしている。相当な量の闘気を纏って、こちらに突っ込んで来る。

それに合わせるようにグレイスが後方の馬車の辺りから砲弾のような速度で踏み込んで来た。俺はラルゴを無視してハイブラ目掛けて突っ込み——その足元をグレイスが横切っていく。

正面から水の槍がこちらに向かって叩き込まれるが、身体《からだ》を捻《ひね》ることで回避しながら最短距離を突き進む。下を行くグレイスの赤い瞳と、一瞬視線が交差した。

ハイブラ目掛けて身体ごと飛び込み、奴の手にする金色の錫杖にウロボロスを前に出してぶつかっていく。

「ちッ！」

ハイブラが忌々しげに舌打ちする。海王の眷属ということであっさりと押されないだけの膂力《りょりょく》は持っているらしいな。

ほぼ同時に——後方でグレイスの斧《おの》と、ラルゴの槍が激突、互いに弾《はじ》かれた。

俺との間に割って入るように立ったグレイスを見て、ラルゴは驚愕《きょうがく》の表情を浮かべた。グレイスは両手に斧を持ったまま佇《たたず》み、静かに口を開く。

「あなたの相手は私です」

「なるほどな……。凄《すさ》まじい闘気だ」

ラルゴはグレイスを見て、牙を剝《む》いて笑った。全身から闘気と邪気を漲らせて槍を真横に構え、後方に控える眷属達に向かって声を張り上げる。

「こいつは俺の獲物だ！　貴様らはハイブラ様の援護に回れ！」

「はっ！」

と、威勢よく答えた海王の眷属であったが、その肩口が裂けて、血液が飛び散った。

「がっ⁉」

浅い。しかし思わぬ一撃にそいつは切り裂かれた肩を押さえて唸《うな》る。

船着き場を囲む城壁の上からシーラが音も姿も無く飛び込んで来たのだ。闘気の煌《きら》めきだけを空中に残すような不意打ち。一撃を与えて左右に複雑な挙動で反射するようにシールドを蹴って離脱していく。

「こ、こいつ⁉」

シーラに続くように、デュラハンとイグニスが船着き場に飛び出し、眷属達目掛けて切り込んだ。力自慢であるためにデュラハンとイグニスの一撃を闘気でどうにか受け止めるが、膂力ではこちらが勝る。巨体同士の激突に、競り負けて眷属達の身体が弾き飛ばされる。

「こいつら……一体、どこから！」

「み、見ろ！　水門が――！」

ギシギシと軋《きし》むような音を立てて、船着き場から出るための水門が、周囲の海水ごと凍り付いて閉ざされていく。凍り付いた海面の上にアシュレイが立ち、ディフェンスフィールドを用いて防御陣地を築いた。

それだけではない。城壁の上にはクラウディア、ジークムント老、ヴァレンティナとシャルロッテ。一斉に4人の間に魔力の輝きが走り、仮に空を飛んでも逃げられないように船着き場の封鎖が完了した。これで。これで――。

「これで――閉じ込めて一安心、とでも言うつもりか？」

至近で互いの魔力で押しあうように鍔迫《つばぜ》り合いをしながら、ハイブラが俺を見て口元を歪《ゆが》めた。

水を纏うハイブラ。魔法で水を生産しているのだろう。あちこちに水球が浮かぶ。水辺であるなら有利、と踏んでいるわけだ。

そして、呼応するように船着き場に残された大量の海水が水位を増していく。水門は封鎖されて、水の流入は閉ざされているというのに。連中から立ち昇る邪気に呼応させているようだ。ハイブラが何らかの術で海水に干渉しているのだろう。

「時を置かずしてこの広場は水に埋まる！　逃げ場がないのは貴様らのほうだ！」

「それは無理だな」

抑えていた魔力を一気に噴出させてウロボロスを振り抜けば、呆気《あっけ》なく均衡が破れてハイブラの身体が後ろに弾き飛ばされた。

「な――!?」

循環した魔力で強化した膂力。ウロボロスが増幅していく魔力の量に、体勢を立て直しながらハイブラが目を見開く。

「お前らに、そんな時間が残されていると思うのか？」

「お、おのれ……！　貴様ら、何をやっているか！　あの水門を塞いでいる雌を捕えろ！　私を援護するのだ！」

「は、はっ！」

ハイブラが喚《わめ》くと、状況の変化に呆気に取られていた眷属達が弾かれたように動く。

俺に向かってくる眷属の戦士が３人。ハイブラを含めれば４人だ。

グレイスが騎士階級を抑えて１人。シーラ達前衛の相手が５人の戦士。そして後衛の防御陣地に向かったのが同じく、戦士階級が５人。まあ……割り当てとしてはこんなところだろうか。では
――戦闘開始と行こう。

「おおおおっ！」

雄叫《おたけ》びを上げて、アシュレイのいる水門目掛けて眷属達が突っ込んでいく。水門付近は海底まで凍り付いているので――間に海水があってもどうしても氷上で戦って構築された防御陣地を突破しなければならない。攻めていくか残された水の中に引き籠もるかの選択に、連中はその好戦的な性格から前者を選択したようだ。

いずれにせよ――引き籠もったところで全て凍らせてしまうだけなので、結局は攻め入らねばならないのだが。

眷属の突撃の足を止めるように、氷弾と雷撃、光の矢と音の弾丸が防御陣地側と、頭上から降り注ぐ。

「ぐっ!?」

弾幕に晒《さら》され、闘気での防御を行うが、物量による弾幕だ。全ては受け切れない。

幾つかの攻撃が体表を切り裂き、焼き焦がす。それでも生来の頑強さを前面に押し出し連中はお構いなしに前進した。海から水を引き寄せて、それぞれが水の盾を作り上げると左腕に纏い、弾幕を突っ切ろうとする。

先頭の者がディフェンスフィールドに触れて――強行突破しようと意識がそちらに向いたその瞬間――頭上から魔力の糸がその四肢に降り注ぐ。

「残念ね」

涼やかな声。

身体の動きを乗っ取られた眷属が、後ろにいる仲間の脇腹目掛けて、手にしているその背骨のような鈍器を思い切り振り抜いていた。

「がはっ!?」

容赦のない一撃。完璧な不意打ちだ。ランタンによる幻影で外壁の出っ張りにカモフラージュされていたローズマリーが、頭上から闇魔法の操り糸で眷属の動きを奪い、同士討ちをさせたのだ。

それも一時的なもので、ローズマリーは薄笑みを浮かべながら操り糸を切り離すと、脇腹に一撃を受けて悶絶《もんぜつ》している眷属の四肢目掛けて魔力糸を絡みつかせる。

その全てが、降り注ぐ弾幕の中で行われた。眷属達は自分達の身に起きたことを理解できたかどうか。

殴られた眷属は、動揺と痛みからあっさりと術中に落ち、ローズマリーに操られるままに、己を殴った眷属の肩口に牙を突き立てていた。

「ぐおおっ!? な、何をする!」

「き、貴様こそ!」

「違う! 身体が勝手に!」

最後の弁明の声だけは届かなかった。ローズマリーの肩に乗るセラフィナが音を奪ったからだ。

仲間が裏切った。同士討ちを始めた。その光景に残りの者達も思考と動きが止まる。そこに――アシュレイの周囲で、氷柱《ひょうちゅう》の幻影の中に姿を隠していたピエトロの分身達が切り込んだ。

一斉に頭に張り付き、顔面を爪で掻《か》き毟《むし》る。どこからか現れた大量の増援。目を切り裂こうというように顔に爪を立てる分身達。

「こ、こいつら!」

振り解《ほど》こうと悶《もだ》える連中に、ピエトロの本体が風のように切り込んで闘気を纏った斬撃を繰り出した。狙い澄ましたように、闘気の防御が疎《おろそ》かになっていた眷属の踵《かかと》のあたりを切り裂く。ほぼ同時に、イルムヒルトの巨大矢がもう1体の足を串刺しにする。

足に攻撃を食らって氷の上に崩れ落ちた眷属達は、アシュレイの作り出した氷のフィールドに呑み込まれ、張り付けられて身動きを取れなくされた。その上で容赦なく弾幕を浴びせられていた。闘気の防御も間に合わない。なまじ頑強なだけにしばらくそれに耐えていたが、やがて意識のほうが途切れたようだ。これでまず2人が沈黙する。

同士討ちの衝撃と混乱から立ち直れていない2人を差し置き、もう1体を高速回転するマルレーンのソーサーが四方八方から飛来して攻撃を加える。

体表ごと削り取るように激突して回転を続けるソーサーを捕えようとするが、マルレーンの制御は巧みだ。幻影と本物を見分けることもできずに眷属は1人で空回りしているような有様だ。

そこに——クラウディアの隣に浮かぶケルベロスの魔石から真っ赤な火線が放たれた。溜《た》めに溜めた一撃だ。魔石の状態で十全に力を発揮できないといっても、凄まじい熱量と火力であった。

肩を易々《やすやす》と撃ち抜さ、そこから右腕を炎上させる。激痛に悶えて氷の上を転げまわる眷属目掛けてアシュレイの振り上げた氷の塊が振り下ろされた。

ガラスの砕けるような音と共に、炎も消える。氷塊と氷のフィールドに挟まれた眷属が氷の欠片に埋もれるようにして、大の字になったまま白目を剝いていた。これで3人。

残った2人は——周囲を見回して驚愕の表情を浮かべた。その周囲を——マルレーンの作り出した幻影が舞う。進むことも引くこともできずに、そのまま十字砲火に呑み込まれた。

◆◆◆◆◆

「こっち——」

「お、おのれ!!」

シーラの声が聞こえたかと思えば斬撃を繰り出して遠ざかる。瞬くように姿が現れたり消えたり。闘気の煌めきだけが空中に幾つも刻まれる。

陸上に留《とど》まって戦おうとしたのは失策だ。シーラの立体的な動きにまるでついていけない。闘気の防御もままならず、身体を浅く切り裂かれていく。

だからと言って、シーラを深追いすることはできない。そちらに気を取られた瞬間に相対しているデュラハンやイグニスに叩き潰されるからだ。

眷属達は力負けしていると見るや否や、デュラハンとイグニスに対して2対1の状況を作り出した。一方が防御に集中、一方が攻撃。それで何とか抑えられるかといった状況。

シーラに対しては膂力で勝っていると見たのだろう。1人で抑えようとした。それが悪手だ。シーラに相対する眷属はまるでシーラの動きについていけない。動きを追うことができていない。

攻撃と離脱の出入り。そのついでに——行きがけの駄賃とばかりにデュラハンとイグニスと戦っている眷属達をすれ違いざまに切り裂いていくのだ。風車のように武器を振り回すが、完全に見切られている。

浅く軽い——が確実に一撃一撃を刻み、それはデュラハン達の戦いにおいて致命的な動きの遅れを呼び込んでいく。状況は分かっている。しかし打つ手がない。

シーラに対して意識を向けた分だけデュラハンとイグニスが圧力を増してくるから。

デュラハンが大上段から大剣を叩き込む。闘気を集中させた得物でそれを受けるが、いつの間にか移動してきたのか、馬の下から飛び出したシーラがすれ違いざまに脇腹を切り裂いていった。斜め上方へと飛びながら姿を消し、シールドを蹴って明後日《あさって》の方向へ飛ぶ。

「貴様っ！」

シーラに切り裂かれた眷属は――我慢の限界だったのだろう。苛立《いらだ》たしげな声を上げてその姿を追おうとしたが――次の瞬間にはデュラハンの駆る馬の蹄鉄《ていてつ》に踏み潰されていた。船着き場の地面に罅《ひび》が入る程の威力。骨の折れる音と苦悶《くもん》の声。

一旦均衡が崩れてしまえばそれは加速する。仲間が負けたことに気を取られた瞬間、イグニスの戦鎚《せんつい》であばらをへし折られていた。2対1という構図が破れればあっという間だ。デュラハンの大剣に吹き飛ばされて、イグニスに殴り飛ばされ、前衛達に立ち向かった5人は白目を剝いて地面に転がることになった。

◆◆◆◆◆

「かああっ！」

ラルゴの槍が闘気の輝きを幾つも空中に残しながら、グレイス目掛けて高速で突き込まれる。残像を残す程の高速の槍捌《さば》きを、グレイスは表情1つ変えずに斧で迎撃した。

空中に幾つもの火花を弾けさせる。しかしグレイスは二刀流。もう一方の腕から胴薙《な》ぎの一撃が迫ると、ラルゴは後ろに大きく飛ぶ。飛んだ分だけグレイスも踏み込む。

槍の柄で一撃を受け、石突きを撥《は》ね上げグレイスへの反撃を見舞った。腕に巻きつけた鎖を叩き付けるように迎撃。

　空中では身動きが取れないかと思ったが、ラルゴは海水を呼び込み、足に纏うとそれで空中に踏みとどまった。滑るように空中を飛びながら、槍の間合いを保ってグレイスと攻撃を応酬する。

「やるな娘！　いつの間にか貴様らも空を飛んで戦うようになったか！」

　楽しげなラルゴの言葉に、グレイスは目を細める。

「なるほど。陸上ではこのぐらいですか」

「……何？」

　グレイスの呟いた言葉の意味を、ラルゴは理解できなかったらしい。次の瞬間グレイスが踏み込んで来る。斧の一撃を受け流し、身体を泳がせたグレイスの身体目掛けて槍を突き込むが――まともに入ったかに思われたそれは、闘気の集中で弾かれる。ラルゴの目が驚愕に見開かれた。

　集中。いや、それは闘気の障壁だ。グレイスの全身を覆うほどの闘気の鎧《よろい》。それは海王の眷属達の比ではない。

　転身するグレイスの闘気が、その手に集まる。槍の間合いを保とうとしていたラルゴ目掛けて闘気の弾丸が放たれていた。

　予想外の飛び道具。避け損ねたラルゴが槍で受け止める。そこに――シールドを蹴ったグレイスが猛烈な勢いで踏み込んできた。

　その位置は――槍の間合いの完全に内側。それは斧の威力を活《い》かす間合いよりも更に近距離。グレイスは迷うことなく、ラルゴの肩口に闘気を纏った拳を叩き込んだ。

「ぐっ!?」

止まらない。ラルゴの纏う鎧を砕き散らしながらグレイスの双拳が雨あられと降り注ぐ。シールドで身体を固定できるということは、空中であろうと十分に体重を乗せた一撃を放てるということだ。加えて、グレイスは護身術を身に付けたいということでロゼッタに格闘術の指南まで頼んでいる。高速で放たれる一撃一撃が、お手本のような綺麗な武術の動きであった。

上空から地面へと向かって、拳の弾幕に身を晒しながらラルゴが落ちていく。槍を手放し、腕を交差させて闘気を集中させることで防ごうとする。だがそれは無駄だ。鎧を砕き手甲を砕き——地面に亀裂を走らせ、　切合財を無視して降り注ぐグレイスの拳がラルゴの防御ごと叩き潰していく。

一際重い一撃が更に大きな亀裂を走らせ、静かになった。

瓦礫《がれき》の中からグレイスが姿を現す。片手で摑まれたラルゴが放り投げられ、地面に転がる。鎧も手足もひしゃげた状態でびくびくと痙攣《けいれん》していた。

◆◆◆◆◆

足元を水浸しにした時点で下方から水の槍などを放ってくるのは予期できる。

連中はそれで間合いを取り、俺を遠ざけてから、海中に浸かりでもして戦いたかったのだろうが——それは無駄なことだ。

弾幕弾幕。水の弾丸がこちらを撃ち落とそうと飛来する。それを、縫うように飛行し、回り込んで前衛に打ち掛かる。

「こ、こいつ！」

ミラージュボディの分身と共に高さを変えて突っ込んでいって、お構いなしにウロボロスを振り抜く。読み違えた海王の眷属のあばらをへし折って吹き飛ばす。

足元に凝縮させた魔力を展開し足場を作る。サーフボードにでも乗るようにその上に乗って飛行する形を取った。これならば下からの攻撃は無視できる。

レビテーションで身体を浮かせ、魔力板に組み込んだバロールで推進。ネメアとカペラの膂力でシールドを蹴って軌道に変化を加える、というわけだ。身体はバロールに乗るだけよりも安定するし、高速飛行しながら両手両足を使っての格闘戦も可能だ。

中々悪くないな。水の中でも十分に通用するだろう。

そのままハイブラを守る別の前衛目掛けて突撃を敢行する。魔力板は武器にも防具にもなる。

眷属は闘気を集中させて魔力の板による突撃を受け止める。が、次の瞬間後頭部にウロボロスの打擲《ちょうちゃく》を見舞われて俺の後方へと吹き飛ばされていた。

呆気に取られて目を見開いているもう1体目掛けて、至近から雷撃を放つと、よそ見をしていたそいつは反応もできずに吹き飛ばされる。これで3人。

「何なのだ！　これは！」

ハイブラの纏う水が竜の大顎のように変化して迫って来る。だが、軌道が甘い。仲間を護衛に呼び寄せたのは失敗だな。巻き込まないようにするには、射線が限定されてしまうから動きを読みやすい。

顎をすり抜け、首を切り裂くようにウロボロスを跳ね上げた。水の竜を切り裂き、勢いのままに魔力板だけを突撃させて、俺本体は別方向へと飛ぶ。

「う、おおおっ！」

眷属は迫って来る魔力板を受け止めようと闘気を集中させるが——所詮魔力板は魔力の塊に過ぎない。変形して巨大な手になるとその動きを奪い、分離したバロールが鳩尾《みぞおち》にめり込んでいた。

崩れ落ちる眷属を視界の端に捉えながら、護衛の最後の1人に突っ込む。ネメアの爪とカペラの頭突き、掌底を各々別の角度から叩き込めば、防御もままならずに眷属は悶絶した。

「……陸上ならこんなものだろうな」

やはりというか当然ながらというか、水中のほうが本領を発揮できる連中らしいな。技量や生命力の点でそれほど差がないのにも拘《かか》わらず、あの鮫男よりも闘気の集中が甘くなっているような気がする。実力の程を量るには参考にはならないだろう。

逆に言うなら……陸上でこいつらに後れを取るようでは人魚達の加勢などおこがましいということだ。

「お、おのれ……おのれ！　水の中でならば貴様らなどに！」

ハイブラが高めていた魔力を一気に解放する。それに応じるように、船着き場の海水が盛り上がった。俺の後方から、多量の水が高波となって迫って来る。攻撃と同時に有利なフィールドを構築しようというわけだ。本来なら、それは俺に大技を当てるための魔力だったはずだ。護衛と戦わせて時間を稼ごうとしていたのだろうが。

しかし、前衛を失っては近接戦で対抗しようがないと思ったのか、戦法を修正したというわけだ。

波頭が砕けて、大波が俺の背中から覆いかぶさって来る。

「くははは っ！　はは……？　は!?」

ハイブラがその光景に笑う。しかし、異変に気付いて表情が凍り付いた。大波が途中で動きを変えて、俺の周囲を包むような竜巻に変わったからだ。

それはハイブラの制御によるものではない。周囲に迫ってきた大波を、こちらの魔力で押し潰して水の動きの制御を奪ったのだ。循環した魔力は、通常の魔力よりも近距離では上回る。故に可能な芸当。

「馬鹿な!?」

「穿《うが》てッ！」

俺の術式に従って竜巻と化した多量の水を制御する。ウロボロスを振り抜けば、その動きに応じるように竜巻が螺旋《らせん》状に回転する水の砲弾となってハイブラに迫る。

「ぐおおっ！」

咄嗟に展開したマジックシールドでハイブラは受けた。そこに俺は――。

「ぐはっ!?」

水の砲弾を放つと同時に手元に魔力板を引き戻し、それに乗って突撃を敢行していた。水の砲弾を防御しているハイブラの脇腹目掛けて魔力板で突っ込み、そのままの勢いで外壁に激突する。

外壁表面を砕くほどの衝撃であったが――しぶとい。まだシールドで防いでいる。魔力板から力を供給されてバロールが火花を散らす。ウロボロスがその先を予測し楽しげに唸り声を上げた。

「ま、待て！　貴様……!?　な、何をする気だ!?」

「飛べ」

バロールが高速飛行を開始する。無論、魔力板でハイブラを壁に押し付けたままでだ。

「ぎぃいいいっ！」

軋むような音を立て、外壁と魔力板の間でハイブラが悲鳴を上げる。壁面で削られるのをシールドで耐えながら反撃するための魔力を高めているようだが――そうはいくものか。

足元に広がる魔力板に向かって魔力衝撃波を叩き込むと、あっさりと奴の防御を貫通した。制御が乱されてシールドが崩れれば一瞬。壁ごと削りながらハイブラの身体が外壁にめり込む。

「ぐぎゃがおごごがッ！」

形容しにくい悲鳴が上がる。瓦礫の中から飛び出しているハイブラの四肢から力が抜けた。

そうして動かなくなったハイブラ目掛けて封印術を叩き込むと、光の鎖がその全身に巻きついたのであった。

◆◆◆◆◆

「――みんな、怪我《けが》は？」

「大丈夫です」

「ん。平気」

後衛の様子を見ていたアシュレイが明るい笑みを見せ、シーラも軽く肩を回しながら答えた。

「私も大丈夫です」

グレイスが微笑《ほほえ》む。マルレーンの様子を見ていたローズマリーもこちらを見て頷いた。イルムヒルト、セラフィナ、ピエトロも大丈夫。ふむ。みんなにも怪我はなし、と。

海水が残っていたとは言え、こちらに有利なフィールドと条件なのだから、陸上では完封といったところか。

早速グレイスとイグニス、デュラハンやピエトロの分身達が手分けをして、そこらに転がっている海王の眷属達を船着き場に並べ始めている。

意識がある者もいるようだが、戦意は喪失している様子である。そもそも、戦える状態にしておくほど甘くはないが。

「行け」

魔力を充填《じゅうてん》したバロールを上空に打ち上げる。みんなの怪我がないことを確認したら、次は周囲の状況の再確認だ。別動隊がいないかどうかはしっかり確認しておかなければいけない。

斥候である鮫男が戻ってこなかったから、次は部隊が来た。異常を察知して偵察隊が海の都からここに来るまでの時間を目安に、こちらも向こうに攻め入る形になる。つまり、ここからはある程度スピード勝負になってくるところがあるか。

まずは通信機で各所に連絡を行いつつハイブラ達を梱包《こんぽう》し、みんなとの合流が必要になるだろう。そのまま連中には次の行動をさせずに海の都に攻め入る。

周囲の安全を確認できたら水門を解凍しておかなくてはならないだろう。あー……。後は船着き場の床や壁の修復もだな。

ともあれ、後背を突かれては本末転倒である。非戦闘員は陸地……つまり公爵領に避難してもらう予定でアイアノスでも諸々《もろもろ》の準備を進めている。ロヴィーサが襲われた海域に水の精霊による監視の目を残しつつ、作戦開始といこう。

◆◆◆◆◆

「もう、大丈夫とお聞きしましたが」

こちらの連絡を受けて公爵が船着き場に戻って来る。

「はい。連中は梱包しましたから」

怪我の程度がそこそこ重い奴もいたが、ある程度の回復魔法を用いたり、死なない程度の最低限の手当をしてからギプス代わりに土魔法で固めて同時に能力も封印してある。

封印術に際してはタームウィルズからの物資が届いているので、きっちりと呪具として機能する腕輪なりを装着させることができるようになっている。

「まあ……連中は牢《ろう》に入れておきましょう。処遇については後々ですかな」

公爵はその旨を兵士達に通達する。梱包されているので荷車に積んで運べる状態だ。兵士達が眷属達を船着き場から搬出していく。

「そうですね。海王が倒れた後でなら、場合によっては身柄の解放なども認められるかも知れませんし」

そのあたりは連中次第といったところだな。エルドレーネ女王への恭順とグランティオスの法の順守であるとかは最低条件になるだろう。呪具には契約魔法も組み込めるから色々と条件付けもできるし。

それに……グランティオスに伝わる昔話を詳しく聞いてみると、どうも海王の存在が連中を強化しているという部分がありそうなので、海王が倒れた場合は今ほどの力を発揮できなくなる可能性も高い。

「テオドール様、水門周辺の解凍が終わりました」

アシュレイが言う。氷から水への状態変化も水魔法でできるからな。作業に集中できるならそれほど手間でもない。

「ん。それじゃあ壊したところを直しておくかな」

「ふうむ。些か勿体《もったい》ない気もしますな」

そう公爵が言った。

「勿体ない、と仰いますと？」

「いや、戦いの痕跡が全く綺麗になってしまうというのもと思ったのですが……。まあ、戯言《たわごと》でしたな」

ふむ……。公爵らしい感じはするな。では、修復に際してはちょっとした継ぎ目を残しておくか。手間はあまり変わらないし、構造的に弱くなるということもあるまい。

◆◆◆◆◆

戦いの痕跡を船着き場の床や外壁などに多少残しつつも、構造物の強度は確保といった方向で修復すると、公爵は思いの外喜んでくれた。

まあ、公爵のテンションが上がる分には特に悪いことも何も無いので、それはそれで良いとして……その他の作業を進めていく。

非戦闘員や、その保護者などは公爵の本拠地に避難していてもらう。シリウス号に乗せて何往復かすれば輸送完了だ。

前もって名簿も作ってあるし、半魚人の兵士達も何名か同行している。

そして――俺達もシリウス号に乗り込み、アイアノスへと戻った。それから物資の積み込みと確認であるとか細々とした作業に追われて、今に至る、というわけだ。

「物資の積み込みと点検は終わったぞ」

「こちらも人員の乗り込みと点呼は完了しました」

ジークムント老とエリオットが艦橋に来て報告してくる。水守りやセイレーン達を乗せて、このままアイアノスの騎士や兵士達と共に、海の都へ向かって進軍することになるだろう。

「ありがとうございます」

2人に礼を言う。こちらの作業が一段落したところで、デボニス大公が話しかけてきた。

「テオドール殿、申し訳ない。よろしくお願いしますぞ」

公爵領が割合ごたついているので、デボニス大公は最終的にシリウス号に乗船する、ということで落ち着いた。

大公と公爵が揃《そろ》って女王に協力するというのは公爵領近辺の海路の安定にも繋がって来るので印象が良くなるという部分もある。

「いえ。気が付いたことがあれば指摘していただけたら嬉《うれ》しく思います」

「分かりました。お力になれるよう努力しましょう」

デボニス大公は静かに頷く。

「デボニス大公とドリスコル公爵は僕が護衛致します」

ヘルフリート王子が胸に手を当てて一礼する。

「よろしくお願いします。こちらも艦橋まで敵を通すつもりはありませんが」

「ふうむ。何とも頼もしいことですな」

大公はそう言って相好を崩した。まあ、信頼には応えないといけないな。

「テオドール殿。こちらも準備は整ったぞ。できればテオドール殿にも甲板に姿を見せて頂きたいのだが、どうだろうか」

艦橋にエルドレーネ女王がやって来る。

「分かりました」

頷いてエルドレーネ女王に同行する。

甲板に出ると……そこにはグランティオスの将兵達が整列していた。

アイアノスの街並みの上に、部隊ごとに整然と並んでエルドレーネ女王を見上げている。

エルドレーネ女王が姿を見せると将兵達から歓声が上がった。女王が両手を広げてそれに応えると、ますます声が大きくなる。

その声を落ち着けるように、エルドレーネ女王は手を降ろす。その動きに応じて将兵達も静かになっていった。頃合いを見計らって、エルドレーネ女王が堂々と声を響かせる。

「同胞よ！　勇敢なる戦士達よ！　誇り高き海の槍達よ！　今日まで、よく耐え忍んでくれた！」

「おおおおっ！」

将兵達が槍を高々と掲げて声を上げる。

「敵はウォルドムとその眷属達！　不遜にも海王を僭称《せんしょう》する不逞《ふてい》の輩《やから》よ！　過去の亡霊なれど、伝承にある通りならばその力は決して侮れるものではなかろう！　しかし我等はこれに従うわけにはいかぬ！　この豊かな海を残してくれた慈母と、我等を慈しみ、育んでくれた父祖達への恩、そして海の民の誇りに賭けて、国難に立ち向かわなければならぬからだ！　子や孫の明日の笑顔のために、この手に平穏を取り戻さねばならぬからだ！」

黄金色に輝く錫杖を掲げ、エルドレーネ女王はグランティオスの方向を指し示す。

「都を追われ、アイアノスで雌伏して来たのは、今日のこの時のため！　妾達《わらわ》は今より、再び都と海の平穏をこの手に取り戻すために、グランティオスへと攻め上る！　恐れることはない！　我等は我等だけに非ず《あら》！　高潔なる志を胸に秘めた地上の勇士達が我等と共にある！　我等はこの温かき友誼《ゆうぎ》にも応えねばなるまい！　誇り高き志は、敵の鱗《うろこ》を貫く槍となり、必ずや我等の手に勝利を齎《もたら》すであろうッ！」

「おおおおおっ！」

アイアノス中に、轟《とどろ》くような声が響き渡る。将兵達が槍を何度も頭上に掲げながら声を張り上げた。

「エルドレーネ女王陛下に勝利を！」

「勝利を！」

「グランティオスに栄光あれ！」

「栄光あれ！」

エルドレーネ女王は歓声をその身に受けながら鷹揚《おうよう》に頷く。そして、頃合いを見て船へと戻る。

俺もそれに付いていく形で甲板を後にした。

「済まなんだな。魔術師であるそなたがいてくれれば将兵達の士気も上がるであろうし」

船の中に戻ったところでエルドレーネ女王が言った。

「いえ。お役に立てたなら何よりです」

そう答えると、エルドレーネ女王は目を細めて頷いた。

ともあれ……いよいよグランティオスへの進軍だ。このままシリウス号に随伴する将兵達の速度に合わせて北上する。途中で野営などは行うが、ウォルドム達が次の動きを見せる前に、こちらからグランティオス近郊まで攻め上る形を取れるだろう。

――海の女王の進軍、か。船の外では将兵達の王国の栄光と必勝を祈願する唱和がいつまでも響き渡り、決戦を控えたエルドレーネ女王は、強い意志を秘めた表情で正面の水晶板――海都グランティオスのある方向を見やるのであった。

番外編 ✦ 賢者と家族

「おお、姫様。迷宮は如何《いかが》でしたかな？」

「っと。お二方の表情を見る限り首尾は上々といったところですか」

アドリアーナ姫がステファニア姫と共に、タームウィルズ東区にあるテオドールの屋敷に姿を見せたのは、ある日の午後になってからのことであった。

コルリスやフラミア、ラムリヤといった使い魔達《たち》も連れて、迷宮からの帰りである。

「ふふ。そうね。中々に充実していたわ」

「騎士達から七家の方々が訪問していると聞いて、挨拶をと考えた次第なのです」

アドリアーナ姫が笑い、ステファニアがジークムントを始めとした七家の長老達に挨拶をする。

「我らの分の通信機も出来上がったと聞き、受け取りに来たのです。お恥ずかしながら七家が揃《そろ》って訪問というのは、それほど大それた理由でもないのですが」

「受け取りついでに可愛《かわい》い娘や甥《おい》の顔を見たいということで盛り上がってしまいまして。ついでということで、また他の用事まで増えてしまいましたが」

「そうだったのね」

アドリアーナ姫はエミールの言葉に納得したというように頷《うなず》いた。娘というのはエミール＝オルグランの娘シャルロッテ＝オルグランのこと。甥はテオドールのことだ。

七家は互いに血縁関係があり厳密にいえば甥ではなく、姪孫《てっそん》であったり従兄《いとこ》であったりとそれぞれに違って複雑なことになっているのだが、その辺を細かく区別することは公式の場以外ではしない傾向がある。

シルヴァトリア王家共々親戚関係でもあるため、紛れもなく由緒正しい血統であるが、1つの大きな家族や血族であるという意識があるからだろう。

魔法の管理には気を遣っているが、それ以外の部分では大らかな雰囲気があるというのが七家であった。

魔法王国シルヴァトリアに名高い賢者の学連。その頂点に立つ大魔術師達。しかしながらテオドールやシャルロッテといった肉親に接する際は親戚の気の良い大人達といった表情をしており、触れ合える時間が取れるのを喜ばしく思っているというのがアドリアーナ姫やステファニア姫からも見て取ることができた。

それもそうだろうとアドリアーナ姫は思う。聖女リサこと、パトリシア＝ウィルクラウドが封印された記憶を戻すための魔法鍵の片割れを預かり、シルヴァトリアを出奔してから20年以上の月日が経《た》っている。

七家の者達の視線でテオドールを見た時、リサの忘れ形見が出奔した当時に近い年齢で自分達を助けに来たということになる。

ましてや、そのテオドールはリサの面影を残し、七家にとって大きな目標であった魔力循環を現代に蘇《よみがえ》らせた麒麟《きりん》児《じ》だ。悲しみもあるだろうがその分だけテオドールへの愛情が深く、大きなものになるのも当然であった。

そのテオドールはと言えば、中庭にて七家の若手達の魔力資質を確かめているところであった。

七家が記憶を封印した後、エベルバート王は七家の家族関係の破綻や知識、技術の断絶を危惧していた。そのため、学連の敷地内で保護される形ではあっても、これまでの家族関係はそのまま記憶喪失中に当人達に伝えられて維持されていたし、そうやって助け合う暮らしの中で、新しい世代も誕生している。

シャルロッテがその代表ではあるが、他にもそうした若手世代の者達が何人かいるのだ。

七家特有の魔法や技術、知識の継承こそブランクがあるものの、魔法に関してはエベルバート王主導による英才教育が施されている。あくまで一般的な魔法や、学連の敷地内に残された資料を基にした教育、ではあるが。

秘術、口伝の伝承を始めとする後進の育成は、記憶の復活と共に再開されてはいる。魔人との戦いにおいて大きな痛手ではあるが、長老達が欠けたわけではない。次代への技術継承も間に合うだろうと見られていた。

そんな七家出身の若手達とテオドールが中庭で集まって向かい合って手を取り合ったりしている。

「今は――何をなさっているのですか？」

ステファニア姫が首を傾《かし》げると、テオドールの祖父、ジークムントが頷いて応じる。

「適性の確認ですな。同行してきた若手の挨拶がてら、循環錬気が使えるかどうかを確かめているというわけです」

七家が記憶に封印をしていた間に生まれた世代や育っていた世代は、適性についての確認が進められていない。七家に生まれた者としての修行や学習、研究や検証も行われていないから、もしかするとその中にはテオドールと同様、魔力循環を使える者もいるのでは、という思いがあるのだろう。

「魔力循環の適性調査――。見つかると良いですね」

テオドールも２人の訪問に気付き遊戯室に向かおうとするが、アドリアーナ姫がそのままで大丈夫というように手でその動きを制し、ステファニアも笑顔で頷いた。するとテオドールも一礼して確認作業を続行する。

「適性のある若手だとしても、既に普通の魔法行使に慣れてしまっている者達もいますからね。そうなると今からの戦い方の転向は難しいかも知れません」

魔力の使い方で上達するというのは肉体のほうが最適化するということでもある。先天的な資質に優れていても、後天的な部分で成長してしまうからこそ大成しにくくなってしまうというわけだ。

長老達の見解にアドリアーナ姫は顎に手をやって納得したというように頷いた。

「それでも次代からの修行内容にも関わってくる話になりますからな。今から把握しておくのは必要なことではありましょう」

「それは確かに」

ステファニアも頷く。

「これは――雷魔法に適性があるのかな。そのまま伸ばしていけばかなりの使い手になれると思う」

「ほ、本当ですか？」

まだあどけない年齢の七家の少年がテオドールと循環錬気を行い、魔力資質の確認を進めている。

魔力循環適性の有無だけでなく、魔力資質まで早い段階で正確に見極められるというのは大きい。

それだけではなく瘴気《しょうき》侵蝕への対応や魔人との戦闘での魔法威力の減衰を抑えられるという点や、治療や診断に使える点も含めて非常に有用である。

魔人と戦うために魔法の研究と研鑽《けんさん》を重ねてきた七家と学連が、失われた魔力循環の復活を大きな目標の1つとしていたのはこういった背景がある。

「ありがとうございます……！　精進します」

そうした事情はさておき七家の少年から目を輝かせて礼を言われ、笑顔で頷いているテオドールの姿は、七家の長老達にとってもテオドールの婚約者達にとっても和やかな光景であるらしい。

「顔合わせは少し心配していましたが、問題はなさそうですね」

ヴァレンティナが安心したというように笑みを見せる。

初顔合わせや挨拶としては、きっと理想的な形になっているのだろう。そうした光景を傍目《はため》から見ているステファニア姫やアドリアーナ姫にとってもそれは同じだ。

「ふふ。家族の再会というわけね。良いことだわ」

「本当。再会が叶《かな》って良かった」

テオドールと七家の子供達が交流している姿に2人の姫が微笑《ほほえ》ましそうにしていると、七家の長老達が口を開く。

「再会という話をするのであれば、私達にとっては姫様達との再会も嬉《うれ》しかったのですよ」

「左様。再会というには些《いささ》か語弊もありますが」

「アドリアーナ殿下は、私どもが記憶を取り戻す前には面会もお控えになられていたようですから、やはり再会かと。お二方とも美しく聡明《そうめい》になられて……喜ばしいことです」

長老達が目を細める。その言葉にアドリアーナ姫は「恐縮です」と答えつつも、微笑んで一礼した。

王太子――元ではあるが――ザディアスがテオドール達に敗れる前、アドリアーナ姫は無用な警戒心を抱かせないように慎重に動いていた。

密命を帯びて学連から出た魔術師――セルブラムを庇護《ひご》していたことから分かるように記憶を失った七家のことは心配ではあったが、頻繁に様子を見に行かないようにし何度か見舞いに訪れた程度だ。あまり政治に関わらない王女と思わせておいてザディアスの油断を誘い、そうしてテオドール達の訪問を好機と見て動いた。

テオドールが魔人殺しを成し遂げた優れた魔術師であることは聞いていたし、旧知の仲であるステファニアも共にいることから助力を求められないかと動いた。

結果は予想以上のものであったが……今の形に落ち着かなければ、アドリアーナ姫はまた別の計画を練り、シルヴァトリアを取り巻く状況の打破を狙っていただろう。

「再会……。記憶を封印する前に長老様方と会った記憶は……曖昧なのですけれど、そう――グレメンティーネ様に抱き上げられたことや、髪を撫《な》でていただいたことは覚えています」

「記憶を封印する前にお会いしたのは――姫様がまだほんの小さな頃のことです。はっきり覚えていなくとも無理はありませんが……ふふ。その通りです」

アドリアーナ姫の言葉に、七家――ヘルトリング家の女性当主、グレメンティーネが表情を緩める。

「あの時の幼子がセルブラム殿に師事し、こうして成長し、シルヴァトリアを……私達を救うために奔走して下さった。感慨深いものですな」

「ステフやテオドールが助けてくれたからこそです。最悪、ザディアスと刺し違えてもと考えてしまう程には、内部から動くには難しい状況ではありましたから」

誰に王太子の息がかかっているか分からない。内部から動くのは難しい状況というのはそういうことだ。

「けれど、秘密裏に魔法の腕を練っていたことが今後の魔人対策で活《い》かせるようにしたいですね。私に……攻撃術式の指南をして下さったセルブラム様のお気持ちに応えるためにも」

アドリアーナ姫は言葉を続ける。

「セルブラムか。才に溢《あふ》れる男であったよ」

レーヴライン家の当主、オラフが目を閉じる。

「お優しい方でもありました。私に魔法を何手か指南してくださいましたがそれはあくまで身を守るためで、決して無理をしないようにという固い約束の上でのことです」

アドリアーナ姫が真剣な表情で答える。

セルブラムはリサと共に記憶封印の鍵の片割れを持ってシルヴァトリアを出奔した人物だ。七家の出身ではなく学連の魔術師の1人ではあるが、レーヴライン家の婿養子であった。

セルブラムはアドリアーナ姫からの協力を受け、ザディアス一派に見つからないよう秘匿されていた。

七家の記憶が戻る前に亡くなってしまったが——それでも警戒させないために表だって攻撃魔法の修行が行えない事情を知ると、あくまでも護身のためにと攻撃術式を指南してくれたのだとアドリアーナ姫は語る。

地方に匿《かくま》っていたので普段は接点がなく、師弟関係と呼ぶには師事した時間は少ないが、それでもアドリアーナ姫にとっての師であり、人として魔術師として、尊敬すべき相手であったと思っている。

「なるほど……。高潔な方ね」

ステファニアが目を閉じて頷く。

そうしているとテオドールの循環錬気による魔力適性診断も一段落し、アドリアーナ姫達が茶を飲んでいる遊戯室へとやってきた。

「これはお二方とも」

「ふふ、思い出話に花を咲かせておりました」

そう答えるのはライドクライツ家当主、アンドレアスだ。テオドールとは真逆に、遠隔範囲魔法を得意とする実力者として知られている。

アンドレアスがのんびりとした口調で応じるのは、少し重い過去の話でもあったからだろう。テオドールや七家の子供達に聞かせるには若干そぐわないという気遣いだ。それを他の七家の長老達も感じ取ったのか、テオドールに尋ねる。

「どうでしたかな、適性のほうは」

「そうですね。ブルクミュラー家のクルト君が魔力資質的に循環の適性があるように思います」

「おお。我が孫ですか」

テオドールの言葉に腕組みするのはブルクミュラー家の当主、フェリクスだ。

「しかしクルトはまだ幼いですからな。これからの成長に期待したいところです」

アンドレアスの言葉にテオドールが頷いて言葉を続ける。

「適性者を見つけられたわけですし、もう少し大きくなったところで指導もできるかと」

「それは――心強いことじゃな」

ジークムントがテオドールの言葉に相好を崩す。

循環魔力を習得するにあたり、問題となっていた点は大きく分けて2つある。適性の有無の調査もそうだが、習熟するには文献などから想像で補って使いこなさければならないという点だ。

循環錬気によって体感として魔力の使い方、動かし方を伝える方法が主だったために、一度失伝してしまってからはそれを子孫や弟子に伝えることが困難となってしまった。

適性が無い者に修行をさせるにはバトルメイジの戦い方が他の魔術師よりも特化し過ぎているというのも復古させるのが難しかった理由だ。

しかし、それを復活させたテオドールがいれば、それらの問題は解決する。適性の有無を見極め、正しく魔力の使い方や戦い方を教えることができる。

将来的にはクルトの兄弟姉妹やその子らに適性が現れる可能性も高い。いずれにせよ、すぐにどうにかなるという話でもないが展望は明るいと、フェリクスは思いを巡らす。

「ブルクミュラー家はテオドール殿を除けば最後の循環の使い手を輩出した家系。七家は系譜も複雑に交ざっているとはいえ、そこに適性の近しい者が現れるというのは、不思議な因縁を感じるものですね」

グレメンティーネが思案しながら言う。

最後の使い手というのは、ブルクミュラー家の当主だった人物だ。

ベリオンドーラ王国からの撤退戦で殿《しんがり》を務め、多数の魔人達を討ち取った後に、黒骸ガルディニスと激戦を繰り広げたという記録が残っている。

戦いの中で命を落としたが、ガルディニスにも追撃を諦めざるを得ないほどの痛手を与えた。撤退戦の被害が抑えられたのは、その奮戦があればこそであり、彼がいなければ七家やシルヴァトリアもきっと今の形とは違っていただろうと言われている。

紛れもなくシルヴァトリア王国や七家にとっては今も英雄とされる人物なのだ。

「しかしまあ、皆適性も判明して良かったですな。特に問題のある魔力資質という者もいなかったようですし」

ヒエロニムスの言葉にテオドールも首肯する。

「そうですね。魔力資質が理由で体調を崩してしまう、というようなことは無いと思います。今日調べた適性については当人に伝えてありますが、クルト君も含めた小さな子供達については、当人に記憶しておいてもらうというのも大変ですから、備忘録としてまとめておきますね」

「それは助かる。忙しいであろうに手間をかけてしまったな」

「全然構いませんよ。離れていた家族との交流の時間ですからね」

祖父の言葉にテオドールは明るく笑って応じる。

自分と七家の子供達が交流しているのを眺めていた祖父達は本当に心安らかといった様子で、そうした眼差《まなざ》しを向けられるのはテオドールとしては面映《おもは》ゆいところはある。

しかし家族が喜んでくれるというのであればお安い御用だと、そうテオドールは考えていた。

七家の子供達は皆、シャルロッテ同様に礼儀正しい子達であった。

長老達が記憶封印していたから直接の魔法教育はできなかったらしいが、家族としては共に暮らす時間を貰《もら》っていたと、長老達からは聞かされている。

七家が秘匿している術式はともかく、魔法に対する基本的な教育も国王エベルバートが進めさせていたということもあり魔法への造詣も深い。

記憶を封印した特有の事情があるとはいえ、家族である七家や国王がいつも気にかけていたため、その表情や振る舞いには影はない。記憶がなくとも大切にされていたのだろうと、テオドールは感じた。

エベルバート王は瘴気侵蝕で病床に臥《ふ》していたものの、七家の子供達に対してはしっかりと対応するようにと厳命していた。

ザディアスも七家には一度手痛い失敗をしているということもあり、国王が主導している七家次世代の教育方針に対しては反対等もせず追従している。

それでも魔法研究や兵器開発といった実利面では魔人討伐の名目で動いていた。軍と共に連絡を密にする仕事は、病床のエベルバート王はいずれにしても人に任せるしかない。

だからザディアスは当時の学長ヴォルハイムと結託し、自身の息のかかった者達を学連に送り込んで研究を進めていた。魔法的な洗脳手段や呪いによる脅迫という手札もあったから、王位を継いで全権を握ってさえしまえばエベルバート王の薫陶を受けた七家の若手等どうにでもできるという思惑もあったのだろう。

もっとも……その魔人への対策のためという名目すら偽りであり、実際のところは魔人と手を組んで彼らの求める情報を探り、見返りを受け取るという裏切りに手を染めていたのだが。

七家の者達が研鑽と研究を怠らないのは、魔人に対して人々の盾となると自らを定めているからだ。

食う側と食われる側の関係性から来る生存競争であるから、戦える力のある者がやらなければならない。それを自らの務めとしてきた七家からしてみれば、ザディアスの行いは噴飯ものであろう。

ザディアスは良心の呵責《かしゃく》から見逃したわけではないが、それでもシャルロッテを始めとした若手が被害を受けなくて良かったと、そうテオドールは思う。

そのシャルロッテはと言えば――。

「最近テオドール様に教えて頂いた、リサ様の魔法の1つを使いこなせるようになってきたのです」

と、父親であるエミールに朗らかな笑顔と共に報告していた。

「おお。それは何よりだ」

エミールもそっとシャルロッテの髪を撫でて応じる。

「子供達も頑張っているな。シルヴァトリアの国内情勢や学連内部も少し落ち着いてきたし、我らもそろそろ次の段階に目を向ける必要があるやも知れん」

フェリクスもその光景に表情を緩めていたが、ふと真剣な表情になって言った。

「というと？」

「本格的な修行のやり直しだな。全盛期に及ばぬのは致し方ないが、それでもだ。いざ決戦となった時に満足に動けない、では困る。第一……子供達に示しがつかんよ」

「確かにな。身体能力は魔力によって強化することである程度は補えるが、実戦から離れていた勘は、やはり戦いの中でしか戻っては来ないだろう」

フェリクスの言葉にオラフが同意を示すと、七家の長老達は異存ないというように頷く。

「実戦でどの程度動けるのかは確かめておく必要があるな」

「手頃なところでは――やはり迷宮でしょうか」

ヒエロニムスが言うと、ティーカップを持ち上げたグレメンティーネが目を閉じて応じる。そしてその場にいた者達の視線が集まるのであった。

◆◆◆◆◆

長老達の迷宮探索についてはすぐに話が進んだ。

「迷宮に潜るのでしたら……そうですね。案内はできると思います。僕もお祖父《じい》さん達の戦い方を見てみたいですから同行したいのですが」

「とはいえ、シルヴァトリアの要人ですからね。私のほうから王城に連絡だけはしておきますね」

テオドールとステファニア姫が提案すると「それは助かる」と、エミールが笑って応じる。

心配して止めるという選択肢はない。長老達から感じる魔力はテオドールから見ても相当に大きなものだ。

身体機能は若かりし頃より衰えても、身に付けた魔力はそうではない。先達を侮るようなことはすべきではないだろう。

実戦から離れていたという点や、迷宮探索はまた別の経験であるというのは事実だし確かに不安要素ではあるだろうが、そこは案内として同行すれば問題はないだろうと、テオドールは考えを巡らす。クラウディアも問題ないというようにテオドールを見て頷いていた。

何より……七家の長老達がどのように戦うのかには魔術師としても、自分のルーツを考える上でも興味がある。そこは建前でも方便でもないのだ。

長老達はいつ魔人達の襲撃があっても戦えるようにと愛用の杖《つえ》は皆持ち歩いているということで、

その姿勢にはアドリアーナ姫やステファニア姫も感銘を受けている様子であった。

こと戦いに関してはいついかなる時でも即時対応できるように、というのが魔人と戦うために研鑽を積み重ねてきた七家の矜持《きょうじ》なのだ。そのために普段から準備をしているのだとも言い換えることができよう。

だから、今回の迷宮での訓練の話が持ち上がって話がすぐに進むのも、長老達にとっては普段通りと言える。

この辺りは長老達の平時が温厚そうに見えても、やはり戦いを己の使命とする魔術師達の集まりだからと言える部分であろう。

そうして、テオドール達と七家の長老達は迷宮へ。2人の姫は連絡のために王城へと向かったのだ。

「――というわけなのです。よろしくお願いします、ヘザーさん」

「は、はい。け、賢者の学連の長老方が揃って冒険者登録とは……」

冒険者ギルドのカウンターにてテオドールが事情を説明すると、受付嬢のヘザーは驚いた面持ちながら対応してくれた。

アドリアーナ姫とステファニア姫が王城に連絡に行っている間に、冒険者ギルドにも寄っていくことになった。折角迷宮に潜るのだし冒険者の流儀に合わせてみようというわけだ。

「この歳《とし》で冒険者登録というのも遅まきながらではあるが、面白そうであったのでな」

緊張した面持ちのヘザーにジークムントが笑って応じる。

こういう遊び心がある部分は親子なのだろうなと、テオドールはジークムントに対して母親と似たところを見出《みいだ》し、思わずグレイスと顔を合わせてしまって微笑み合う。

七家の長老達の冒険者登録は滞りなく進み、迷宮での注意事項等の説明をヘザーは普段通りに進めていく。長老達はジークムントに限らず、そうしたやり取りも楽しんでいるようで、ヘザーも説明が終わる頃には人当たりの良い長老達に好感を抱いたようだ。

やがて説明も終わったところで、通信機に連絡が入る。王城に向かったステファニア姫からだ。

『父上からの伝言です。承知したと伝えておいて欲しい、ということでした。有意義な訓練になれば喜ばしい、と』

「王城への連絡も問題ないようです」

テオドールはステファニア姫の送ってきた文面を伝える。

「うむ。では参るとしよう」

向かう区画については初めての迷宮探索ということもあり、丁度良さそうな区画を見繕って欲しいと長老達が伝える。

「そうですね。浅い階層では肩慣らしにもならないと思いますし……」

「かといって、初めてで高難易度区画や癖があり過ぎる区画でも問題があると思うわ」

テオドールが思案しながら言うと、クラウディアも頷く。前者は炎熱城砦が代表格で、後者は魔光水脈や宵闇の森、大腐廃湖などがそれにあたるだろう。

実力を軽く見て侮らないことと迷宮を甘く見ることは違う。記憶を失っていても体力作りは奨励されていたというから、足りないのは本当に戦いの場から離れていた勘だけなのだ。

「幻霧渓谷はどうかな？　索敵能力は試されるから訓練には適していると思う」

「良いのではないかしら」

幻霧渓谷は迷宮中層に分類される区画の1つだ。読んで字の如《ごと》く、霧の立ち込める自然の渓谷といった見た目をしている。魔光水脈同様、探索の仕方によっては難易度も上がるが、どちらにしても魔光水脈程の難易度はない。それだけに様子を見ながら訓練を行うには適していると思われた。

「幻霧渓谷……あの南方の魔物鳥がおるという区画じゃったか？……うむ。あの料理は美味であったな」

ジークムントが言うと長老達も反応する。

「ほほう。興味があるな」

「私達がタームウィルズに来た時に饗《きょう》された料理ですね。スプリントバードという魔物です」

ヴァレンティナが補足する。

「スプリントバードは北方にはいないが肉質が良く美味だと聞きます。後は羽根飾りが美しいのでシルヴァトリアでは中々の高級品ですね」

「それは……良いですな」

「では、スプリントバードも目標の1つということで」

美味と聞いてざわついている長老達に、少し笑いながらテオドールが答えて目的地が決定した。

同行する人数が7人以上となると、撤退する際に転界石が相当な量必要になってしまうのだが、そこはクラウディアの同行によって解決されている。帰還は転移魔法によって行えば良いし、はぐれた場合に備えて赤転界石や通信機もある。それに、人数が多くとも探索役となるのはあくまで長老達だ。

「準備は良いかしら？」

クラウディアの言葉に一同頷く。石碑に触れて光に包まれ――次に一行が目を開いた時、そこはもう迷宮内部であった。

自然の岩屋だ。岩屋の中央に転移用の石碑。背後に他の区画と接続していると思われる迷宮の区画を区切る門があり、その反対側に明るい出口が見えていた。

「では、ここからは儂《わし》らの判断で進んでいく、ということになるな」

「はい。この明るい方が目的の区画となります。僕達は見学と撤退の補助ということで、探索や攻略方法はお任せしますね」

方針と人数が揃っていることを確認し、テオドールとの受け答えに頷くと、長老達は岩屋から出る。

幻霧渓谷は――名前通り常時霧の立ち込める渓谷という見た目をしている。岸壁上部と渓谷の底、それから岸壁内部に広がる洞窟型の迷路と、大別すると3種類に分かれた区画であるが、長老達はスプリントバードも目当てにしている部分があるので今回は谷底を中心に探索をすることとなった。

谷底に関して言うなら探索に照明を必要としない明るい場所ではあるが、区画自体が霧に覆われているので当然外界程ではない。ある程度の光量はあっても白い霧と切り立った断崖の間を進むという点で見通しが悪い。

幻霧渓谷の岸壁上部、渓谷の底、迷路の中で冒険者達から人気があるのは迷路だ。というのも、地下20階までのノウハウと装備がそのまま通用するからである。

渓谷底部の魔物は地形を利用してくる上に数と種類が比較的多く、崖上は鳥の魔物が主となるが地形が高所なのでそもそも危険度が高い。だから、崖上と渓谷の底を探索している冒険者達は比較的浅い階層の割にそこまで多くはない。その分長老達も訓練に集中できる環境ではあるだろう。

「なるほどな。名は体を表すというが……」

幻霧渓谷の風景を見て、ヒエロニムスが言う。

「視界が悪いのう。まずはこの部分の対応からか」

「ライフディテクションは……駄目だな。霧が魔力を帯びていて干渉を受けてしまう」

「アンドレアス殿。頼めるか？」

「勿論《もちろん》だ。だが、不意打ちを受けない程度の距離に止《とど》めるぞ。あまり視界が開けすぎても遠くから魔物を呼び込んでしまう」

アンドレアスがマジックサークルを展開すると、光球――マジックスレイブが浮かび上がる。そのまま指を鳴らせば、光球が四方八方に散って一定の距離で固定された。マジックスレイブの纏《まと》う風が渦となり、立ち込める霧を巻き込む。同時に光の帯がゆっくりと回転するように放たれていた。

「霧を巻き込んで視界の通る範囲を拡大するとともに、回転している光で警戒網を構築している。光に触れたものに反応するからある程度の索敵が可能だ。視界の確保と索敵を兼任させているから基本的にあれからの攻撃は難しいが、持続時間は十分なはずだ」

「即興で対応の術を構築するのは流石《さすが》ですね、アンドレアス」

「売りの射程距離はこう見通しが悪いと射線が通らないからね。まあ、このぐらいはせねば」

グレメンティーネの言葉に笑って答えるアンドレアス。

「しかし迎撃が完璧では訓練にならん。数が少ないならある程度は引き込んで近接での対応を考えるとしよう」

「承知した」

一同頷くと索敵役となるアンドレアスを中心として隊列を組み、幻霧渓谷を進んでいく。

アンドレアスがコントロールしない限り、術者に対して相対的な座標をマジックスレイブは保つ。アンドレアスが動けばそれに応じて一定の距離を保ったまま動くというわけだ。狭い谷底に合わせて扇状のフォーメーションを組んでいるが、頭上からの奇襲を警戒していると言えよう。

渓谷の谷底を少し進むと、マジックスレイブに反応があった。何かを感知したのか、明滅を放ったのだ。

アンドレアスの警戒網に引っかかったのは——2体のネイルヴァルチャーと呼ばれる猛禽《もうきん》の魔物だった。特殊能力は持たないものの、飛行速度はかなりのものだ。また、名前にも表れているが鋭い鉤爪《かぎづめ》と高い飛行能力を持っているため、油断の出来ない魔物と言える。

そんな魔物が2体。別々の方向から高速で突っ込んでくる。

迎撃したのはエミールとオラフだった。即座に動きに対応したかと思うと、杖を振るい、それぞれ大きな風の渦と広範囲に広がる尖《とが》った石の散弾をぶっ放す。

突っ込んできたネイルヴァルチャー達にそれを避ける術《すべ》はなかった。まともに風の渦と散弾に身を晒《さら》し、吹き飛ばされて岸壁に激突し、もう1体は身体《からだ》に穴を空けられて地面に叩《たた》き落とされる。

驚くべきは、迎撃に対して誰も声をかけず、一切の無駄が無かったことだ。真っ先に動いたのはエミールとオラフだったが、他の面々も術式発動の準備まではしていても無駄撃ちはしていない。エミールとオラフが仕留めきれなかったら即座に対応できるように構えつつも魔力を高めて発動まては至らない。

「お互いの魔力の高まりを感知して——誰が行動するか、後詰めに入るか。周囲の警戒を続けるかと役割分担して声を出さずに連係している、のかな？　これは、すごいな……」

「お互いに組んでいる年季もそこそこに長いのでね。これぐらいはしてみせないとね」

「年長者の面目躍如といったところか」

テオドールの言葉にエミールとオラフが言って、長老達がにやりと笑う。そんな反応にテオドールも笑みを見せた。

「倒した魔物はこちらで回収しておきますね。訓練に集中して頂ければと思います」

「おお。それは助かる」

テオドールの言葉に頷き、長老達は索敵に集中するというように表情を真剣なものにした。テオドールは運搬用にゴーレムを作り出すとエミールとオラフが倒したネイルヴァルチャーを回収していた。

「探索が中断されないように、数が纏まってきたら転送するわね」

「うん。よろしく」

クラウディアとそんなやり取りを交わし、テオドール達は長老達の後に続いた。お互い基本的な動きを確認して区画の奥へと進んでいく。

幻霧渓谷の魔物はそれなりに種類が豊富だ。搦《から》め手《て》よりも直接攻撃を得意とする魔物が多いのは、視界が悪いからこそか。

それでも断崖の上部は落下の危険が伴うし、渓谷下層は隘路《あいろ》が多い分、接敵を避けるのが難しいので魔物とまともにやり合うこととなる。岩陰や霧の中からの奇襲も多く、地形や視界の悪さに対応しながら実力も試される区画であると言えた。

渓谷下層を進んだ場合に接敵を避けにくいというのは、七家であろうと同じである。少し進むと次々アンドレアスの展開したマジックスレイブに反応が起こる。

岸壁から岸壁へと跳躍しながら長老達へと迫ってくるのはソリッドゴートと呼ばれる山羊《やぎ》の魔物達だ。足場の悪い高所も物ともしない機動力と、硬質の角による強烈な頭突きを見舞ってくるという性質を持つ。

ソリッドゴートの襲来と共に、岩陰に隠れていたスモークマッシュというキノコの魔物も動き出す。こちらはケムリタケの魔物と呼ぶのが適当だと冒険者ギルドで言われている。幸いなことに毒はないものの、勢いよく煙幕を吹きつけて視界を更に悪化させてくる。スモークマッシュ自体の戦闘能力は低いが地形の悪い場所や他の種族と連係されると厄介な魔物だ。

「ふむ。まあ対応は難しくは無かろうが」

ジークムントは言うなり杖を振るう。と、大きなマジックスレイブが前方に飛来していき——山羊達が迫ってきたところで弾《はじ》けた。

山羊達が足場にしようとしていた岸壁の表面に弾力性を伴う水の玉が生じる。あらぬ方向に弾き飛ばされていた。岸壁を足場に反射して立体的な突撃を仕掛けようとしていたのだ。前提となっていた足場の性質をいきなり変化させられては堪《たま》らない。

「今」

グレメンティーネがジークムントの魔法に合わせるように雷撃を放った。

放射状に広がった雷撃に、ジークムントも応じるように魔法を変化させる。空中に向かって差し出した掌《てのひら》を握れば水玉が弾け、グレメンティーネが放射し続ける雷撃がソリッドゴートへの被害を更に大きなものにしていく。

ソリッドゴートに合わせようと煙を吹きつけたスモークマッシュは完全に機を外されていた。オラフが風で煙を散らし、うろたえている様子のスモークマッシュに石の弾丸を叩き込めば、それで最初に襲ってきた魔物達は静かになる。

だがまだアンドレアスの展開しているマジックスレイブの反応は途切れない。扇状に展開されていたマジックスレイブは地形に合わせて多少フォーメーションが変化している。

切り立った断崖には脇道や隘路、隙間があるが、その脇道方向に魔物がいる、という反応を示していた。

ソリッドゴート達の悲鳴を聞きつけたのか、武装した二足歩行の豚の魔物――ハイオーク達が姿を現し、鼻息荒く長老達に突っ込んでくる。

「ハイオーク、か。少しばかり近接戦闘の訓練もしておく必要があるだろう」

「付き合いますぞ、ヒエロニムス」

そう言って前に出たのはヒエロニムスとフェリクスだ。四肢に身体強化の魔力の輝きを宿し、身体の周囲にマジックスレイブを浮かばせると肩を並べ、ハイオーク達を迎え撃つべく突撃する。

ヒエロニムスは魔力の輝きを宿した杖を槍《やり》のように構える。左腕にも魔力の光壁。振り被《かぶ》るハイオークの武骨な刃を光壁で受け流すと、右手に構えた光の槍で刺突する。構えは槍のようではあるが、動作は最小限だ。突き出された杖の先端から鋭い光の槍が猛烈な勢いで射出されて、牽制《けんせい》の軽い刺突と見誤ったハイオークの喉笛を貫いていた。

一方のフェリクスはヒエロニムスの背を守るように立ち回る。杖に光を纏わせているところまでは同じだが、構えは剣のようだ。

ハイオーク達は既にヒエロニムスの技を見ていたので、杖を振り被る動作に警戒を示すが――。

「甘いですな」

フェリクスの言葉と共に、ハイオークが困惑の声を上げた。杖に注視させておいて、空中に浮かべたマジックスレイブの1つがハイオーク達の足元で術式を炸裂《さくれつ》させたのだ。尖った岩が地面から飛び出し、ハイオークの足を穿《うが》つ。次の刹那、フェリクスの光の杖が軌跡を残し、先頭のハイオークの身体を袈裟懸《けさが》けに切り裂いていた。そのままの勢いで足に穴を空けられたハイオーク達に切り込んでいく。

杖の殺傷能力に注視させておいて、足元にマジックスレイブを罠《わな》として滑り込ませたのだ。意識や視線の誘導、意表の突き方、駆け引き。そういった技術は長老達の過去の研鑽から来るものであった。

それらの技術に加えて、魔物達の性質の見切りの速さと正確さは相当なものだ。

これは、対魔人戦を考える上で重要な要素の1つだ。覚醒に至っている魔人達の瘴気特性はそれぞれに違うから、その辺の見切りの速さと正確さは生死に直結すると言える。もっとも——それは対魔人に限った話ではないが。

ともあれ駆けつけてきたハイオークの掃討はあっという間に進んでおり、そこに危なげはない。

ブランクはあっても知識と技術は高水準だということだ。

「ん。流石はテオドールのお爺《じい》ちゃん達」

あっという間にハイオーク達を突き倒し、切り伏せていく長老達の動きを見て納得したというようにシーラが言う。

「確かに、魔力循環はないにしても魔法を使った近接戦闘や魔法の応用方法はテオドールに近しいものを感じるわね」

ローズマリーも顎に手をやって言う。

「あー……。俺としては母さんに似てるって思うかな」

「そうですね。リサ様が使っていたことのある技をお使いになりました」

テオドールが言うと、グレイスもその言葉に同意した。

リサと同じ技を使うというのは、考えてみれば当たり前の話だ。リサに魔法や戦闘技術を教えたのは長老達であり、肉親でありながら師弟関係なのだ。

テオドールやグレイスとしては、そこにまたリサとの繋《つな》がりを見つけられたようで、嬉しく感じるものだった。リサを尊敬しているアシュレイもまた、その動きを目に焼き付けるように真剣な表情で見入っている。

その場にいる面々もそう聞かされては興味が増すのか、長老達の動きに注視する。

ただテオドールの保有する戦闘技術は前世である霧島景久《きりしまかげひさ》のプレイしていたＶＲゲーム……ＢＦＯ仕込みだ。

リサの技術とは関係がない――はずだが、それでも自分から見ても似ていると感じられる部分があるのは不思議なものだとテオドールは思う。

きっと自分にはリサが戦っている姿の記憶があるから、無意識的なところで似たのだろうと、そんな風にテオドールは想《おも》いを巡らせる。

魔法の応用の仕方については――それこそ肉親だから発想が似ているのかも知れない、と穏やかに笑うのであった。

◆◆◆◆◆

そうして襲撃してきた魔物達を撃退し、長老達は先程の戦いについて少し振り返る。少し纏まった数だったのでテオドール達が回収する時間も考えたのだ。訓練に集中できるなら気にしなくてもいいいとは言われたが、自分達の魔法の使い方や戦い方がテオドール達にとって参考になれば嬉しいという想いもあっての感想戦だった。

「久しぶりにしては近接戦闘の手応えも悪くありませんでしたな。ハイオーク程度なら十分に動けるというのは分かりました」

「だが魔人相手となるとな……。高位魔人であれば特性によりけりだが、やはり今の我らでは距離を取って戦うのが正解かも知れん」

フェリクスとヒエロニムスが言う。魔人の瘴気は通常の魔力を減衰させ、生命力を侵蝕する。攻防においては魔術師のみならず闘気を使う戦士も不利だ。ただ、長老達の場合は多少の不利ならば覆すことのできる大魔法を、それぞれが単身で放つことができた。

ヒエロニムスの見解としてはその大魔法発動までにかかる時間は距離で稼ぐというのが方針として良いのではというものだ。

「身体能力が万全で、もっと動けるのであれば、対魔人用の飛行術も併用しての空中戦も視野に入ったのだがな」

「空中戦はパトリシア嬢が得意としておりましたな」

「テオドール殿の空中戦はまた技法として別系統でしたが……我流であれを身に付けたということですから、素晴らしいことです」

「或《あ》いはパトリシア嬢の空中戦に感銘を受けて再現しようとした結果かも知れんな……」

そんな風に語り合って感慨にひたる長老達である。テオドールからしてみると、空中戦こそＢＦＯの産物なのでやや誤解ではあるのだが、リサが空を飛ぶ姿は確かに憧れたこともあったし、母のように空を飛んで魔人と渡り合うことも魔術師としての目標でもあったのだ。否定するのも無粋に思い、笑って応じる。

素材回収も滞りなく進み、長老達も渓谷探索と訓練を再開する。

「私も近接戦闘をしておきたいが、最後で構わないぞ」

「その時は我らが索敵をするとしよう」

アンドレアスの言葉にジークムントが答える。近接戦闘訓練をしておきたい、というのは長老達全員の共通認識である。ローテーションを組んで魔物達の相手をしていくことにしたようだ。

索敵して迷宮魔物をマジックスレイブで感知すると積極的に長老達から仕掛けていく。近接戦闘と一口に言ってもそれぞれに個性がある。ジークムントは岸壁に水のクッションを構築した時と同じように広範囲の環境を一息に塗り替えてから切り込むような戦いを得意としているし、エミールは現在の長老達の中で最も若いということもあって、パワーとスピードを兼ね備えている印象だ。得意とする属性も多岐に渡り、相手と状況に応じて使い分けるその様は高水準でまとまった正統派魔術師と呼ぶに相応《ふさわ》しい。

グレメンティーネは雷撃を得意としているのか、攻防の中で小さく目立たないながらも高圧の雷撃を散らして、少しでも深入りしようとした魔物を感電させてから切り崩していた。

オラフは風の魔法を得意としている。不可視の弾丸や防壁を織り交ぜ、追い風と向かい風を使い分けて彼我の速度と間合いを自在にコントロールしながらの近接戦闘を行う技巧派だ。

渓谷の魔物も新手として岸壁中腹に根を張る植物の魔物、カノンビーンズや閃光《せんこう》で目潰しを行う魔物烏《がらす》フラッシュウロウ、空飛ぶ猿、フライエイプといった魔物が姿を見せている。

特筆すべきはやはりカノンビーンズであろうか。射撃を得意とする魔物で能動的に動き回るようなことはあまりないが、基本的に高所に陣取っており、そこから一抱え程もある豆を砲弾として射出してくる。

高所移動や遠距離攻撃の手段を持たない者には厄介極まりない魔物ではあるが、マジックシールドや各種魔法を使いこなす長老達からしてみれば、大した脅威にはならないというのが実情だ。寧《むし》ろ機動力が遅い分、長老達から見て与《くみ》しやすい相手と言えた。

「豆……豆か。味が大豆みたいなんだよな……この豆。味噌《みそ》に醬油《しょうゆ》、豆乳が作れたりしないかな……」

カノンビーンズからの戦利品となる巨大豆を眺めテオドールは真剣な表情で思案しながら呟《つぶや》いていた。

もう少し後に異界大使が冒険者にカノンビーンズの豆を買い取る依頼を出し、その豆から作った新しい調味料や料理を広めることになるのだが――それはまた別の話だ。

やがてアンドレアスも近接戦闘訓練をこなしていく。アンドレアスは遠隔魔法を得意としているが、別に近接魔法戦闘ができないというわけではない。七家に連なるものとして、基本的な技術を高い水準で身に付けているからこそ七家の当主なのだ。

――順調に魔物達を撃退していた長老達であったが、ジークムントが言う。

「ふうむ。確かに、スプリントバードは希少なのじゃろうな。ここまでで一羽も見ておらん。渓谷の底部であってもおったかの？」

「そうですね。数が少なく倒せるのが稀《まれ》というのは間違いないようです。迷路部分や崖の上には出現したという報告もないということでした」

そのあたりは冒険者ギルド長アウリアや市場の者達に聞いた話だということをテオドールは情報源として伝える。霧が立ち込めているから崖の上から探すというわけにもいかないのが厄介なところだ。

「ただ――市場に出回るのが少ない理由としては、全く出会えないからというよりは、スプリントバードを中々狩れないからということでしたが」

「ほう。それには理由があるのかな？」

エミールが首を傾げると、テオドールが頷く。

「迷宮の魔物にしては珍しく、侵入者への攻撃よりも走って逃げることを優先するような動きを見せるのだとか。こう、地面だけでなく岸壁の側面まで使って高速で走ると聞きました」

「なるほど……」

長老達はその光景を想像したのか苦笑する。

肉も羽毛も高価だから、迷宮が所謂《いわゆる》レアもの扱いに指定しているようなものなのかも知れないとテオドールは思案を巡らせる。

「狩る価値が高いだけに深追いすると危険そうね」

「ん。隘路で戦闘が避けにくいし視界も悪いから下手に追いかけると挟撃されたりしそう」

「そうだね。一度動きを止めれば戦いに応じるらしいんだけど……スプリントバード自体も蹴りがかなり強烈だって言うし。だからギルドも準備してからの狩りを推奨しているらしいよ」

「なるほどのう」

ローズマリーとシーラ、テオドールの会話にジークムントも顎に手をやって納得したというように声を漏らす。

「では——このまま探索を進めていけば発見ぐらいはできそうですね」

「狩るのを目標にはしても、深追いはしないというのが良いでしょうな」

長老達は頷き合う。あくまで主目的は訓練であるから、無謀な動きをしない、というのは大前提だ。

そうやって見解を統一した上で長老達は襲ってくる魔物を一蹴しつつ幻霧渓谷を進んでいく。

各々近接戦闘訓練も終わって長老達も現状に納得したのか、今度は対魔人戦を想定した攻撃方法の試行が訓練の主体になっている。

フライエイプの群れが奇声を上げながら飛び掛かってくるが——マジックサークルを展開したオラフが杖を振るう。

展開していたマジックスレイブから一斉に風の弾丸が放たれた。フライエイプは咄嗟《とっさ》に弾幕を避けようとするが、それは叶わない。

見た目は全く同じ、白く渦巻く無数の風の弾幕――。同じ、だったはずが、フライエイプの群れとすれ違う瞬間に、その内の1つが変化した。

一気に膨れ上がり、大きな竜巻になって魔物達諸共《もろとも》に巻き込んでいく。岸壁や地面に叩きつけられて、フライエイプ達は一瞬にして全滅してしまう。それでいて味方には影響を与えない、高度な魔法行使技術。

対魔人用の術式。広範囲に広げた魔法攻撃の中に本命の強力な一撃を交ぜることで、瘴気による防御を貫く、という術の使い方であるようだ。

「次は私が。オラフは歩きながら魔力を練って回復を」

「では任せた、グレメンティーネ」

今度はグレメンティーネが前に立ち、襲ってきた魔物達を荒れ狂うような雷撃が迎え撃つ。そうやっていると、やがて比較的広い場所に出た。

渓谷という言葉通りだ。広めの谷底に川が流れている空間だった。ただ、他の場所にも増して霧が濃く、見通しは悪い。幸い川岸は歩くのに十分な広さがあり、移動自体には苦労しなさそうではあるが。

アンドレアスがマジックスレイブを増やし、空間に合わせて索敵できるように展開する範囲を大きく広げていく。

広々とした空間で見通しを良くし過ぎてしまうと、魔物を多く呼び込んでしまう。アンドレアスは巻き込む風を調整し、離れたマジックスレイブがきちんと視界に通るよう、霧のない空間を丁寧に作り出していった。

上流から下流へと向かってゆっくりと移動していく。

遠くまで展開したマジックスレイブに変わった反応を示したのは、そんな折だった。下流から上流へ。先行させていた索敵用マジックスレイブが遠くのほうから次々と反応を示し、猛烈な勢いで何かが接近していることを示す。

「むっ！」

即座に反応したのは先頭を進んでいたジークムントだった。

恐らく、先程の会話からその魔物の挙動を探知した場合にマジックスレイブがどんな反応をするかを予期していたのだろう。それを目にした瞬間、あらかじめそうすると決めていたというように足元から大きなマジックサークルを展開すると、岩場に杖を突き立てた。

すると、川の水が大量に上に向かって噴き上がり、鳥の籠のような形状に変化しながら凍り付いていく。

そこに突っ込んできたのは――きらびやかな羽毛を持つ大きな鳥の魔物だった。鳥と言っても駝《だ》鳥《ちょう》やエミュー、ヒクイドリのようなフォルムをした鳥だ。

スプリントバードだ。飛ばずに地上を疾駆するだけあって、脚は見るからに太く頑丈そうで、鋭い蹴爪を備えている。

首や頭部まで含めれば馬ほどもある巨大な鳥である。猛烈な勢いで走ってきたそれは、ジークムントの作り出した氷の鳥籠を目にするや否や、高い鳴き声を響かせて急制動をかける。巨体には似つかわしくない俊敏さで横に跳ぶように、渓谷の脇道に向かって逃れようとする動きを見せた。

だが、それは叶わない。ジークムントの術式は一行とスプリントバードの周囲一帯を氷の籠で完全に閉ざしていた。スプリントバードが突っ込んでくる速度を複数のマジックスレイブが反応する間隔から把握して、一度上空に水を噴き上げてから地面に向かって籠状に広げることで、どのぐらいの範囲を封鎖すれば閉じ込められるのかを瞬時に計算した結果だ。

七家の筆頭、ウィルクラウド家の当主、ジークムントの技量が窺《うかが》い知れる魔法行使の精緻さと言えよう。

逃げ場がないことを察したのか、スプリントバードは苛立《いらだ》ったような鳴き声を上げて、この状況を作ったジークムントに血走った目を向ける。

「悪いが逃がしてやることはできぬな」

にやりとした笑みを見せるジークムント。スプリントバードは声を上げて真っ向からジークムントに向かって疾走してくる。蹴り脚の威力は相当なもので、初速からかなりの勢いだ。スプリントバードは足場の悪さをものともせずに猛烈な速度に達する。

対するジークムントは動かずにその場に陣取り、魔物鳥に対応する。砲弾のような勢いの前蹴りを迎え撃ったのは、ジークムントの目の前に斜めに展開された光壁だった。

さながらカタパルトのように、宙空にスプリントバードが撃ち出される。驚愕《きょうがく》に目を見開く魔物鳥。ジークムントがマジックサークルの展開と同時に杖を振るえば、あちこちに滞空していたマジックスレイブが反応する。

宙で身動きの取れないそこに四方八方から光弾が放たれていた。一方でスプリントバードも甲高い声と共に、嘴《くちばし》からジークムントに向かって魔力の弾丸を吐き出す。鳴き声に魔力を乗せた振動弾だ。

無数の光弾と振動弾が空中で交錯し、魔力の爆発が起こった。

一点に集束されるように放たれた光弾同士が激突。青白い爆風となる。空中に向かって吹き飛ばされたスプリントバードは爆発に巻き込まれ、力を失って岩場に落ちてきた。

ジークムントは——しっかりと光の壁を展開して振動弾を防いでいた。光壁に生じた衝撃の威力はかなりのもので、咄嗟の反撃としては中々の威力があったことが窺える。

「これは確かに、中々の魔物じゃな。あの状況から反撃してくるのは少し予想を超えておった」

「ですが、しっかりと防いでおられた。お見事です」

エミールがジークムントに言う。

「ふむ。目標でもあったから逃げられぬよう、丁寧に戦おうと思っておったからのう。無事に狩れたようで何よりじゃな」

ジークムントは静かに応じた。

「敵の技を見切って利用していたというのもお見事ですね」

「流石はテオドール君のお祖父さんね」

グレイスやイルムヒルトもジークムントの技量に微笑みを見せる。ジークムントに限らず、長老達の戦い方は確かな技巧が見えているため、魔法主体で戦うわけではないグレイスやシーラ、イルムヒルトにとっても面白いものだったようだ。

テオドール達は早速ジークムントの倒したスプリントバードから素材の剝ぎ取りを行っていく。美しい羽毛と美味な肉、丈夫な蹴爪がスプリントバードからの主な素材となる。

ジークムントの光弾はスプリントバードの頸部《けいぶ》付近に集束させて爆発を引き起こしていたので、素材の状態としてはかなり良好であった。

「素材の状態まで気を遣ってもらったようですね」

「シルヴァトリアでは冒険者達と魔物を討伐したこともあるが、そうすると彼らも喜ぶのでな」

テオドールの言葉にジークムントがにやりと笑う。剝ぎ取りの最中も邪魔が入らないように氷の籠は維持されていたが、やがて作業も終わると長老達が顔を見合わせ、頷きあう。

「訓練もスプリントバードも、満足できる内容でありましたな」

「そうですな。このぐらいで切り上げて撤収しようと思うのですが」

エミールやフェリクスが撤収を申し出ると、テオドール達も了承する。

「では、家に帰って夕食の席を、というのは如何でしょうか？」

そう明るい笑顔で言ったのはアシュレイだ。皆もそれに同意し、一行は氷の籠を解除してからクラウディアの転移魔法で幻霧渓谷を後にしたのであった。

◆◆◆◆◆

不必要な魔物の素材を冒険者ギルドにて査定してから買い取ってもらい、それからテオドールと長老達は東区の邸宅へと帰ってきた。

長老達はスプリントバードの料理を楽しみにしているようにテオドールには見えた。長老達だけでなく、グレイスやセシリアら七家の子供達も含めてテオドールの肉親達に料理を振る舞うということで、かなり気合が入っている様子だ。

「私達も一緒で良いのかしら。連絡役をしただけで、何もしていなかったのに」

「盛り上がっていて楽しそうだから嬉しいけれど、少し悪いわね」

王城への連絡役を買って出てくれたステファニア姫とアドリアーナ姫も、テオドールの屋敷に戻ってきている。長老達はシルヴァトリアの要人だから、念のために確かめにきたところを夕食に誘われたというわけだ。

「食材は十分にありますので、是非ご一緒にどうぞ」

そんな2人にテオドールは笑って応じた。

「それじゃあ……お言葉に甘えさせてもらおうかしら。妹達と一緒の夕食というのも楽しそうだものね」

ステファニア姫がそう言うと、マルレーンがにっこりと笑う。ローズマリーは羽扇で表情を見えないようにしていたが。

「同じスプリントバードだとしても、以前より大きな個体だったようですね。まずは前回と同じ献立で炙《あぶ》り焼きと煮込み料理を、というのが良さそうですが」

「そうだね。今回は一羽丸々だし新鮮だから料理も以前より色々作れると思う」

テオドールもグレイスの言葉に頷く。砂肝やレバーといった部位も現場での剝ぎ取りできちんと確保してきている。少ない部位は全員に行き渡るほどではないが、迷宮で魔物達を倒してきた長老達の特権ということで話が纏まった。

「鳥の揚げ物、ですか」

「他ではあまり食べたこともないかなって思ってね。魔法を料理に組み込んで実演すれば楽しんでもらえそうだし。お祖父さん達や子供達にも喜んでもらえたら嬉しいんだけど」

串焼きや唐揚げも作ることに決まり、テオドールやグレイス達、それにセシリア達も協力してみんなで料理を作っていく。

「それじゃあ、魔法も使って揚げ物を作っていくよ」

と、テオドールが言って魔法料理を実演した。下準備を終えた鳥肉を金網の上に載せて、風魔法と火魔法を併用して熱風を送り、ノンフライヤーの原理で唐揚げにしていく。

「面白い魔法の使い方ですね」

「わあ……」

以前にもテオドールが行ったことのあるものだが、今回が初見という者も多い。長老達は興味深そうにそれを眺め、七家の子供達も目を輝かせて見守っていた。

和気藹々《わきあいあい》とした雰囲気の中で料理も次々と完成していき、やがて夕食の時間となった。

中庭にテーブルを出して、そこに料理を並べていく。その数々は鳥尽くしといった風情だ。

ジークムントとヴァレンティナがテオドールの邸宅に来た時に饗されたのが炙り焼きと煮込み料理。それから新しく鳥肉と卵のサンドイッチ、串焼きや唐揚げ、ササミの入ったサラダ、肉団子の入ったスープ。それらが各々のテーブルに行き渡ったところで夕食の時間となった。

「おお……。これは確かに美味ですな……」

「カラアゲというのは……初めて食べる料理ですが、これは食が進みそうです」

「揚げ物と言っておられましたが、さっぱりとしておりますな」

「油は最小限にしておるようじゃからな」

長老達が料理を口にし、その味や料理についての話で盛り上がる傍らで七家の子供達も料理を口に運んで目を輝かせていた。

「美味《おい》しい……！」

「スープはおかわりもあるからね」

そうした七家の面々の反応にテオドールも穏やかな表情で言う。

少しの間料理の味に関する話題で盛り上がっていたが、七家の子供達は迷宮のことが気になっていたのか長老達に尋ねる。

「迷宮はどうだったのですか？」

「私達が赴いたのは幻霧渓谷という区画だね。濃霧が立ち込めていて、視界が悪いのだが、アンドレアスが対応してくれてね」

「久しぶりの実戦だったが、中々良い訓練になったよ。有意義な時間であった」

迷宮はどんな場所でどんな区画だったのか。どうやって魔物を探知し、どのように戦ってきたか。長老達は身振り手振りや小さな魔法を交えてそれらを説明し、子供達はその話に目を輝かせる。

テオドールはそうした七家の面々の様子を見て、穏やかで上機嫌そうな笑みを見せていた。それを眺めていたグレイスとアドリアーナ姫の視線がふと合って、アドリアーナ姫が頷くとグレイスもまた穏やかな微笑みを返す。

肉親達への歓待ということで夕食作りの時もテオドールが張り切っていたのは皆も見ていて伝わっているのだ。

テオドールの生い立ちや境遇を考えれば張り切る理由はアドリアーナ姫にも分かる。特に、付き合いの長いグレイスにはもっと実感があるのだろう。

実際、テオドールが家族に甘えていられたのは、まだ小さな頃だけの話なのだ。

ガートナー伯爵家で暮らし始めてから、暫《しばら》くの間はふさぎ込んでいることが多く、父親であるヘンリーはテオドールを気にかけていたが、領地もまた魔人襲来の被害で大変なことになっていたから、付きっ切りというわけにもいかない。ようやく立ち直った頃には、家族であっても弱音を吐いたり感情を見せたり、甘えることをしなくなっていた。

その頃には目標を見定めており、力を得ようと書庫で魔法の教本を読み漁《あさ》り、人知れず実践練習をしていたのだ。

だが、テオドールはタームウィルズに来る前よりも穏やかに笑うことが増えた。

当人が望んだとおりに魔人を倒せるほどの力を手にしたからか。今の暮らしが楽しいのか。それとも母の出自とそれに絡んだ問題が解決し、こうして沢山の人達に囲まれているからか。そのどれもが理由として正しいのかも知れない。

だからこうして少し無防備なテオドールの姿を見られるというのはそうした事情を詳しく知っているグレイスだけでなく、周りにいる者達にとっても喜ばしいことであった。

今七家の面々に向けられている、その眼差しや気遣いといった優しさは、グレイス達に向けられているものと同じもののようにアドリアーナ姫には見える。

上機嫌そうなテオドールを見るジークムント達の表情もまた、そうした優しいもので。

七家の長老達と、テオドールとパトリシアと。それにテオドールの婚約者の皆は正しく家族なのだろうと、アドリアーナ姫は静かに頷く。シルヴァトリアの王族として、この家族が巡り合える一助となれたことが、誇らしく思える。

七家を取り巻く運命は、一時は確かに過酷なものであったし、戻って来ないものもあるけれど。だからこそ、この家族の穏やかな時間が長く続いてほしいと、アドリアーナ姫は目を細めてそうした想いを未来に巡らせるのであった。

あとがき

『境界迷宮と異界の魔術師』15巻をお手に取っていただき、誠にありがとうございます！　小野崎えいじです！

14巻のあとがきでは体調を崩してしまったことを報告しておりましたが、その後の体調回復に関しては順調で、術後の痛みを感じることも無くなりました。心配して温かい言葉を掛けて下さった皆様には本当に感謝しております。

さてさて。早いものでもう15巻となりました。ここまで来られたのも読者の皆様や関係者の皆様のお陰です。本当に感謝しております！

15巻の内容と致しましてはヴェルドガル王国西部、ドリスコル公爵領と海の王国グランティオス編となっております！　夏に合わせたというわけでは無いのですが、海を舞台としたお話ですね。水繋《つな》がりでアシュレイと初登場のマールが表紙を飾っていて、涼しげで爽やかな印象の15巻となりました！

さてさて。グランティオス王国に関してはファンタジー世界の海中王国はどんなものだろうと、舞台を想像してから描写していた記憶があります。人魚の女王や半魚人の武官といったイメージが最初にあって、そこから肉付けしていった形ですね。海中の王国を想像するのは楽しいものでした。

また、今回も書き下ろしの番外編を収録しております。シルヴァトリア王国の七家、長老達《たち》にスポットを当てたお話となっておりますので、本編と併せて楽しんでいただければ幸いです！

今後もウェブ版、書籍版共に頑張っていきたいと思っておりますので、どうぞよろしくお願いいたします！　またこのスペースで皆様にご挨拶できれば嬉《うれ》しく思います！　ではでは――。

小野崎　えいじ

境界迷宮と異界の魔術師 15

発行　2021年8月25日　初版第一刷発行

著者　小野崎えいじ
イラスト　鍋島テツヒロ
発行者　永田勝治
発行所　株式会社オーバーラップ
〒141-0031
東京都品川区西五反田8-1-5
校正・DTP　株式会社鷗来堂
印刷・製本　大日本印刷株式会社

ISBN 978-4-86554-984-3 C0093

【オーバーラップ　カスタマーサポート】
電話　03-6219-0850
受付時間　10時～18時（土日祝日をのぞく）

作品のご感想、ファンレターをお待ちしています

あて先：〒141-0031　東京都品川区西五反田8-1-5 五反田光和ビル4階　オーバーラップ編集部
「小野崎えいじ」先生係／「鍋島テツヒロ」先生係

骸骨騎士様、
只今
異世界へお出掛け中
Ennki Hakari
秤猿鬼
illust. KeG
目立たず過ごす――はずだったのに!?
最強の骸骨騎士による
無自覚“世直し”異世界ファンタジー、
ここに参上!!
目覚めると「見た目は鎧、中身は全身骨格」のゲームキャラ“骸骨騎士”の姿で異世界に放り出されていたアーク。目立たず傭兵として過ごしたい思いとは裏腹に、ある日、ダークエルフの美女アリアンに雇われ、エルフ族の奪還作戦に協力することに。だが、その裏には王族の策謀が渦巻いており――!?
大ヒット御礼!
骸骨騎士様、只今、
緊急大重版中!!
OVERLAP NOVELS

コミカライズも
大好評!
「小説家になろう」で
絶大な人気を誇る
人外転生
ファンタジー!!
最弱《スケルトン》から進化でめざす
最強冒険者!
丘野 優
イラスト:じゃいあん
望まぬ不死の冒険者
いつか最高の神銀級《ミスリル》冒険者になることを目指し早十年。おちこぼれ冒険者のレントは、ソロで潜った《水月の迷宮》で《龍》と出会い、あっけなく死んだ——はずだったが、なぜか最弱モンスター「スケルトン」の姿になっていて……!?
OVERLAP
NOVELS

OVERLAP NOVELS
サモナーさんが行く
ロッド 〈イラスト〉四々九
WEB小説界、最大級の戦闘録、
書籍も人気急上昇！
不遇職？
ネタプレイ？
そんな……、「召喚士《サモナー》」
その唯一の
戦い方とは――。
βテストを終え、本サービスを開始したVRゲーム『アナザーリンク・サーガ・オンライン』。碌にゲームの説明すら読まずにログインした青年、キースは一人途方に暮れていた。彼が、偶然に選択したのは「召喚士《サモナー》」――召喚モンスターを使役する職業にして魔法使いだった。そして間もなく、予備知識のない彼を待っていたのは「召喚士は不人気である」という事実で!?
シリーズ絶賛発売中

OVERLAP NOVELS
とんでもスキルで異世界放浪メシ
江口連　イラスト：雅
――その男、異世界の胃袋を鷲掴み!!
「小説家になろう」2億PV超のとんでも異世界冒険譚！
重版御礼！
シリーズ好評発売中!!
「勇者召喚」に巻き込まれて異世界へ召喚された向田剛志。現代の商品を取り寄せる固有スキル『ネットスーパー』のみを頼りに旅に出るムコーダだったが、このスキルで取り寄せた現代の「食品」を食べるととんでもない効果を発揮してしまうことが発覚！
さらに、異世界の食べ物に釣られてとんでもない連中が集まってきて……!?